# 古典文獻研究輯刊

十三編

曾永義 主編

## 第13冊

說故事傳統和唐代中後期文學變革

鄭廣薰 著

國家圖書館出版品預行編目資料

說故事傳統和唐代中後期文學變革／鄭廣薰 著—初版—新
北市：花木蘭文化出版社，2016〔民105〕
目 2+196 面；19×26 公分
（古典文學研究輯刊 十三編；第 13 冊）
ISBN 978-986-404-589-1（精裝）
1. 中國文學 2. 唐代 3. 文學評論
820.8                                              105002167

ISBN-978-986-404-589-1

9 789864 045891

古典文學研究輯刊
十三編　第十三冊                    ISBN：978-986-404-589-1

## 說故事傳統和唐代中後期文學變革

作　　者　鄭廣薰
主　　編　曾永義
總 編 輯　杜潔祥
副總編輯　楊嘉樂
編　　輯　許郁翎
出　　版　花木蘭文化出版社
社　　長　高小娟
聯絡地址　235 新北市中和區中安街七二號十三樓
　　　　　電話：02-2923-1455／傳眞：02-2923-1452
網　　址　http://www.huamulan.tw 信箱 hml810518@gmail.com
印　　刷　普羅文化出版廣告事業
初　　版　2016 年 3 月
全書字數　172144 字
定　　價　十三編 20 冊（精裝）新台幣 38,000 元

# 說故事傳統和唐代中後期文學變革

鄭廣薰　著

## 作者簡介

鄭廣薰，1973 年 4 月生，韓國麗水人。1998 年、2001 年畢業於韓國外國語大學中文系，先後獲得文學學士、碩士學位。2012 年畢業於北京大學中文系，獲文學博士學位。現任高麗大學民族文化研究院 HK 研究教授，主要從事中國古代文學和敦煌學研究，在《中國小說論叢》、《外國文學研究》《藝術百家》等刊物發表學術論文 10 餘篇。韓文譯著有《唐代變文》《繪畫與表演》《敦煌變文校注》（以上均爲共譯）等多種。

## 提　　要

　　本書的題目是《說故事傳統和唐代中後期文學變革》。題目中的「說故事」不僅是指口頭表演者和故事受眾之間共享故事的行爲，也包括小說、詩歌等各種書面文學體裁的創作和消費活動。唐代說故事活動在長期發展過程中形成了獨特的文學傳統。而之所以要關注唐代的說故事傳統，是因爲這種活動豐富了唐代敘事文學的形式和內容。文人還是民間表演藝人都以各種方式說出自己想要說的故事，而受眾也願意聽到自己喜歡的故事。那麼，唐代的說故事傳統就成爲幾乎所有人都可以參與和享受的文化活動，這對唐代中後期敘事文學的創作起到極大作用。針對說故事傳統與唐代中後期敘事文學創作活動之間的關係，以及說故事傳統所產生的不同文學形式之間的相互滲透現象，本文主要探討以下內容：

　　緒論首先重在辨析「說故事」和「敘事」的概念差別。在中國文學史上，「說」是比「敘」更具有文學性，它同時涵蓋了口頭和書面文學的特點，所以本文使用「說故事」概念。其次是解釋本文的研究目的和意義，即是作爲一種文化現象來看唐代的說故事傳統，進而提出看待唐代文學史的另一個角度。

　　第一章探討唐代中後期說故事傳統盛行的原因。文學創作傾向的變化一般都是內因和外因共同作用的結果，此章主要考察文學產生的外因。首先，唐代書籍出版環境的變化，尤其是載體的發展，無疑爲說故事傳統的繼承與發揚奠定了物質基礎；其次，唐代文人貶謫或遊歷南方的經歷爲文人提供了大量故事創作的材料，文人之間的行卷活動就作爲說故事的動機而起到一定的作用；第三，外來文化因素特別是佛教的思想和文化，也促進了唐代故事創作和傳播方式的革新。

　　第二章探討說故事傳統和唐代中後期文人小說創作方式的變化。首先考察當時文人階層對民間故事的關注和接受方式，無論文人對於民間故事持何種態度，它在客觀上成爲文人小說創作的重要來源之一。其次，論述說故事傳統如何對文人小說創作的多樣化產生影響，以及它給創作者帶來的創作心理上的矛盾。第三，此章還關注文人小說中通俗敘事的痕跡，以在具體文本例證的基礎上證明民間故事確實對文人小說創作有不少的影響。

　　第三章以現存敦煌敘事作品爲研究對象，探討說故事傳統是如何改變通俗敘事作品的創作方式的。唐代的通俗敘事爲了吸引讀者或聽眾的關注，存在直接而粗糙地改編故事的現象，例如有的作品用張冠李戴的方式，有的則援引現場的表演元素，因此較爲隨意衍生了新的故事版本。在此過程中，敘述者故意調整故事的展開方式，不得不導出新的故事情節與原故事不符的結果，這些現象都是說故事傳統在通俗敘事領域的反映。

第四章主要論述說故事傳統和唐代中後期敘事詩創作傾向的關係。唐代中後期文人的詩歌創作，往往受到說故事傳統的影響，尤其是新樂府詩中的說故事元素比較明顯。當時文人有意識地將民間說故事的方式，移用於詩歌創作之中，或者以創作傳奇的方式來寫詩。

　　第五章以現存敦煌寫本為主要對象探討唐代說故事作品的寫本製作和出版過程。對出版方式的研究，有助於考察包括文言小說在內的說故事作品的傳播和消費過程。不少的敦煌文學寫本內容完整，製作精細，當時它的製作者為了吸引讀者注意，採取了文學寫本的多種製作方式。

# 目

# 次

緒　論 …………………………………………… 1

　一、研究思路、概念與對象 ………………… 1

　二、與既往研究不同之處和研究意義 ……… 11

第一章　唐代中後期說故事傳統盛行的原因 …… 15

　第一節　文學載體和出版環境的發展 ……… 15

　第二節　政治和社會原因 …………………… 22

　第三節　外來文化的影響 …………………… 27

第二章　說故事傳統和唐代中後期文人小說創作
　　　　的新變 ………………………………… 35

　第一節　文人階層對民間故事的關注和接受方式 ‥ 35

　　一、唐前文人對民間故事的關注和接受的途徑
　　　………………………………………………… 37

　　二、唐代文人獲取民間故事的途徑 ………… 44

　第二節　說故事傳統和文人小說撰寫方法的多樣
　　　　　化 …………………………………… 59

　　一、同一故事的不同版本 ………………… 59

　　二、共享故事和共同創作 ………………… 70

　　三、文人小說裏面所見通俗口述敘事的痕跡 ‥ 78

　第三節　說故事傳統和文人對小說創作的看法 … 85

　　一、史傳傳統和文人小說創作態度的兩面性 ‥ 85

　　二、故意隱藏作家自己的存在 …………… 93

三、對說故事傳統的另一個觀點：《毛穎傳》·97

第二章　說故事傳統和唐代通俗敘事的創作方式·107

第一節　說故事傳統和故事主題的變化…………108

一、戰爭英雄故事的佛教故事化：《韓擒虎話
本》……………………………………………109

二、孝順故事和佛教報應故事的結合：《董永
變文》…………………………………………112

第二節　通俗表演藝術和說故事傳統…………115

一、提高佛教表演的幻象效果：《孔子項託相
問書》…………………………………………115

二、轉變藝術和故事演繹：《降魔變文》、《漢
將王陵變》……………………………………120

第三節　與故事背景無關的內容起到的作用……129

第四章　說故事傳統和唐代中後期敘事詩創作傾
向……………………………………………135

第一節　唐代敘事詩創作之風和說故事傳統的因
素……………………………………………136

一、詩歌和小說配合的創作方式…………136

二、敘事詩的傳奇特點：以杜牧《杜秋娘詩》
爲例…………………………………………144

第二節　新樂府詩和說故事傳統…………………147

一、以故事爲中心的新樂府創作精神………147

二、新樂府詩中的說故事元素及其與通俗敘事
的關係………………………………………151

第五章　唐代說故事作品的寫本製作和出版方式·159

第一節　抄寫、圖畫的分工和圖書商品…………160

第二節　敦煌變文冊子本的裝幀形式和版面布置·170

餘　論……………………………………………181

參考文獻……………………………………………185

# 緒　論

## 一、研究思路、概念與對象

　　本書的問題意識是在讀唐代小說的過程中開始的。讀起唐代小說，往往感到好像其故事已經在別處讀過，而這種感覺超越文言和通俗、史實和虛構之界。文言筆記中的某種故事在通俗敘事作品裏面找得到，史書裏的某種事件在唐傳奇也能找到。之所以有相似之感，是因爲這些作品的故事題材其實是從同一個故事引來的。但仔細一讀，我們又會感到這些作品在敘事方式和風格上有相當大的差距，這是因爲故事已經被改成不同的作品。從文學創作的角度來看，這種重寫是相當普遍的敘事文學產生方式。歷來不少的故事被重寫爲詩歌、小說、戲曲等多種形式的作品。

　　如果寫作的條件比較成熟，什麼時代都可發生這種現象，特別是在互聯網極其發達的今天，只要有識字寫字的能力，誰都能講故事，誰都可以當作家。許多網絡文學已經被正式出版，既存的作家協會決定把著名網絡文學作家錄入在作家名單，有些大型書店專門設置網絡文學書架，還有不少的網絡文學專刊。在這種情況下，講故事的人愈來愈多了。他們通過各種方式收集多彩的故事題材，進而把它們改爲新的作品。我在讀唐代小說的時候卻感到這種現象，也就是說今天的文化現象在唐代已經很活躍起來。我們當然不能說，相距一千多年的文化現象完全相同，但是我認爲它們的根本特點幾乎沒有區別。近來隨著網絡文學的發達，難登大雅之堂的所謂通俗小說、歷史小說的創作非常流行，其中更受歡迎的作品往往正式問世。我想這樣的情況與唐代中後期各種通俗敘事的文字化有相似之處。這種現象一邊可謂活潑的文

學創作活動，但一邊可說是過剩的文字化，甚至是紙張的浪費。實際上說，講故事是超越時空的、人類普遍的文化現象。最初人們用口頭簡單表達自己經過的事情，然後加以潤飾，而文字創造以後，他們就把這些故事寫出來了。我認為，對中國的情況來說，這種現象從唐代尤其唐代中後期更為明顯起來。若是當時沒有物質上、精神上的條件，這種現象根本不可能有的，而其背後肯定有唐代敘事文學創作主體共同認知的文化上的氣息。這就是本書問題意識的出發點。

唐代中後期是文學變革的時期，詩歌也好，小說也好，都在文學創作和消費方式上與以前的情況差別很大，其中最大的特點之一就是「敘事性」。那為什麼從唐代中後期整個文學界開始具有濃厚的敘事性呢？為什麼除了在小說、俗賦、講唱文學等以敘事為本性的文學上發生了內在變化，原來以抒情為中心的文學也具有敘事之風呢？《說故事傳統和唐代中後期文學變革》這一題，就是由此疑問發起的。我認為，唐代中後期文學敘事性更濃厚起來的原因就與說故事傳統的盛行有密切的關係。「說故事」的文字上的意思是用口頭把故事給聽者說的一切活動，所以在說故事活動的範圍之內被包含的第一個對象是故事口述。但是在本書題目中的「說故事」不僅是指專門的口演藝術和故事受眾之間共享故事的行為，也包括小說、戲曲、詩歌等各種書面文學類型的創作活動。比方說，唐代的文人集團往往聚會在一起，聽到有人說的故事之後，以各種方式來改編它，或把它寫為詩歌，或寫為人物傳形式的小說。這時某人的口頭敘事當然是說故事行為，而且文人改編故事來撰寫新的作品也是一種說故事活動的結果。實際上，小說的「說」本來是從口頭開始，後來漸漸涵蓋書面文學概念的。唐代中後期，無論雅俗都流行著口述故事的文化現象。通俗文學本來是以口述為基礎的，可當時連文人都享有口述的文化，適用於自己的創作活動。我們當然不能說中國的說故事傳統從唐代中期才開始，反觀其歷史很悠久。可是這種傳統從唐代中期以後更為流行，口述的故事大量被寫為文字形式的作品，而且其影響很大，無論階層、性別、年齡，愈多的社會成員都對說故事傳統傾注關心了。對他們來說，說故事已經是非常普遍的文化活動。

開始論述本文之前，首先有必要明白概念問題，為什麼我儘量不選擇「講故事」而選擇「說故事」術語，這與「敘事」概念有什麼不同？在現代漢語中，「講故事」和「說故事」幾乎沒有區別。可是我在本文中不使用「講故事」，

是因爲這概念容易限於口頭演講的範圍之內。尤其在宋代以前，敘述故事的活動一般都稱爲「說」，未曾叫做「講」。即使有「講」的用例，這主要是「講義」或「講課」的意思，就與故事的敘述沒有那麼多的關係。在敦煌發現的講經文形式就是其例，因爲講經文決不是經文的故事化，而是對經文的逐句解釋或者講義。唐代有所謂「俗講」的傳統，日僧圓仁《入唐求法巡禮行記》卷三有記載：「(開成六年正月)九日五更時，拜南郡了。早朝歸城。幸在丹鳳樓，改年號——改開成六年爲會昌元年。及敕於左右街七寺開俗講。」在此左右街七處寺院裏，七個講法師各講《華嚴經》、《法華經》、《涅槃經》等佛典。〔註1〕唐代俗講儀式中也有說故事的因素，但這還是以講經爲主。孫楷第先生曾云：「觀其尋文講說，實是講義釋本文之體。……而所說者故事，與義解無關，且虛誕誇張，全是浮詞。又頌讚繁多，徒以聲音靡人。故爲時論所鄙，別於明德之講，而目之曰俗講。」〔註2〕俗講可謂講經儀式被俗化的形式，所以「俗講」的「講」，與其說是「說故事」的意思，不如解釋爲「講義」之意。

但是這種情況到宋代「講史」有所變化，因爲通過「講史」方式講述歷史事件，所以故事性更爲明顯，「講史」就成爲獨立的一門技藝。《東京夢華錄》曰：「孫寬、孫十五、曾無黨、高恕、李孝詳，講史」，《夢梁錄》有更詳細的記載：「講史書者，謂講說《通鑒》、漢唐歷代史書文傳，興廢爭戰之事，有戴書生、周進士……元係御前供話，爲幕士請給講，諸史俱通，於咸淳年間，敷演復華篇及中興名將傳，聽者紛紛，蓋講得字眞不俗，記問淵源甚廣耳。」〔註3〕這裏所說「講史」和「講史書」不是指對歷史的演講，而是根據既往的歷史書或歷史事件用口頭敘述故事的意思。但就在這一點上出現「講史」術語的局限，即是很容易限於特定口頭表演和把它轉錄的敘事作品，正如樓含松指出：「無論從語言還是從詞義看，『講史』指的是口述歷史的傳統，以及宋元說話之一家，如果有所謂『講史小說』，充其量也只能指宋元講史平話，如《五代史平話》、《全相平話五種》等。」〔註4〕這樣，「講」與故事的

---

〔註1〕參見〔日〕釋圓仁原著，〔日〕小野勝年校注《入唐求法巡禮行記校注》，花山文藝出版社2007年11月，第365頁。

〔註2〕孫楷第《俗講、說話與白話小說》，作家出版社1956年6月，第96頁。

〔註3〕〔宋〕孟元老《東京夢華錄》卷五《京瓦伎藝》，第30頁；〔宋〕吳自牧《夢梁錄》卷二十「小說講經史」條，第313頁，古典文學出版社1957年6月版《東京夢華錄》外四種合編本。

〔註4〕樓含松《從「講史」到「演義」》，商務印書館2008年7月，第15頁。

關係更緊密起來大概是宋代以後的事情，而且「講」確實是比「說」更有口頭性的概念。所以，如果選擇「講故事」術語，就有可能只指具體的口頭表演，而不適合探討口述和書面敘事都包括在內的唐代說故事傳統。

為了傳達故事，可用各種各樣的方法，因而「說故事」概念所包括的範疇也甚廣。其中文學和口頭表演還是最直接的方法，但是音樂、美術、舞蹈、建築等其它藝術樣式也會說故事，甚至即便是小小的一個東西都作為一種媒介保存著故事的元素。由於說故事活動給受眾的效果不淺，今天的企業往往引來「說故事」概念用於經營管理，甚至政策解讀和對話技巧等方面也使用這概念。編出來的故事或是事實，或是虛構，但實際上故事的事實與否不太重要，更為核心的是編造的才能和受眾的反應。當然本書的內容與今天的企業管理或政治理論沒有關係，但是「說故事」概念的本質在這些不同的領域也沒有什麼區別，就是「搜羅題材→編造故事→感動受眾」的一系列過程。在這過程中不得不產生出多種版本的故事，或成為原故事的演變形式，或成為主題意識完全不同的另一種故事。我要強調的的地方就在這裏。之所以本書要把範圍甚廣的說故事概念應用於唐代文學研究，是因為說故事具有自我增殖的特點。說故事傳統通過各種媒介而自己增殖的特點與唐代敘事文學的發展有相似的軌轍。

本書在論述的過程中儘量不使用小說、戲曲等文學類型的概念，而使用「說故事」或「敘事」等文學表現方式的概念。這是因為當時的文學作品尤其是通俗敘事不容易劃分為小說和戲曲等特定的文學類型。與詩歌方面不同，當時的散體敘事文學很難劃分類型，不能直接適用現代的文學概念來說明。作家也在創作之前並不考慮其類型如何，甚至在不少作品裏面，小說、戲曲、詩歌的特點都聚在一起。在這種情況下，如果勉強把作品歸於特定文學類型的話，反而易於毀壞作品本來的特性，所以有必要採取更合適的概念，那就是以文學表現方式為主的概念。但從文學理論的角度來看，「說故事（storytelling）」和「敘事（narrative）」之間沒有多大的區別，因為「敘事」概念本身就有「敘述故事」的含義。「說」和「敘」都是文學表達的方式，「故事」是「事」的集合，也是敘述的內容或素材，故事情節就是「事」和「事」有機聯繫構成的一種輪廓。換言之，「說故事」和「敘事」這兩種術語都是把文學的內容和表達形式合併的概念。所以，至少在文學方面，「說故事」和「敘事」甚至不妨認為是相同的。即使如此，本書一般使用「說故事」概念，是

因爲這比「敘事」更適合說明中國古代尤其從唐代更爲明顯的說故事傳統。其根據如下：

　　第一、「說」的文學性和「敘」的史實性。「說」的第一個意思是「說話解釋」，《說文》云：「說，說釋也。從言兌，一曰談說。」〔註5〕但是「說」的意思絕不止簡單解釋，進而是通過說話的方式讓聽者高興的意思。而在說話的過程中，「說」自然而然發揮文學性。劉勰《文心雕龍・論說》有兩處提到「說」的含義，一是「說者說語」，二是對它的注釋「說者，悅也。兌爲口舌，故言咨悅懌；過悅必僞，故舜驚讒說。」〔註6〕引文中的「說語」是有人說話讓聽者高興的意思。這種高興與其說內容搞笑，不如說是聽者心裏有不少感動。褚斌傑先生注意到先秦時代「說」的「遊說」含義和功能，對《文賦》「說煒曄而譎誑」和李善注「說以感動爲先，故煒曄譎誑」這樣解釋：「『說』是爲了勸說人、打動人的，所以必須注重辭采，說得天花亂墜才行。」〔註7〕因爲注重辭采，往往起到負面的影響。劉勰指責的「過悅必僞」就指，說話的主體爲了說服人家或讓人心動，極其注重說話的方式和修飾，甚至編造故事或加以不實的內容來解釋。但是，從文學產生的觀點來看，邊說邊編的行爲本身就是虛構創作的過程。

　　爲了探討這個問題，我們要注意一個事實，那就是《漢書・藝文志》（以下簡稱《漢志》）雖然把小說家編入諸子十家中的一家，在這十家中只是小說傢具有矛盾的觀點。《漢志》在「小說家」小序引用《論語・子張》云：「雖小道，必有可觀者焉，致遠恐泥，是以君子弗爲也」，然後主張「閭里小知者之所及，亦使綴而不忘」。但是在諸子略的提要徹底忽視小說家：「諸子十家，其可觀者九家而已。方今去聖久遠，道術缺廢，無所更索，彼九家者，不猶愈於野乎？若能修六藝之術，而觀此九家之言，舍短取長，則可以通萬方之略矣。」〔註8〕《漢志》爲什麼既排除小說家，又非要把它注入諸子略？其原因在諸子的功能本身，即是「遊說」。我認爲《漢志》命名的「小說」指的是「小道的遊說」，而這就《漢志》把 15 篇作品叫做「小說家」的原因。諸子

〔註5〕〔漢〕許慎《說文解字》第三上，中華書局1997年12月版，第53頁上。

〔註6〕〔梁〕劉勰撰，范文瀾注《文心雕龍注》卷四《論說》，人民文學出版社2001年5月版，第326、328頁。

〔註7〕褚斌傑《中國古代文體概論》，北京大學出版社1984年6月，第313頁。

〔註8〕〔漢〕班固《漢書》卷三十《藝文志》，中華書局點校本2002年11月版，第六冊，第1743～1774頁。

略後注表明諸子的效用:「諸子十家,其可觀者九家而已。皆起於王道既微,諸侯力政,時君世主,好惡殊方,是以九家之(說)〔術〕蜂出並作,各引一端,崇其所善,以此馳說,取合諸侯。」諸子確實是春秋戰國時代遊說的產物。雖然《漢志》把小說家歸於可觀的九家之外,但是沒有否定作為諸子之一的小說家。

作為「小道遊說」的小說最初見於《莊子‧外物》任公子釣魚故事。這段文字在小說史上經常被引用。莊子先說任公子故事後再加上己見:「已而後世輇才諷說之徒,皆驚而相告也。夫揭竿累,趨灌瀆,守鯢鮒,其於得大魚難矣。飾小說以干縣令,其於大達亦遠矣。是以未嘗聞任氏之風俗,其不可與經於世亦遠矣。」莊子介紹任公子故事是因為這有助於經世,但這個故事是加以「飾」的小說。《莊子》和《漢志》排斥小說的原因都是這對經世沒有大的作用,甚至歪曲原故事的意思,所以把它叫做「小說」的。《漢志》引出《論語‧陽貨》「道聽而塗說,德之棄也」中的一詞,將小說家解釋「街談巷語,道聽塗說者之所造」,最初把道聽塗說和小說聯繫在一起了。宋林希逸《莊子口義》對莊子所云「諷說」云:「諷說,道聽塗說者」〔註9〕,林氏確實把《莊子》和《漢志》的小說看成是一樣的概念。換句話說,《莊子》、《漢志》和宋代學者對小說的觀點是一脈相承的。《漢志》所云「小說家者流,蓋出於稗官」也可以這麼解釋。「稗」的原意是水田裏自生的恰似稻草而沒有用處的一種雜草,這就是與雖然在諸子十家之內而被排除九家之外的「小說家」相同之處。《漢志》的諸子是遊說的重要依據,遊說客以有關的論述和故事讓聽者動心,所以諸子十家不得不有故事性或文學性,但是其中小說家很可能偏重於故事性,而小說以外的九家更注重論述和辯論。諸子類之一的早期小說,看起來與文學觀念沒有多大的聯繫,可是我們有必要看它本身具有的故事性,小說就根據這種故事性慢慢被定為文學的一種門類。

與之相反,至少到唐代的文章傳統上,「敘事」概念與歷史的距離比其與文學的距離還要近。劉知幾專門談過這個概念。他所言敘事不是今天的文學術語,而是歷史敘述的一種方法〔註10〕,就如《史通‧敘事》云:「夫史之稱

---

〔註9〕〔宋〕林希逸《莊子口義》卷二十七,第四面,(臺北)弘道文化事業有限公司1972年版。

〔註10〕雖然《史通》的不少概念和主張都被適用於中國文學批評,實際上《史通》的撰述意義原本與文學幾乎無關,其作為文學史的價值意義是後代文學研究者加以評定的。關於《史通》敘事觀和中國文學研究之緣,請見董乃斌《〈史

美者，以敘事爲先」，又說：「夫國史之美者，以敘事爲工，而敘事之工者，以簡要爲主。」〔註11〕劉知幾的「事」是指歷史事實，因此不許編造，最好是把漫長的事實簡要敘述。他所說「敘事」不能等同說故事，而是寫實而已，這就是「敘事」與文學的距離較遠的原因。不僅專門史家，唐代一般文人也把敘事看成是與歷史敘述有關的概念。元稹《白氏長慶集序》贊白居易詩文云：「諷諭之詩長於激，閒適之詩長於遣……賦贊箴戒之類長於當，碑記敘事制誥長於實。」〔註12〕碑記和制誥都是重視素材眞實性的文章類型，元稹《制誥序》曰：「制誥本於《書》，《書》之誥命訓誓，皆一時之約束也」，然後他批評說：「近世以科試取士文章，司言者苟務刓飾，不根事實」。對元稹來說，敘事應該具有像碑記、制誥之屬的文章特點，其關鍵不是文學性的修飾和虛構，而是符合事實。

　　在中國古代的文章傳統上，「敘事」概念相對與寫實的文章有緊密的聯繫。但實際上說，對歷史著作和文學作品都一直沿用敘事概念。比如段成式《酉陽雜俎》轉寫趙業的冥曹故事，其文尾云：「趙著《魂遊上清記》，敘事甚詳悉。」〔註13〕《魂遊上清記》屬於傳奇文，而段成式就爲批評文學作品使用「敘事」術語了。俞樾《春在堂隨筆》借先君子之言云：「蒲留仙，才人也。其所藻績，未脫唐宋人小說窠臼。若紀文達《閱微草堂》五種，轉爲勸懲起見，敘事簡，說理透，不屑屑於描頭畫角，非留仙所及。」〔註14〕俞樾贊《閱微草堂》是因爲他不是「才子之筆」，而是「著書者之筆」。對他來說，敘事是對文學和非文學都能使用的批評術語。即使情況如此，古代的敘事還是與歷史記述更接近的概念。《魂遊上清記》和《閱微草堂筆記》明明是文學作品，可是段成式和俞樾使用「敘事」術語，並不是爲了強調這兩篇的文學性，反而是要主張這些作品的描述方式與歷史記述很接近或者很好跟從史書的敘述方式。雖然他們都評價文學作品的時候使用敘事概念，但在俞樾的眼

　　　　通〉敘事觀在文學史上的意義》，載《唐代文學研究》第十三輯，廣西師範大學出版社 2010 年 9 月，第 296～308 頁。

〔註11〕〔唐〕劉知幾撰，〔清〕浦起龍通釋《史通通釋》卷六《敘事》，上海古籍出版社 1978 年 4 月，上冊，第 165、168 頁。

〔註12〕〔唐〕元稹《白氏長慶集序》，載《元稹集》卷第五十一《序記》，中華書局 2000 年 6 月，第 555 頁。

〔註13〕〔唐〕段成式《酉陽雜俎》前集，卷二「玉格」，中華書局 1981 年 12 月，第 21 頁。

〔註14〕〔清〕俞樾《春在堂隨筆》卷八，江蘇古籍出版社 2000 年 1 月，第 113 頁。

裏，《閱微草堂》卻是通過「敘事簡，說理透」的方法減少文學性特點的「著書者之筆」。相對而言，說故事可以說是與文學更接近的概念，「說」的行爲本身就含有文學性。

第二、「說」是口頭和書面文學的特點都包括之內的概念。《漢志》最初涉及小說家，因此歷來不少學者都探討過《漢志》小說家在文學史上的意義。但是這些專著一般對小說家中「說」的口頭性不太關注，這恐怕因爲它們由近代小說觀念或者作爲書面文學的小說觀念看《漢志》小說家。其實《漢志》小說家所言「街談巷語，道聽途說」最直接顯示著小說與口頭說故事的關係。如上所述，說故事的「說」無疑有口頭的因素，但也能包括書面文學的含義。比如劉知幾把劉義慶《世說》看成「街談巷議」和「小說卮言」，而歸於瑣言類。《史通・雜述》云：「瑣言者，多載當時辨對，流俗嘲謔，俾夫樞機者藉爲舌端，談話者將爲口實。」〔註 15〕《世說》雖然已經改爲雅言的，但這本來具有口頭性，題目中「說」應該是把口頭和書面文學的特點都考慮在內的概念。宋代印刷術大幅興盛之前的敘事文學，因爲篇幅很長還是以口頭爲主傳播，而其中更有傳播價值的少一部分被寫爲文字形式。所以，至少唐代以前的敘事文學決不可以排除口頭特點，應該拿來與口頭性有密切關係的概念探討它。這也是本書要代替「敘事」而使用「說故事」概念的原因。

對「故事」的概念也值得一提。在古代的記載裏，故事往往與法律執行有關係，即是在裁判時要參考的一系列的事件。這個故事一定要據事實重新構造，以能說服對方。在這個過程中，說故事的行爲自然而然顯示文學特點。倘若從文學素材的角度來說，「事」也可以說是「故事」。但從文學表達的角度來說，「故事」是比「事」更有延續性和口頭性的術語。說故事的人能夠據一系列的事件來構成許多甚至無限的故事情節，而且這過程往往以口頭即興的方法來進行。《辭海》對「故事」明顯解釋：「文學體裁的一種。側重於事件過程的描述，強調情節生動性和聯貫性。較適於口頭講述，通俗易懂。」〔註 16〕這樣，「故事」概念既涵蓋著文學性因素，也與口頭表達的方式有密切關係。據以上的幾個原因，我認爲，如果要探討唐代敘事文學，尤其要說明它的口頭性問題，那不用固執以往的「敘事」術語，而使用「說故事」概

---

〔註 15〕〔唐〕劉知幾撰，〔清〕浦起龍通釋《史通通釋》卷十《雜述》，上海古籍出版社 1978 年 4 月，上冊，第 275 頁。

〔註 16〕《辭海》，上海辭書出版社 1999 年，第 1 冊，第 1218 頁。

念比較合理。

　　其次，我想提及「說故事」和「傳統」術語並用的原因。之所以叫做「傳統」，是因為當時說故事活動不僅作為一種文化現象對社會風俗和文學產生了不少影響，也是從古延綿下來的娛樂活動。所謂「傳統」是不變和變化都包括之內的概念。西方口頭文學專家納吉先生探討荷馬與口頭詩歌諸問題的時候，提議用口頭詩歌和傳統並聯的「口頭傳統詩歌」術語。他對「傳統」的觀點就如此：「對一個特定社會的成員而言，傳統是古老的，亙古不變的；從實證研究者的觀察立場來看，則是當代的事實，而且一直處於變化之中。」〔註17〕劉勰《文心雕龍‧通變》探討了文章的繼承和革新問題，其篇首云：「夫設文之體有常，變文之數無方」，又贊曰：「文律運周，日新其業。變則可久，通則不乏。」雖然這篇是劉勰為勸告「今才穎之士，刻意學文，多略漢篇，師範宋集，雖古今備閱，然近附而遠疏矣」〔註18〕的文章世態而寫的文章發展的原理，但是這也可以適用於後代的敘事文學傳統。唐代的說故事一邊是對傳統的繼承，一邊是對敘事文學的革新。對唐代說故事的主體而言，說故事不是那麼特別的行為，但是從社會文化的角度來看，唐代的說故事已經成了很活躍的文化現象之一。這就是本書援用「傳統」概念的原因。但「傳統」是宏觀的概念，不能在所有情況都與「說故事」並聯，所以本書在探討說故事的具體方式的時候多用「行為」或「活動」等術語。

　　本書要探討口頭和書面文學的特點都包括在內的說故事傳統，所以不得不討論一個問題，那就是雅和俗的關係。唐代中後期以後雅俗交融的潮流比較高漲，這是比以前更為多彩的文化因素造成的結果。雅化和俗化不是絕對分開的概念，甚至可謂同一現象的兩個側面。文人詞的出現一般被看成是當時民間文學雅化的代表，但從文人文學的角度來看，這又是他們把詩歌創作俗化的表現。新樂府是俗化詩歌的代表形式，但反過來想，這又是文人把民間的詩歌特點雅化的結果。在小說方面也發生了這樣的情況。當時不少文人拿民間故事題材來撰寫了文言小說，或者把民間的說故事傳統改為新的作品。有些唐代通俗敘事的風格與文人傳奇不易區別，甚至可以說，作家的有

〔註17〕〔匈〕格雷戈里‧納吉 Gregory Nagy《荷馬諸問題》（Homeric Questions），巴莫曲布嫫譯，廣西師範大學出版社 2008 年 6 月版，第 19 頁。

〔註18〕范文瀾注《文心雕龍注》卷二十九《通變》，人民文學出版社 2001 年 5 月，第 519～521 頁。

無才是最大的區別。在這種情況下，先根據作家的有無來把作品分爲文人小說和通俗敘事的方法是不太合理的。這種狀況是雅俗交融在小說方面的反映。從唐代中期以來，文人對俗的關心更多，這是需要深究的問題，因爲文人集團作爲最主要的文學生產和消費者，對文學變革起到極大的作用。自古以來，文人創作往往受到民間傳統的啓發，不過唐代中期文人集團更有意識和公開地接受民間的故事傳統，然後在題材和形式方面都把它用來創作自己的文學。如果說以前的文人一邊吸取民間文化因素，但一邊強調與它的差別，唐代文人更積極地接受民間傳統，把它與自己的雅文化融合在一起。

本書的主要研究對象是唐代中後期以敘事爲主的文學，包括文人小說、民間通俗敘事和敘事詩歌。其中，文人小說以唐傳奇和一些筆記爲研究對象，而通俗敘事主要是指在敦煌發現的說故事作品。傳奇可以說是唐代文人說故事傳統的代表，當時不少文人就根據自己聽的或者看的故事來重新編寫了另一種故事。在唐代文人筆記裏面，傳統的博物志特點和小說因素都有，其內容或只有幾十字，或達到數千字不同。如果一個短片的記載再改爲篇幅較長的故事，這也是典型的說故事活動。敦煌通俗敘事也不例外，但由於它的口頭性和現場性，通俗敘事的說故事傳統多有直接和粗糙的特點。詩歌方面的研究對象是以新樂府爲中心的唐代中後期敘事詩歌。雖然可不可以把新樂府創作叫做「運動」還是有爭論，但是元白主導的新樂府創作是儼然存在的事實，而且不少作家就參加了這個活動。我要從說故事的觀點來分析這些詩人的新樂府創作。

還要一提的是敦煌作品在文學史上的價值問題。就敦煌文學而言，因其在偏僻地域生產和消費，學界往往把它定爲特殊地區的特殊文學。但從魏晉南北朝開始，敦煌地區作爲東西文化交接之處已經成了核心文化基地，就如曹道衡先生指出：「敦煌、酒泉又是西涼李暠所據之地，在這些地區，由於西晉滅亡時有許多士大夫逃奔涼州，因此河西地區造成了一個北方的文化中心，較之黃河中下游一帶，有更多的能文之士。」〔註19〕到了隋唐，這些地區在地理、商業、文化上的作用更重要了。除了 8 世紀後期被吐蕃佔領的幾十年之外，到北宋初西夏侵略爲止，敦煌地區的文化傳統一直延綿不衰，而這種情況給各種藝術的產生和書籍出版的興旺發達提供了很好的條件。敦煌既是文化的產生之地，也是各地文化聚會之地。有些敦煌變文作品可能先在長安產生再傳入敦煌

〔註19〕曹道衡《南朝文學與北朝文學研究》，江蘇古籍出版社 1998 年版，第 23 頁。

地區。俄羅斯敦煌學者孟列夫先生對《維摩詰》和《觀世音》變文傳入敦煌的問題這樣提到：「根據文獻的記錄，我們知道，852 年時，敦煌統治者張議潮曾派使團東入長安，其中就有當時身爲敦煌都僧統的悟眞法師。因受皇帝的特許，悟眞得以在首都的佛寺中收集其所需的佛教著作。文漵的變文大概就在此時被他獲得並帶到敦煌。」〔註20〕文漵是當時最有名的俗講僧，所以他的作品傳入到佛教色彩濃厚的敦煌地區不是怪異之事。這樣，長安的文化因素經常傳入到敦煌地區，在敦煌發現的著名詩人的詩集和《文選》等著作都說明這地區的文化水平。又比如說，轉變是說故事、唱歌、看圖等表演因素都包括的綜合藝術。據曲金良先生的考察，這是「實乃上至宮廷官府，下至民間要路，從長安到各地之普遍流行的一種藝術」〔註21〕，那麼其文本形式「變文」也無疑流行於全國各地。這樣從文化角度來說，敦煌不能說是一個偏僻的地方，卻是很發達的中心地區。而且，不少資料就證明當時文人很熟悉於現在所稱敦煌通俗敘事作品。因此，我們不能把敦煌文學定爲特殊的一種，也即是敦煌敘事文學就能夠作爲唐代通俗敘事的代表與文人小說一起闡述。

## 二、與既往研究不同之處和研究意義

　　本書將以說故事傳統的看法探討唐代中後期文學現象，上文已提到過說故事和敘事概念的相同和不同。就既往的相關研究來言，先要分兩個方面：一是使用說故事概念的研究，二是以敘事爲中心分析唐代文學的研究。據我調查，很少人借用說故事概念來研究唐代文學。這是理所當然的，因爲說故事既不是小說、戲曲等文學類型的一種，也不是一直沿用的文學術語，而歷來的研究者都以既存的術語和概念進行研究。但如果擴大視野看看歷史敘述方面的研究，可以找到用「說故事」概念的論文。馮少康《「說故事」的歷史學和歷史知識的大眾文化化》主張儘量要用「說故事」的歷史敘述方法來達到歷史知識的大眾化，而強調與之相應的社會史研究。對他來說，「古代說書藝人、話本、歷史演義、現代歷史小說、歷史劇、歷史題材的影視劇都起到傳播歷史知識的某種作用，並以其知識娛樂受眾。」〔註 22〕換言之，從古到

---

〔註20〕〔俄〕孟列夫《敦煌文獻所見變文與變相之關係》，楊富學譯，載《敦煌研究》
　　　　1995 年第 2 期，第 115 頁。
〔註21〕曲金良《變文的講唱藝術——轉變考略》，載《敦煌學輯刊》1989 年第 2 期，
　　　　第 94 頁。
〔註22〕參見馮少康《「說故事」的歷史學和歷史知識的大眾文化化》，載《河北學刊》

今，說故事的各種傳統對歷史知識的大眾傳播有一定的作用。回到文學方面的研究，我們能看到以「講故事」概念探討中國小說的研究。姚曉黎《從「講故事」角度來看中國小說的發展》把中國小說分爲單純故事、複雜故事、美的故事這三個階段來簡單梳理了其發展的過程。據他的說法，唐傳奇是單純故事和複雜故事的分界點，也就是複雜故事從唐傳奇開始，之前的小說是單純故事，而美的故事的概念和實踐從 20 世紀初開始。〔註 23〕還有傅修延著《講故事的奧秘：文學敘述論》，這是專門寫敘事理論的研究書。〔註 24〕對著者來說，講故事大概是文學敘事的具體方式，而敘事就是文學理論的概念，所以這本書除了書名以外，用「說故事」或「講故事」的部分幾乎沒有。

在西方的中國文學研究上，「storytelling」通常是指實際的口頭表演。唐代的說話、宋代以後的說書、評書、寶卷等都可稱爲「storytelling」。比如美國學者梅維恒以「oral storytelling with picture（圖畫口頭說故事）」或者「picture recitation（圖畫吟唱表演）」說明唐代的轉變表演，但是已經文字化的變文叫做」The first extended vernacular narratives（最初長篇通俗敘事）」。〔註 25〕換句話說，「storytelling」是指具體的口頭表演形式，「narrative」是指一種文學類型。與之相反，倪豪士曾經在對沈亞之傳奇的論文裏使用過「storytelling」術語。值得注意的是，他所說「storytelling」與故事的重述（retelling）有密切的關係。他在論文的開頭提及另一位西方中國文學研究者歐陽（Eugene Eoyang）的重述故事的才能，然後說到唐代傳奇作家沈亞之就富有這樣的才能。據他的說法，沈亞之非常熟悉於某種故事的認知和重述作業（recognition and retelling）。但是，沈亞之的這種文學活動不是簡單重述，而是一種創造，他說：「儘管沈亞之所採用的大多數情節都不是他個人創造的結果，但他對這些故事的改編和擴展，使其更複雜，完全是創造性的。」〔註 26〕這樣，倪豪

---

2004 年 1 月，第 164～169 頁（引文自第 168 頁）。

〔註 23〕參見姚曉黎《從「講故事」角度來看中國小說的發展》，載《太原大學學報》2003 年 9 月，第 41～45 頁。

〔註 24〕傅修延《講故事的奧秘：文學敘述論》，百花洲文藝出版社 1993 年。

〔註 25〕參見〔美〕Victor H. Mair, Painting and Performance, University of Hawai'i Press，1988 年，「Introduction」。

〔註 26〕參見〔美〕William H. Nienhauser, Jr., "Creativity and Storytelling in the Ch'uan-ch'i: Shen Ya-chih's T'ang Tales", Chinese Literature: Essays, Articles, Reviews（CLEAR），Vol. 20,（Dec., 1998），第 31～34 頁；中譯本《唐傳奇中的創造和故事講述：沈亞之的傳奇作品》，載倪豪士《傳記與小說——唐代

士注目「故事的重述」，把它認爲是有創造性的「storytelling」行爲，就在這點上，他所說「storytelling」的含義與本書的「說故事」概念很接近。

對唐代文學的敘事性問題，有些學者已經探討過。其中，董乃斌先生一直關注而最深入地研究這個問題了。他的《中國古典小說的文體獨立》一書就以敘事因素爲中心分析了從神話到唐傳奇文體獨立爲止的中國小說發展過程。如董先生所述，這本研究著作著重論證的是小說文體獨立的「內因」〔註27〕，所以他從「文學與事」這種本質上的問題開始論述。不僅如此，他在另一篇論文中特意指出中唐以後文學的敘事化傾向，探討了敘事詩歌、散文和民間口頭文學對小說的文體獨立起到的影響。〔註28〕他所說「文學與事」的關係可以說是文學形式（或載體）和內容問題的一面。他認爲詩賦形式不夠表達複雜的事，因此很自然地出現「述事」方式，唐傳奇的出現就標誌著「述事」之作的崛起。〔註29〕但是，只據文學與事的關係難以說明「述事」之做到唐代崛起的另外原因，因爲唐代之前也有事，而且把它要表達的文學性努力也不少，何況作爲文學題材的自然、人的生活、想像力幾乎沒有變化。就在這一點上，我們應該要注目唐代說故事傳統發展的外因。

還有宋立英《元和詩壇研究》提問：「唐傳奇與元和敘事詩這兩種以敘事爲主的文體爲什麼會在元和時期同時形成一個創作高峰？」她先把敘事詩與傳奇的共同特點歸爲長於描寫和長於虛構這兩個方面，然後提到了元和時期敘事文學繁榮的三個原因。一是變文、俗講等當時民間敘事文學對唐傳奇和元和敘事詩的影響，二是元和詩人對講故事的喜愛，三是進士行卷對傳奇發展起到的促進作用與其所帶來的敘事文學的功利色彩。〔註30〕她所舉的三個原因對當時敘事文學的繁榮確實有很大的影響。但是，因爲《元和詩壇研究》不是專述當時文學的敘事性問題，而是以元和詩壇爲中心探討其前後詩歌的研究著作，所以對作爲一種文化現象的唐代中後期敘事之風以及其原因的說明還是不夠。雖然她提到了民間敘事對元和文人創作活動的影響，但是只涉

文學比較論集》，中華書局 2007 年 2 月，第 231 頁。
〔註27〕董乃斌《中國古典小說的文體獨立》，中國社會科學出版社 1994 年，第 261 頁。
〔註28〕參見董乃斌《唐代詩歌散文的小說化傾向——小說文體孕育過程論之一》，載《唐代文學研究》第四輯，廣西師範大學出版社，1993 年 11 月。
〔註29〕參見董乃斌《中國古典小說的文體獨立》，第一章「文學與事的關係」。
〔註30〕參見宋立英《元和詩壇研究》，上海古籍出版社 2010 年 8 月，第 83～100 頁。

及這個影響本身的事實，幾乎沒有掃到其文化背景和目的。如果要深入考察當時的敘事之風，我們應該以民間敘事和文言創作都作為研究對象來探討這兩種傳統的交流。

本書的最終目標和研究意義有二，一是作為一種文化現象來看唐代的說故事傳統，二是提出看小說史的另一種觀點。這兩個研究意義當然是互補而成的。唐代的說故事傳統是一種文化現象，除了文人作家即最主要的文學創作主體以外，皇室人士、底層文人、民間的故事表演者和受眾都作為故事的產生者和消費者積極參與說故事傳統。而且，唐代中後期文學，無論詩體和散文體都深刻收到了這種說故事傳統的影響，甚至可謂說故事傳統的一種結果。唐代文人之間有聽取故事來產生文學作品的風潮，民間的表演者為吸引觀眾改編原來的故事，文人小說和民間通俗敘事共享某種故事題材來產生另一種故事，文人聽到民間故事後以歌詩的方式重新表達故事內容，這些行為都可稱為當時的文化現象。

大部分的中國小說史研究事先分為文言和白話或者雅和俗兩個方面來探討作品。這種小說史敘述方式確實是合理的，因為在中國文學史上，雅和俗的區分是幾千年來一直存在的不能否定的事實。但是，從另一個角度來看，這說明雅和俗的溝通也有那麼長的歷史。尤其是唐代中後期，這種現象更為明顯，有些文人小說也有通俗敘事的痕跡，而我看重的就是這一點。本書儘量擺脫先把雅和俗分開的小說史研究方法，要探討作為說故事傳統如何影響到唐代中後期文言和通俗敘事來產生出獨特的文學創作方式。在文學史研究上，一個時代的文學現象無疑是分析和梳理的對象，可是為弄清楚各種文學類型或文學表達方式的相互影響，盡可能要避免犯以今天的觀點斷定過去的錯誤，還是必要追溯文學現象本然的狀態。既然「唐是白話和文言小說交叉轉換的一個十字路口」〔註 31〕，一邊要探討白話和文言各自的發展脈絡，但一邊不可忽視這兩種傳統互相交往的情況。

〔註31〕 楊義《白話小說由口傳走向書面》(臺灣版《中國古典白話小說史論》前言)，載中國社會科學院文學研究所中國古代小說研究中心編《中國古代學術研究》第一輯，2005 年，第 1 頁。

# 第一章　唐代中後期說故事傳統盛行的原因

　　文學的發展無疑基於文學本身的內因，就是文學創作主體和作品之間的關係。文學創作基本上被作家的創作欲望、內心、經驗、思考、主題意識等因素決定。但是就文學產生的角度來看，文學創作的外因也有內因那麼重要，因爲外因給創作主體和環境以深刻的影響招徠創作傾向的變化。當然，我說的內因和外因不是一刀切的問題，一個時代的社會文化背景、文學產生的條件等因素自然而然影響到創作主體。換句話說，雖然一個作品究竟是作家創作的結果，但是作家不得不吸取文學產生的外因，甚至這外因往往起到決定性的作用。中國古代文學也不能例外，尤其對唐代中後期來說，文學產生的物質條件比前代更爲成熟，外來的文化因素也與既有的文化混淆起來，使文學內容很豐富，對文學的產生起到了極大的影響。而且，作家不詳的口頭文學特別發展起來的唐代中後期，如果只據文學創作的內因或者只關注作家和作品情節等因素，很難說明當時多彩的文學創作傾向。所以，我們也要重視文學產生的外因。以下，我要分文學載體、政治社會原因、外來文化因素等三個方面來探討唐代說故事傳統盛行的原因。

## 第一節　文學載體和出版環境的發展

　　無論在什麼時代，文學出版環境與文學創作有密切的關係，隨著書寫道具或載體的發展，文學表達方式和內容也更爲豐富。實際上說，今天的網絡

文學和寫作方式也是這種現象之例。網上有無數的潛在作家，他們檢索無限的網上資料庫，在幾乎沒有書寫工具限制的情況下隨便創作出不計其數的故事。雖然他們寫文章的水平不一，有些人與專業作家比肩，有些人卻只是現有故事的傳達者或剽竊者，但是不管水平如何，他們都顯示文學載體與書寫方式之間的密切關係。他們往往把這種創作方式用來糊口的手段，也即是他們的創作活動超越單純的娛樂要求而成為有目的性的活動，因而愈來愈多的人就援用這種寫作方式。

　　文學載體的發展，不僅對文學的產生，也對其傳播和普及起到很大的作用。大概東漢末開始的簡紙更替帶來了文學傳播上的革命，而兩千年後的今天也面臨著讀書方式上的另一個革命，就是紙張和電子書的更替。據悉，世界最大美國網上書店的電子書銷售量已經超過紙張圖書，在中國也想要利用電子書的讀者大幅增加。這種現象無疑對出版方式和出版市場有深刻的影響。不少的出版社在出版過程更簡單、製作費用更低的條件下，不管在海內外都能找出無名的作家和無數的題材。我認為從東漢末到唐代的文學也踏上了相似的軌跡，而這與紙張的發明和發展時代幾乎一致。文學形式的多樣化、佛經翻譯與其引來的佛教文學的興起、作家範圍的擴大等現象都與文學載體的發展有密切關係，而且唐代說故事傳統的盛行也可謂這種文學載體的發展到唐代產生出的結果。

　　以簡帛作為主要書寫載體的時代，這載體本身限製作品內容的情況比較明顯。王充《論衡》的有些記載顯示漢代文章載體和內容的關係。比如《量知篇》云：「截竹為筒，破以為牒，加筆墨之跡，乃成文字。大者為經，小者為傳記。」王充所說「傳記」應該是指史傳之類的文章，就是用小的竹簡寫這些傳記的。又《骨相篇》云：「若夫短書俗記，竹帛胤文，非儒者所見，眾多非一」，《謝短篇》更具體地說：「二尺四寸，聖人文語，朝夕講習，義類所及，故可務知。漢事未載於經，名為尺籍短書，比於小道，其能知，非儒者之貴也。」〔註1〕這是漢代儒生的想法。因為漢事不是經書的內容，一般寫於一尺長的短簡。這樣連古今事情也「比於小道」而被寫在短書，那麼更瑣屑的故事幾乎不可能在大的竹簡上書寫。當時的故事很瑣屑的原因與其說是本來內容短小，不如說是其載體讓故事縮小以便書寫。這是為撰寫某種文章先決定合適的載體，然後載體再決定文章特點和內容的過程。實際上說，當時

---

〔註1〕以上《論衡》原文都據黃暉《論衡校釋》，中華書局1990年2月版。

縑帛更合適於書寫篇幅比較長的故事，因爲縑帛的長處就和紙張很相似。但是由於其價昂貴，不敢也不必要把它用來寫上不大有價值的小故事。

　　文學載體的發展導致漢代文人學者關心範圍的擴大和學術方式的變化。日本清水茂先生根據皮錫瑞《經學歷史》梳理了前漢和後漢學風的兩點不同之處：一是「前漢之學專攻一經，後漢之學諸經兼通」，二是「前漢學者著書量少，而後漢學者著書量多」。而且與前漢的著書幾乎都未流傳不同，後漢學者的著書保存下來得多，清水茂對此説到：「我想這應該是由於紙的發明，寫本易於製作，書籍副本量的差異導致的結果。」〔註2〕也就是説，紙的普及就對漢代的學風、著書方式、流傳的程度都起到不少的影響。毋庸置疑，在文學方面也有這樣的影響。查屏球《紙簡替代與漢魏晉初文學新變》探討簡紙的更替和文學變化，據他研究，簡紙作爲文學載體的位置轉換的時期爲 3 世紀中葉三國時代。他所説的紙的功能以及對文學創作的影響可分爲三個方面：（1）釋放寫作空間，使創作思維獲得了極大的自由（2）改善了文本傳播的條件（3）對人們文學觀念的轉變產生了影響。具體來説，這些影響產生了書信體文學的發展、交往詩的盛行、文體論的登場、集部書的大幅增大、叢集和類書的編纂、用典的流行等多方面的文學現象。〔註3〕就文學創作而言，文學載體的發展招徠文學觀念的變化和文學門類的擴大，而從文學傳播的角度來看，讀者就能夠享受多樣化的文學形式了。這樣，東漢到三國時期在文學載體上發生了明顯的變化，可是這種現象還不可謂簡紙的完全更替，因爲當時對紙張有低估的態度，官方圖書等重要書籍大都用簡帛材料。

　　這種情況到東晉有所變化，宋蘇易簡《文房四譜》有相關記載：「桓玄令曰：古無紙，故用簡，非主於恭。今諸用簡者，宜以黃紙代之。」桓玄是東晉末楚王，這個記錄説明當時統治者對紙的評價已經有所變化了。《事物紀原》卷八「箋紙」條也顯示桓玄對紙的愛好：「又《桓玄僞事》曰：玄令平準作青赤縹桃花紙，又石季龍寫詔，用五色紙，蓋箋紙之制也，此疑其起耳。」〔註4〕我們不能知道桓玄爲什麼詔令製作這麼獨特的紙張，或爲實用，

---

〔註2〕　參見〔日〕清水茂《紙的發明與後漢的學風》，載《清水茂漢學論集》，中華書局 2003 年 10 月，第 28～29 頁。

〔註3〕　參見查屏球《紙簡替代與漢魏晉初文學新變》，載《中國社會科學》2005 年第 5 期，第 153～163 頁。

〔註4〕　〔宋〕高承《事物紀原》，商務印書館叢書集成初編本，民國 26 年版，第三冊，第 298 頁。

或爲美觀。但是無論其目的如何，倘若沒有造紙術的革新和對紙的認識上的變化，這樣的情況不可能發生的。《文房四譜》又云：「貞觀中始用黃紙寫勅制。」〔註 5〕當時黃紙是非常普遍的紙，在民間也通用的。如果考慮書寫載體的歷史，皇室的重要文書一般與民間的載體有區別，但唐初的皇室公文就以這種黃紙抄寫了。這樣唐初對紙的認識與過去完全不一樣了。也就是說，以前儘量要據書寫的內容劃分文字載體的傾向被更實用的觀念給取代了。這種情況就說明當時紙張的品質和生產方式已經達到較高的水平。

到隋唐，非但文學載體，其它重要的出版條件也有更大的改善。所以，隋唐可說是出版業眞正開始的時代，就如鄭如斯先生所說：「隋唐時期，抄書量劇增，這方面的人員在政府中也有增加。政府裏的抄書手、拓手、畫手和裝潢工人，已形成了一個龐大的工作隊伍。官方的抄書人員只能爲政府服務，而社會上廣大群眾對抄寫圖書的需要則難以滿足。因此，漢代產生的代人抄寫書籍的職業又發展了起來。」〔註 6〕當時無論在官方還是民間，圖書出版已經達到專門化、分工化的階段。因爲印刷術還沒成熟，所以在出版技術的方面，唐代不能說像宋代有那麼多的革新。但是唐代人對搜羅故事、編輯、校閱、修改等敘事文學出版的基本因素已經具有不淺的認識了。這也是唐代說故事傳統發展的重要原因。唐傳奇的生產和流傳過程、敦煌的各種敘事文學本身就證明當時出版方式的高水平。比如說，敦煌寫本的絕大部分是卷子形式，但還有冊子本、梵夾本等多彩的裝幀方式，其中冊子本的外觀顯示蝴蝶裝、線裝的原始形態。〔註 7〕

除了現存實物資料以外，我們在有些唐代記載也可以看到文學載體的發展程度和良好的出版條件。元稹《白氏長慶集序》云：

> 巴蜀江楚間洎長安中少年，遞相仿傚，競作新詞，自謂爲「元和詩」。而樂天《秦中吟》、《賀雨》諷諭等篇，時人罕能知者。然而二十年間，禁省、觀寺、郵候牆壁之上無不書，王公妾婦、牛童馬走之口無不道。至於繕寫模勒，衒賣於市井，或持之以交酒茗者，處處皆是。（元注：揚、越間多作書模勒樂天及予雜詩，賣於市肆之

---

〔註 5〕以上《文房四譜》的記載都引自上海古籍出版社 1991 年 8 月版，卷四，第 40 頁。

〔註 6〕鄭如斯、蕭東發編著《中國書史》，北京圖書館出版社 1998 年 4 月版，第 102 ～103 頁。

〔註 7〕請見第五章第三節「敦煌變文冊子本的裝幀形式和版面布置」。

中也）〔註8〕

　　這樣，著名作家的名篇，無論貴賤、男女、老少都喜歡背誦，所以很多人把它抄寫、買賣，甚至模仿或假冒用來典當品。對引文中「模勒」文字，歷來有不少的爭論，因爲這可能與當時的雕版印刷術有關係。根據辛德勇先生的研究，葉德輝《書林清話》和王國維《五代兩宋監本考》、《兩浙古刊本考》諸文都認爲「模勒」是書籍雕版肇始於唐代的文獻上的證據，之後在中國的有關研究大都據這兩位大家的說法都認同「模勒」就是雕版印刷之義。可是法國漢學家伯希和、向達、錢穆等都反對這個說法，或云：「在未得第二種文獻及年代清晰之實物證據以前，不得據此即謂唐代大曆時已有印書」（向達），或云：「模勒是依仿各處題字而模勒其字體」（錢穆）。其中辛先生支持後者的意見，他還據《白氏長慶集序》的內容和「模勒」一詞的歷代用法來主張此詞應該意味著「模寫」或「摹寫」。而且，他認爲：「在元稹和白居易所生活的時代，社會上還沒有如此強大的需求，足以促成雕版印刷其詩篇進行販賣。」〔註9〕《白氏長慶集序》的一些內容也可作爲另一個根據，其曰：「又雞林賈人求市頗切，自云：『本國宰相每以百金換一篇，其甚僞者，宰相輒能辨別之。』自篇章以來，未有如是流傳之廣者。」這顯示元稹自己和白居易詩歌非常流行，甚至雞林即新羅國人也渴求它。而從另一個角度來看，這記載也說明元白的作品以寫本形式流行，因爲如果是雕版印刷本，不會發生這種「甚僞者」或「輒能辨別」的情況。

　　就在這一點上，我們有必要提起作品的社會需求和雕版印刷的關係問題。實際上在出版方式開始變化的初期，社會上的需求不一定招來出版方式的急變。唐代中後期不是雕版印刷普遍的時代，雖然有初步的雕版印刷技術，其印本的價值並沒有達到善寫本的水平。當時著名作家作品的臨摹抄寫本就成爲一種文化商品。而且，即使是傳抄的出版方式，這卻不能否定當時文學作品的大量流通。現存唐代寫本的形態以及不少的複本就證明這一點。唐代的抄寫人力、載體、文具等物質條件已經滿足於當時人對文學作品的消費需求。綜觀媒體的歷史，我們可以知道人們對文字媒體基本上持有保守的

---

〔註8〕　〔唐〕元稹《白氏長慶集序》，載《元稹集》卷第五十一，中華書局 2000 年 6 月版，第 554 頁。

〔註9〕　參見辛德勇《唐人模勒元白詩非雕版印刷說》，載《歷史研究》2007 年第 6 期，第 36～54 頁（引文自第 38、44、46 頁）。

態度。他們首先不肯改換傳統的書寫方式，而這種狀態維持相當長的時間。人們對傳統方式很熟悉，自然而然對新的方式有反感，而且，新的方式最初在技術上不能達到傳統方式的水平。紙張替代簡帛、雕版印刷替代抄寫的過程，甚至今天紙書和電子書的關係都是一樣的，不能很短時間內替換自己的位置。〔註10〕我認爲唐代中後期就在於這種媒體變化的階段。值得一考的是，即使雕版印刷明明開始流行，反過來想，這就說明當時是抄寫出版的鼎盛期。誰要抄寫，誰能抄寫，其中有才能的人作爲專門抄手活動。只有抄寫方式能夠滿足文學上的需求，熟練的抄寫在書籍的生產速度和質量方面都比粗糙的雕版印刷更佔優勢。

到了唐代，作爲文學載體的紙張已經成爲很普遍的東西，文章篇幅的限制幾乎沒有了。《唐摭言》有叫王璘的文人創作詩賦的場面：

> 先是試之於使院，璘請書吏十人，皆給硯，璘衫絺捫腹，往來口授，十吏筆不停綴。首題黃河賦三千字，數刻而成；復爲鳥散餘花落詩三十首，援毫而就。時忽風雨暴至，數幅爲回飆所卷，泥滓沾漬，不勝舒卷。璘曰：「勿取，但將紙來！」復縱筆一揮，斯須復十餘篇矣。〔註11〕

雖然這是對一名詩賦創作奇才的描述，但也說明當時文人很隨意在紙張上寫了篇幅很長的文學作品，不用擔心寫錯，拿來新的紙張重新寫就可以了。實際上，如王璘的事例在簡冊時代或簡紙轉換的初期不可能發生的。這種文學載體的發展與其所帶來的創作上的自由尤其對說故事傳統的盛行起到深刻

---

〔註10〕 美國學者周紹明關注中國的手抄本書籍在印刷術發明之後甚至到20世紀晚期仍然不斷出現的現象，而反駁一種錯誤的認識，即印本的流行必然導致手抄本生產的相應下降直至最終消失。對唐代和宋初的書籍產生方式而言，他以敦煌佛教文書中絕大部分是手抄本這個事實爲根據如此說道：「即便是佛教機構，儘管他們在唐代很早就使用了印刷術，至少到11世紀早期對這一技術只進行了極其有限的應用。」而他認爲這種情況的主要原因之一是勞力成本的差異：「雕版印刷——一項不晚於8世紀的創新，未能立即對書文化產生顯著的影響，部分是因爲傳統抄寫勞動的持續低勞力成本。它最終能夠取代大量的手抄本生產，主要歸因於對某些書籍的更大需求，以及來自活字印刷不斷加劇的競爭所引發的技術變革而帶來的價格下降。」參見〔美〕周紹明（Joseph P. McDermott）《書籍的社會史》（A Social History of the Chinese Book），何朝暉譯，北京大學出版社2009年11月，第44、66頁。

〔註11〕 〔五代〕王定保《唐摭言》卷十一「薦舉不捷」條，上海古籍出版社1978年5月版，第122頁。

的影響，因爲說故事本身就是將某種故事題材敘述爲多種版本的行爲，一定需要創作思維和篇幅的自由。對唐代文人來說，撰寫故事是一種習作的過程，他們一邊編造故事，一邊要誇示自己的文才。他們把自己的史才、詩才都放在一個故事裏面，然後不斷地修改，重新編寫。我們不可否認，載體的發展就對這種文學創作活動起到決定性的作用。

　　文學傳播方式和傳播內容之間無疑有相互影響、相互補充的關係。隨著傳播方式越來越容易，人們需求更多彩的文學形式和內容。這種現象再引起傳播手段的變化，因而傳播的過程比以前更爲專門化、大量化了。就在這一點上，通俗文學的抄寫和民間出版可以說是唐代出版環境發展的重要反映之一。到唐代，通俗敘事不但是專門口述表演，又開始進入書面文學的範圍之內。也就是說，之前的文學活動以文人的詩賦創作和詩文交往爲主，從唐代以後篇幅很長的民間敘事也開始轉抄傳播，而這種文學出版範圍的擴張就滿足當時受眾的要求。不僅如此，這兩種不同的雅俗創作傳統活躍地交流，粗糙的通俗敘事漸漸雅化起來了。如果沒有良好的文學載體、出版、傳播的環境，這種文學史上的變化是決不可能的。爲了滿足群眾對圖書的需求，當時民間也組織專門造書隊伍。我們在敦煌卷子中可以看到不少抄手的存在，甚至在一個卷子的一個作品裏頭看得到兩人以上的筆跡。敦煌資料中還有很多未完或者已完的白描畫稿，這些也許是職業畫工的作品，而其中多數應該是用來文圖相配的卷子。這可說是當時民間出版方式先進化的一面。〔註12〕

　　出版環境的變化促進唐代說故事傳統的盛行。文學載體與其包含的內容互相影響，紙張和出版方式的發展又帶動篇幅長的故事，文人作品和民間故事都比以前更容易出版，小小的一個故事也能改編爲篇幅較長的作品了。這就是說故事傳統發展的一個途徑。有了專門抄手，隨之故事的消費量增多，消費對象的範圍也擴展了。《開元天寶遺事》「傳書燕」條曰：「後文士張說傳其事，而好事者寫之。」〔註13〕張說把當時民間流行的言情故事改爲自己的小說作品，好事者再抄寫了這篇小說。如果沒有文學載體或工具的充分發展，許多文人肯定不容易把某種故事隨便撰爲另一個作品。這個短短的記錄都讓我們看當時說故事傳統和出版的一面。多彩的故事版本以文字形式開始流

---

〔註12〕對此問題，請見第五章第一節。

〔註13〕參見〔五代〕王仁裕《開元天寶遺事》卷下，曾貽芬點校，中華書局2008年6月版，第48頁。

通，文人自然有機會接觸更豐富的創作題材，而他們所作的故事作品再用來民間表演或通俗敘事的題材，以導致文人和通俗的說故事傳統互相擴大範圍的效果。

單行本小說的流行也可謂唐代出版環境發達的反映。唐代以前出版的類書、集部書、叢殘小語式的筆記集都不是單篇形式，這就說明當時在搜羅相當多的材料之後才把它造為書籍形態。但是到唐代，情況有所變化，即小說作品開始以單篇流行。潘建國先生說：「單篇行世雖然不能作為判別整個唐五代傳奇作品的標注，但從創作及流傳的實際情況來看，單篇行世卻的確是唐中期以前傳奇最為重要的特徵之一」，而據他的統計，從高祖武德初至文宗大和初 200 年時間中，單篇傳奇作品凡 76 篇。〔註 14〕譬如說，唐張鷟撰《遊仙窟》一般認為是以單篇形式早在唐代流傳到日本，現在我們所看到的《遊仙窟》就在日本數次刊刻的版本之一。《舊唐書·張薦傳》就有相關的記載：

> （張）鷟下筆敏速，著述尤多，言頗詼諧。是時天下知名，無
> 賢不肖，皆記誦其文。……新羅、日本東夷諸蕃，尤重其文，每遣
> 使入朝，必重出金貝以購其文，其才名遠播如此。〔註 15〕

這些海外購買者的書單裏面肯定有單行本《遊仙窟》。這樣，一個故事以單篇形式流行的事實本身就證明當時出書和流通的速度很快，其傳播的範圍也很大。這種情況也要以紙張的大量生產和出版環境的發達作為基礎。現存敦煌單篇通俗敘事可為其例，不少作品有不同的版本，抄手不一，抄寫的時間都不同。唐代文人小說的狀況也一樣，有些作品可能被許多抄手抄寫流傳，現存敦煌本《周秦行紀》即是其中一個版本。

## 第二節　政治和社會原因

一個時代的文學一定受政治和社會環境的影響，政治制度往往與文學創作活動直接有關，或者其制度本身就成為文學創作的一種途徑。社會問題和時事背景是創作的重要題材，尤其戰亂後的文學一般在內容和風格上都與以前的文學有相當大的區別。從政治和社會背景來看，唐代中葉既是傷痕的時

---

〔註 14〕　參見潘建國《中國古代小說書目研究》，上海古籍出版社 2005 年 10 月，第 46 頁。

〔註 15〕　《舊唐書》卷一百四十九，中華書局點校本 2002 年版，第 12 冊，第 4023～4024 頁。

期，又是希望的時期。大唐帝國因安史之亂受到了嚴重的經濟、社會損失，可是戰亂結束之後，唐代社會爲使傷口癒合做了不少的努力。與之相應，文人集團一方面通過對過去的學習，另一方面通過對俗的關心摸索文化上、精神上恢復損失的方法。毋庸置疑，當時文學也都反映著這種社會背景，文人作家以各種文學形式描寫時代的痛苦，同時盡量指引克服艱難的方法。就小說創作而言，安史之亂確實對當時傳奇創作的繁榮起到推動的作用，如石昌渝先生指出：「安史之亂以後，各種社會問題尖銳地暴露出來，引起了一些有識之士的關注和思考，同時也爲傳奇小說提供了層出不窮的題材。……傳奇小說在安史之亂之後進入創作的繁盛時期，不是偶然的。」〔註 16〕文人作家經過戰亂多有話要說了，既往的詩歌形式不夠描述這些題材，所以他們在模仿史傳傳統的傳奇小說找到說話的途徑。

　　雖然戰亂導致莫大的損失，但是唐朝很快得到了修養生息。而且損失的程度在南方和北方有差別，與北方的情況不同，南方在安史之亂後還是相對安定豐裕，其文化也沒有受到那麼多的衝擊。唐代中後期文人因被貶謫或遊歷到南方而遇到與當地民間文化接觸的機會，經常把它用於自己的文學創作。比如劉禹錫的諷刺詩和樂府詩創做到他貶謫南方以後更爲突出，胡可先先生對他的文學履歷說到：「長期的貶謫生涯，使他遠離朝廷，避開了官場的紛擾，增多了接觸人民的機會，他尤其喜歡民間歌謠，加以早年生活在吳地，熟諳吳音，因此就更能從民歌中吸取營養，以反映下層社會民眾的生活與南方特有的風土人情。」〔註 17〕貶謫南方的文人接觸的民間文化中很可能有說故事傳統，包括各種各樣的說唱藝術和故事表演。他們就在文學創作的過程中不知不覺地援引這些民間表演的故事本身及其獨特的敘述方式。文人作品裏面所見通俗敘事的痕跡就證明這一點，我們在下一章要討論這個問題。

　　制舉所用文章的變化也對說故事傳統的盛行起到一定的影響。傅紹良先生查看唐代制舉詔令而歸納出兩個現象：「其一，唐代的制舉依然有重文的傾向；其二，初盛唐時期偏重於文詞之文，中晚唐時期偏重於教化之文。」〔註 18〕這說明，與唐代初期比較穩定的社會情況不同，隨著唐代中期以後遇

〔註 16〕　石昌渝《中國小說源流論》，三聯書店 1995 年 10 月版，第 16～17 頁。
〔註 17〕　胡可先《唐代重大歷史事件與文學研究》，浙江大學出版社 2007 年 12 月版，第 337 頁。
〔註 18〕　傅紹良《唐代諫議制度與文人》，中國社會科學出版社 2003 年 4 月，第 84 頁。

到政治混亂，文人的社會作用比以前更為重要，而制舉要求的文章也把重點放在社會功能。就在這樣的社會氛圍之下，文人儘量要搜羅有助於重建社會的故事題材。也就是說，他們先撇開過去以詞藻或歌頌為主的創作，更需要有教化效果或說服力的寫作，而他們企圖在說故事傳統尋找答案。說故事傳統的重要特點之一是與受眾的距離很近，則是受眾對故事本身有親密感。當時文人認識到說故事傳統的這種特點，把它用來自己的詩歌創作，元稹、白居易等人的新樂府詩就可謂典型之例。不但如此，不少文人在民間直接尋求教訓故事題材，把它重新包裝而寫為一篇完整的故事。這既是當時文人的說故事活動，也是敘事文學創作的一種方式。實際上，唐傳奇中教訓的內容較多，甚至一些作品有意識地明示，此作是以傳達教訓為目標的。這種說故事活動對當時文人來說是為了實現社會功能，甚至為了求官的寫作行為。但從另一角度看，這明明是一種文人文學創作活動。

唐代進士行卷也是說故事傳統更為流行的重要原因之一。程千帆先生《唐代進士行卷與文學》一書專門研究行卷風潮對唐代文學創作起到的的影響，以後不少學者繼續探討了這個問題。《太平廣記》「李秀才」故事顯示唐代行卷風潮達到什麼樣的程度，其曰：

> 唐郎中李播典蘄州日，有李生稱舉子來謁。會播有疾病，子弟見之。覽所投詩卷，咸播之詩也。既退，呈于播。驚曰：「此昔應舉時所行卷也，唯易其名矣。」明日，遣其子邀李生從容，詰之曰：「奉大人咨問，此卷莫非秀才有製乎？」李生聞語，色已變曰：「是吾平生苦心所著，非謬也。」子又曰：「此是大人文戰時卷也，兼殘翰未更，卻請秀才不妄言。」遽曰：「某向來誠為誕耳，二十年前，實於京輦書肆中，以百錢贖得，殊不知是賢尊郎中佳製，下情不勝恐悚。」子復聞於播，笑曰：「此蓋無能之輩耳，亦何怪乎？飢窮若是，實可哀也。」遂沾以生餼，令子延食於書齋。〔註19〕

值得注意的是，在接下來的後半段故事中，李秀才說要打算去江陵盧尚書投卷，李播聽到後大笑說盧尚書是他的親表丈。這樣，當時文人在書肆隨意購買別人的作品，輾轉各地就以買到的作品納行卷。從引文的文脈來看，行卷導致的這種現象並不少見，而是很普遍的事情。這故事雖然說一種竊文謊言

---

〔註19〕〔宋〕李昉等編《太平廣記》卷 261「李秀才」(出《大唐新語》)，中華書局 2006 年 6 月版，第 6 冊，第 2036 頁。

的醜聞，但是我們通過這個事例可以看出當時投卷文化的盛行程度和行卷作品的傳播過程。

本書不必重述行卷問題的每個論點，但還是有必要提及其與唐代小說的關係。程千帆先生對行卷和唐傳奇的關係指出：「但傳奇到了中唐貞元、元和時代，才名篇迭出，而這個時代，又正是進士詞科日益爲士人所貴重、爭以引人注目的行卷來求知己的時代，則傳奇的發達，與進士們用它來行卷有關可知。」〔註20〕王佺進一步分析行卷的類型，先把程先生對行卷的解釋看成是狹義的行卷，然後將行卷的含義分爲行私卷（行卷）和行公卷（省卷），進而探討其與當時文人之間的執贄行爲的關係。據他的說法，行卷是古代執贄禮節的一種，他稱：「行卷是唐代興起的一種文士謁見形式，它既是古代執贄行爲在唐代的派生物，也是文士執贄相見之禮在唐代新生的表現形式。」他的主張大幅擴大行卷概念的範圍。據此，行卷不是舉子的專有物，而是當時一般文人或官員經常做到的執贄活動之一。這就是他所說的「廣義的行卷」。〔註21〕這種說法很有意義，因爲他把行卷看成是文人之間普遍流行的一種文化活動，以可補證唐代中後期傳奇小說大量問世的情況。

唐中葉文人李觀《帖經日上侍郎書》有助於瞭解行卷到底包不包括小說這個問題，其曰：

> 十首之文，去冬之所獻也，有《安邊書》、《漢祖斬白蛇劍贊》、
> 《報弟書》、《邠寧慶三州饗軍記》、《謁文宣王廟碑文》、《大夫種碑》、
> 《項籍碑》、《請修太學書》、《弔韓弇沒胡中文》等作，上不周古，
> 下不附今，直以意到爲辭，辭訖成章。中最逐情者，有《報弟書》
> 一篇。不知侍郎嘗覽之邪？未嘗覽之邪？

傅璇琮先生根據這個記載說明投卷過程的一個特點，他說：「從李觀的介紹中，可知他這次交納的省卷，是十篇文，沒有詩作，這與李觀長於爲文而短於作詩相合，由此也可知舉子交納舊文時當是有所選擇，把自己擅長的文體送交」。〔註22〕雖然李觀的這個書信與小說沒有直接關係，但是我們應該關注他所獻的作品目錄中有碑文四篇，因爲碑文體本來有很強的故事性。就他的

---

〔註20〕參見程千帆《唐代進士行卷與文學》，上海古籍出版社1980年8月版，引文自第80頁。

〔註21〕參見王佺《唐代干謁與文學》，中華書局2011年1月，第69～78頁，引文自第75頁。

〔註22〕傅璇琮《唐代科舉與文學》，陝西人民出版社，2003年5月，第254頁。

《項籍碑》而言，漢末動亂、項籍和漢祖起義後爭雌雄、楚歌夜聞等場面都說出來，其篇幅較長，描寫緊迫，又有人物對話，堪稱近乎小說之作。雖然碑文不能說是小說，可這個文章形式對文人的小說創作有一定的影響。如果考慮唐代有很活潑的投卷風潮，當時文人經常交納的詩文中很可能有故事性更明顯的作品。

　　對於行卷和小說的關係問題，於天池反駁程千帆《唐代進士行卷與文學》的一些內容，其中一個是對李復言小說行卷的意見。他依據的北宋錢易《南部新書》就曰：

　　　　李景讓典貢年，有李復言者，納省卷，有《纂異》一部十卷。
　　榜出曰：「事非經濟，動涉虛妄，其所納仰貢院驅使官卻還。」復言
　　因此罷舉。

於天池先關注李復言沒有成功小說行卷的事實，進而主張「不僅使他自己罷舉，當然也起到了以儆效尤的作用。道理很簡單，既然行卷的目的是爲了更有效更有把握的參加科舉，那麼，誰還會踏李復言的覆轍呢？」〔註23〕可是李復言「罷舉」的主要原因不是納小說卷的事實本身，而是他所納《纂弄》的內容爲「學非經濟，動涉虛妄」。反過來想，如果此篇沒有「動涉虛妄」的內容，李復言會以小說行卷實現所望。而且，當時制舉制度和行卷有密切的關係，行卷作品中最受歡迎的也許是充分發揮社會功能的內容。《國史補》卷中《晉公祭王義》云：「裴晉公爲盜傷刺，隸人王義扞刃死之。公乃自爲文以祭，厚給其妻子。是歲進士撰《王義傳》者，十有二三。」許多進士所撰《王義傳》的內容不會是虛妄，而是近乎經世濟民。實際上，現存傳奇小說中標榜教訓的作品不少，文人用這種故事來炫耀自己的文才。換句話說，於天池所據的「罷舉」其實與小說行卷的存在與否沒有大的關係，關鍵是內容上的特點和投卷者的文才。如果按照王佺對行卷的分析，唐代行卷包括傳奇文的可能更大了，行卷不只是舉子爲求官的事前活動，也是與選舉無關的文化活動。

　　在這一點上，我們要注意看元代虞集《道園學古錄‧寫韻軒記》的記載，因爲這直接提到行卷的娛樂性以及其與傳奇創作的關係：

　　　　蓋唐之才人，於經藝道學有見者少，徒知好爲文辭，閒暇無所

---

〔註23〕於天池《唐代小說的發達與行卷無關涉》，載《文學遺產》1987年第 5 期，第
　　　　54 頁。

用心，輒想像幽怪遇合、才情恍惚之事，作爲詩章答問之意，傳會
以爲說。盍簪之次，各出行卷以相娛玩，非必眞有是事，謂之傳奇。
元稹、白居易猶或爲之，而況他乎？〔註24〕

引文中的行卷屬於王佺所稱「廣義的行卷」的範圍之內。雖然虞集對唐代文
人的批評有點誇張，但是這短短的記載就涵蓋著唐傳奇的作者、內容、創作
過程等重要問題。他說的從「想像某種故事」到「傳會以爲說」則是當時文
人說故事的過程。值得一提的是，虞集十分關注行卷活動的娛樂性。據他的
說法，文人行卷與其說是政治活動，不如說是一種娛樂文化交流活動。行卷
活動中所說的故事，其內容是不是符合事實已不是關鍵問題，僅可共享故事
來相悅就感到滿足。也就是說，虞集把唐代文人的說故事活動也認爲是文人
行卷的一部分。

# 第三節　外來文化的影響

在中國歷史上，唐代是對外交流最活躍，文化開放的程度最大的時代。
大部分的文化研究者都認爲唐代就是國際文化交流的鼎盛期。當時社會氛圍
就對外來文化和文物非常關心，甚至有媚外的傾向。外來文化在宗教、哲學、
藝術、學術等方面都有極大的的影響，而且其對象從皇室貴族到基層民眾非
常廣泛。其中最有影響力的外來文化是佛教和西域文化。實際上，我們在唐
代詩歌、小說等文學作品裏面經常碰到佛教色彩濃厚的故事題材，也往往發
現西域的文化因素。不管當時文人對外來文化的態度如何，到唐代，外來文
化因素暴增這個事實本身就不能否定的。

我們之所以要關注外來文化，是因爲其與唐代中國說故事傳統的多樣化
有密切的關係。對於外來文化尤其是佛教文學對唐代小說發展起到的作用，
已經有不少的研究成果。季羨林先生對唐王度的《古鏡記》指出：「以一面古
鏡爲線索，爲中心，敘述了幾個互不相干的故事，用古鏡串貫起來」，而這種
結構形式「在印度古典文學中頗爲流行了，比如流傳全世界的《五卷書》就
是如此。」除此之外，季先生把唐傳奇作品分爲《枕中記》類、《南柯太守傳》
類、生魂出竅類、借屍還魂類、幽魂類、龍女類、杜子春類等七種故事類型

---

〔註24〕〔元〕虞集《道園學古錄》卷三十八《寫韻軒記》，文淵閣四庫全書本，集部，
　　　　別集類。

來梳理了其從印度文學引來的因素。〔註25〕也就是說，印度古典文學在形式和內容方面都對唐傳奇創作起到深刻的影響。

季先生所說唐傳奇故事類型是以佛教文學的想像力為根據分析出來的。明胡應麟早已提到唐代文人小說的想像力問題，其曰：

> 凡變異之談，盛於六朝，然多是傳錄舛訛，未必盡幻設語。至唐人乃作意好奇，假小說以寄筆端，如《毛穎》、《南柯》之類尚可，若《東陽夜怪錄》稱成自虛、《玄怪錄》元無有，皆但可付之一笑，其文氣亦卑下亡足論。〔註26〕

雖然胡應麟沒有顯示唐代的這種文學現象和外來文化的關係，但我們還是值得關注他以「盡幻設語」和「作意好奇」概念來說明唐代敘事文學的特點。據他說，六朝的「變異之談」不夠有這兩種特點。「盡幻設語」和「作意好奇」可以解釋為文學的想像力，而佛教的想像力就是探討唐代和唐前文學的時候必不可少的問題。這種想像力和豐富多彩的故事題材無疑使唐代的說故事傳統更活躍起來了。

唐代通俗敘事比文人小說更直接地受到外來文化的影響。無論時代和地區，口頭敘事傳統很快吸收外來文化是很普遍的現象，就是很積極地接受外來文化，然後在較短的時間內和已有的口頭傳統融合在一起。唐代通俗敘事也在形式和內容方面都與外來文學有密切的關係。其中最為明顯的是敦煌講唱文學的散韻組合形式。這種形式的來源與中國小說和戲曲史直接有關係，所以至今有不少的爭論，研究敦煌變文的學者幾乎都探討這個問題了。鄭振鐸先生曾問：「以散韻合組成文來敘述、講唱，或演奏一件故事的風氣是如何產生」，再舉韻、散二體合組的《本生經》（Jataka）、《本生鬘論》（Jataka-mala）等佛教文學為例說明：「最可能的解釋，是這種新文體是隨了佛教文學的翻譯而輸入的。」〔註27〕向達先生也在《論唐代佛曲》一文指出：「至於俗文變文之類大約模仿佛經的體裁，散文即是佛經中的長行，韻語即是佛經中的偈。」他又說到：「敦煌發現的俗文學大約受有其它地方的影響，其中最顯著的一處便是四川。」向達先生提到的敦煌文學和四川的影響關係是非常重要的論點，

〔註25〕參見季羨林《中印文化交流史》，載王岳川編《季羨林學術精粹》第三卷，山東友誼出版社 2006 年 1 月版，第 88～90 頁（引文自第 89 頁）。

〔註26〕〔明〕胡應麟《少室山房筆叢》卷三六《二酉綴遺中》，上海書店出版社 2009 年 4 月版，第 371 頁。

〔註27〕鄭振鐸《插圖本中國文學史》上冊，北京出版社 1999 年 1 月版，第 453 頁。

因爲四川地區是到印度和西域的核心通路。〔註28〕《太平廣記》「宋昱韋儇」
條有這樣的記載：

> 楊國忠爲劍南，召募使遠赴瀘南，糧少路險，常無回者。其劍
> 南行人，每歲令宋昱、韋儇爲御史，迫促郡縣徵之。人知必死，郡
> 縣無以應命，乃設詭計，詐令僧設齋，或於要路轉變。其衆中有單
> 貧者，即縛之，置密室中，授以絮衣，連枷作隊，急遞赴役。〔註29〕

文中「轉變」一般被認爲是與佛教傳統有密切關係的散韻相間方式表演，
就是敦煌變文的口頭敘事形式，也是本文所說的唐代通俗說故事傳統之一。
劍南是現在的四川成都，瀘南今天屬於雲南地區。根據引文的內容，我們可
以看出當時在四川地區，轉變是對人們非常熟悉而且很受歡迎的表演。大約
在唐中後期活動的詩人吉師老寫了以《看蜀女轉昭君變》爲題的七言詩一篇，
其云：

> 妖姬未著石榴裙，自道家連錦水濆。檀口解知千載事，清詞堪
> 歎九秋文。翠眉垂處楚邊月，畫卷開時塞外雲。說盡綺羅當日恨，
> 昭君傳意向文君。〔註30〕

吉師老看到的轉變表演者就是從四川錦水邊來的蜀女。據《高力士傳》
的記載，唐上皇每日與高力士一起觀看「講經、論議、轉變、說話」等表演，
這是經過安史之亂，從四川回到長安以後的事情。〔註31〕我們又要關注吉師
老和上皇看到轉變表演的地區不是四川。雖然不能知道吉師老具體在哪裏觀
看表演，可是此詩的首聯兩句就說明，從蜀地來的女性表演者已經離開老家，
到別的地方去作表演，而這個地方很可能是外地表演者希望去的大城市。根
據以上的內容，我們可以知道，收到佛教影響的轉變表演在唐代中後期越過
四川地區的邊界，起碼在首都長安或者變文大量發現的敦煌等大城市已經很
流行。

唐代以前的中國也有散文和韻文都包括的文學，〔註32〕但是這些作品沒

---

〔註28〕 參見向達《論唐代佛曲》，載《唐代長安與西域文明》，三聯書店 1957 年 4 月
　　　　版，第 290～291 頁。

〔註29〕 《太平廣記》卷 269，中華書局 2006 年 6 月版，第 6 冊，第 2109 頁。

〔註30〕 見《全唐詩》，中華書局 1996 年版，第 774 卷。

〔註31〕 參見〔明〕陶宗儀纂《說郛一百二十卷》卷一百十一《高力士傳》，載《說郛
　　　　三種》，上海古籍出版社 1989 年 1 月版，第八冊。

〔註32〕 程毅中先生根據唐前已有的雜賦和《吳越春秋》等作品的形式而主張中國古
　　　　代原來有變文文體。請見《關於變文的幾點探索》，載《敦煌變文論文錄》上

有像敦煌講唱文學那麼篇幅長而散韻文反覆交叉出現的形式。比如《降魔變文》把佛經中的很少一部分改爲散韻交叉的長篇故事，《伍子胥變文》和《王昭君變文》等非佛教故事也是按照這種方法來改編的。這些作品給讀者好像看著每段不同場面的感覺，一段散文和與之相應的一段韻文配合在一起敘述一個場面。誇張一點說，如果用這種方式說故事的話，其故事甚至被無限地延長起來。在這點上，我們有必要探討印度口演藝術的影響。最深入研究這個問題的學者應該要數美國費城大學梅維恒（Victor H. Mair）教授。他指出今天在印度還保存的表演藝術「par vãcano」的套語和敦煌變文的韻文前套語「～處，若爲陳說」、「～時，道何言語」非常類似，而且比較「par」、「bhopo」等印度的傳統看圖講故事藝術和《降魔變文》看圖表演，以證明印度文化和唐代敘事傳統之間的直接的影響關係。〔註33〕唐代社會積極吸收佛教文學和與之一起來的印度、西域的口頭敘事傳統，或把它們直接用來表演，或與固有的題材和表演藝術融合在一起產生出了新的說故事傳統。在此過程中，說故事傳統更爲豐富而多樣化，甚至爲提高表演效果，往往援用與原故事絕無關係的情節。這樣一來，對說故事的主體來說，小題材的故事化、小故事的長篇化已經不是那麼難做的事情了。

佛教題材和西域表演藝術等因素確實在內容和形式方面都對唐代說故事傳統的發展起到決定性的作用。但是我們不能根據這個影響一概否定從唐前一直有的敘事傳統的價值。梅維恒教授曾經比較以實際爲主的中國世界觀和以虛構爲主的印度存在論，而強調佛教和印度的哲學思想對中國小說有深刻的影響，其中最大的影響就是虛構性想像力。他一邊認可中國早已有《左傳》、《史記》等優秀的歷史敘事傳統和《戰國策》，《吳越春秋》，《越絕書》等虛構化的歷史著作，但一邊強調：「我們不僅無法在佛教傳入以前的中國找到鋪陳的、想像的敘事文學，而且也不能發現有連續敘事風格的藝術作品。」〔註34〕據他

冊，上海古籍出版社 1982 年版，第 375～381 頁。

〔註33〕 參見〔美〕Victor H. Mair, T'ang Transformation Texts, Harvard University Press，1989 年，第 4 章，第 73～88 頁；Painting and Performance, University of Hawai'i Press，1988 年，第 4 章，第 73～88 頁。中譯本見楊繼東、陳引馳譯《唐代變文》，（香港）中國佛教文化出版有限公司 1999 年版，上冊，第 169～194 頁；王邦維、榮新江、錢文忠譯《繪畫與表演》，北京燕山出版社 2000 年 6 月版，第四章。2011 年 2 月（上海）中西書局出版了《唐代變文》簡體字版。

〔註34〕 Victor H. Mair, "The Contributions of T'ang and Five Dynasties Transformation Texts (pien-wen) to Later Chinese Popular Literature", Sino-Platonic Papers, 12

的說法，佛教傳入之前，在中國沒有真正的小說創作傳統，因為其創作傳統就是以虛構的想像力作為核心因素的。

可是對這個問題，我們有必要揚棄極端的立場。佛教不是一瞬間廣泛普及的，而是在漢代傳入中國之後，過了幾百年，到唐代才對當時文化起到全面的影響了。在此不短的時間裏，佛教及其帶來的外來文化自然而然與固有的文化混淆起來。而且，我們先有必要分開通俗和文人傳統，然後再探討這兩個傳統的交流現象，因為就佛教文學對唐代小說的影響程度來說，通俗和文人敘事傳統之間確實有大的差距。對此問題，我們應該堅持文學創作方式的角度。梅維恒教授所提到中國固有的歷史敘事傳統和虛構化的歷史著作也可作為小說創作的基礎，這些作品的作家明明是以作為一種歷史事件敘述故事的。可是，無論他們把自己的作品視為歷史還是小說，故事的虛構化本身就是發揮想像力的過程。雖然佛教和印度、西域文化確實對唐代的小說創作傳統有極大的影響，但是我們不能只據這個原因來否定佛教傳入之前已有的想像力和虛構敘事傳統。在這一點上，我們再值得一提「小說」概念。如本書緒論所說，在中國古代的敘事傳統裏面，「小說」的「說」是顯示文學性和虛構性的概念。不管其目的和意圖如何，「說」的過程本身就包含著虛構性。

探討唐代文人敘事的時候也要關注這一點，就是先要考慮中國固有的敘事傳統。值得注意的是，外來因素對唐代文人小說的影響主要在內容方面。我們當然不能否定其在形式方面也有一定的影響。如上所述，季羨林先生已經證明唐傳奇《古鏡記》和印度文學《五卷書》在形式上的影響關係。李宗為先生也指出：「（牛僧孺《玄怪錄》）這種大故事套小故事，小故事套更小故事的結構形式是印度文學及中東文學所慣用的。」〔註35〕這些都是外來的說故事傳統對唐代文言小說撰寫方法起到的影響之例。但是文人小說受到的影響沒有通俗敘事那麼深刻。一般來說，書面文化比通俗口頭傳統對外來因素的反應更為保守。因為書面文化是經過很長時間慢慢鞏固的，所以滲入它裏面還是要那麼長的時間。唐代的文人小說也一樣，當時文人已經具有他們自己的創作傳統。就唐傳奇而言，雖然有些作品帶有明顯的佛教和西域的色彩，

---

（1989. 8），University of Pennsylvania. 第 21、23 頁：引文自《唐代變文》（下
冊）附錄《唐五代變文對後世中國俗文學的貢獻》，第 202 頁。
〔註35〕李宗為《唐人傳奇》，中華書局 2003 年 6 月版，第 50 頁。

但是當時文人作家的創作觀念不是在於所謂小說創作，而是在於史傳傳統。唐傳奇作品中有很多神奇或荒誕的內容，可是文人作家甚至把這些內容還是要以史傳形式撰寫，就是在原有的文人敘事傳統上加以虛構性的。而且，這種虛構性也不是爲了誇示作家自己的想像力，而主要是爲了讓讀者更相信自己說的故事內容。「傳奇」這個詞也與其說是對奇事的簡單傳達，不如說是「以奇事作傳」，即是用現有的敘事形式來撰寫某種故事的。〔註36〕當然，唐代文人積極吸收佛教文學和佛教世界觀，以使他們自己的想像力更爲豐富。但在文章形式方面，他們儘量要堅持他們自己的筆記和史傳傳統。根據一個小題材撰寫多種版本的現象明明是故事和虛構傳統很強的佛教文化的影響。可是當時文人不願意丟失以前的文章傳統，所以儘量使用固有的方式來描述故事了。有關這個問題，季羨林先生也在同文說到，唐傳奇「從內容方面來看，印度影響更爲明顯。」〔註37〕換句話說，唐代文人在形式上還是要用他們自己更熟悉的文章傳統。

上文所說的散韻相間敘述方式在唐代文言小說的反映也可以從這個角度來探討。唐代通俗敘事在形式方面確實對當時文人小說起到不少的影響，有些傳奇作品裏面的歌詩形式可爲其例，比如《柳毅傳》中錢塘君和劉毅之間的辭賦形式歌詩問答、《鶯鶯傳》中的《明月十五夜》和《會眞詩》等詩歌。俞曉紅對此說到：「《柳毅傳》亦有三段韻文穿插於散文的敘述進程之中，雖然帶有本土詩歌的藝術風格，但韻散相間的方式卻爲唐前的文學作品所無。因此，從這個意義上說，唐文言小說的現實結構乃是受到了變文敘事結構的影響而形成。」〔註38〕俞先生沒有顯示她所說唐前文學作品的範圍之內包不包括歷史敘事傳統。可是我們在唐前的正史和野史雜傳裏面容易發現韻散相間的敘述方式。劉勇強先生對《穆天子傳》卷三中穆王與西王母相會的一段指出：「其中在散體敘述中，加入詩歌，不僅聲情並茂，實際上也開了中國古代小說敘述方式韻散結合的先河。」〔註39〕又比如說，《史記・屈原賈生列傳》

---

〔註36〕 對此問題，請見第二章第三節「史傳傳統和文人小說創作態度的兩面性」部分。
〔註37〕 季羨林，同上書，第89頁。
〔註38〕 俞曉紅《佛教與唐五代白話小說研究》，人民出版社2006年9月版，第392頁。
〔註39〕 參見劉勇強《中國古代小說史敘論》，北京大學出版社2007年10月，第60頁。

中，屈原至江濱與漁父對話後，說出篇幅較長的《懷沙》之賦，而在同傳中，賈生及渡湘水，作賦以弔屈原。《司馬相如列傳》也有相同的形式，即司馬相如拜爲孝文園令後，奏《大人賦》以悅天子。〔註40〕除此之外，這種例子還有不少，特別是在詩人或者文人的史傳裏面。司馬遷把這些歌詞都在散文故事之間插入，使它們在敍事上有一定的作用。而且，《柳毅傳》中的辭賦和《鶯鶯傳》中的詩歌不像變文那樣，以一組散文和韻文的交叉作爲一個故事段落說出故事，而是在散文敍事中間插入韻文的方式。這卻與前邊舉例的史傳的敍述方式更接近。所以，唐代通俗敍事的散韻組合形式和文言小說的關係，不能說是有直接或者決定性的影響關係，而可說其形式對唐代文人的文章傳統只有啓發性的作用。換句話說，即使唐傳奇的散韻相間形式更爲明顯，但當時文人還是要把這種形式在固有的文人敍事傳統之內運用，他們在這個方面一直堅持保守的態度。

　　值得一提的是，這樣在史傳傳統的基礎上撰寫小說的傾向與中國古代「小說」傳統並矛盾，卻有相補的作用。程毅中先生曾說：「唐代小說主要從史部的雜傳演化而來，但是也還有其它的淵源。中國小說起源於『街談巷語，道聽途說』，唐代小說也在一定程度上保持了這個傳統。」〔註41〕從敍事傳統的角度來看，唐代文人小說可以說是史傳和小說這兩個傳統都包含在一起的創作傳統。唐代文人小說之所以隨便採取民間的故事，是因爲當時文人作家對「小說」傳統的反感沒有那麼深刻，反而對民間故事很有興趣，隨時把它用於自己的小說創作。在這個過程中，佛教確實有很大的作用，就與既往的「小說」傳統相應，使它的內容更爲豐富，而且佛教的想像力也通過史傳和小說傳統融入在作品裏面了。

---

〔註40〕　參見〔漢〕司馬遷《史記》卷84《屈原賈生列傳》，中華書局點校本1982年11月版，第8冊，第2486頁以下；卷117《司馬相如列傳》，第9冊，第3056頁以下。

〔註41〕　程毅中《唐代小說史話》，文化藝術出版社1990年12月版，第13頁。

# 第二章　說故事傳統和唐代中後期文人小說創作的新變

從此章開始，我們要具體考察上述的說故事傳統對唐代中後期各種文學形式的變化起到什麼樣的影響。唐代尤其是唐代中葉以後把皇室人士包括在內的文人階層，與民間故事和文化接觸的機會更多起來，而這種接觸無疑影響到他們的文學創作。爲了這個研究，首先要考察當時文人階層對民間故事的關注和接受方式。不僅一般文人，連皇帝也很喜歡聽民間故事，直接分享了民間的說故事傳統。但是除了特殊的情況以外，他們接受民間故事的主要途徑還是通過文人或官員的敍述。皇室外的一般文人更有機會跟民間的說故事傳統接觸，有些文人邀請專門藝人到自己家裏聽取民間的流行故事，又有些文人親自到專門表演場所聽故事。文人能夠把在這些民間故事改編爲自己的作品，或者模仿其敍述方式。文人之間共享故事的活動也是當時很典型的說故事傳統。這既是文人階層聽取故事的一種方式，也可謂小說產生的一個過程。下面，我先要梳理唐前和唐代文人接受民間故事的途徑，然後探討唐代文人的這種活動如何反映在他們的作品裏面，而這個過程在當時文人文章傳統上導出什麼樣的矛盾。

## 第一節　文人階層對民間故事的關注和接受方式

毋庸置疑，中國文學有雅俗這兩種不同的創作傳統。但是綜觀中國文學

史，我們又可發現一個獨特的現象，那就是文人對民間文學的關注。雖然他們從小受到很深刻的儒家教育，然後通過官僚制度當官員，可是其中不少文人還是關注民間文學和藝術。他們或由於貶謫、避難等政治上的原因遇到與民間文學接觸的機會，或純粹由於個人興趣積極尋找民間文化。無論詩歌還是以故事為主的文學都有這種現象。如上所述，文人有時招民間藝人到自己的住所來表演，有時親身去特定場所看表演，或從友人聽說故事，或購買故事抄本讀讀。之所以要考察唐代文人對民間文學的關注問題，是因為這不僅僅是文人的一種私人取向，進而為他們文學創作的基礎，尤其是在唐代中葉以後成為敘事文學創作的重要因素。如果說唐代中葉以前對民間的關注是政治或者個人取向的特點比較濃烈，之後的關注可以說是作為文學創作因素的特點愈來愈明顯。清彭羡《唐人說薈序》就在這種角度上早已關注唐人小說的創作背景，他說：「則夫領異標新，多多益善，稱觀止者，惟唐人小說乎！蓋其人本擅大雅著作之才，而託於稗官，綴為卮言。上之備廟朝之典故，下之亦不廢里巷之叢談與閨閫之逸事；至於論文講藝，裨益詞流，志怪搜神，泄宣奧府。」〔註1〕清馬維雲《唐代叢書序》從人本性的角度來探討文人關心街談巷語的現象，甚至他認為古代皇帝設稗官以觀察民情的行為也是人本性的反映，他說：「然而人情喜新奇而畏艱深，流覽墳典，目未數行，首觸屏幾；及至巷語街談，忘餐廢寢，惑溺而不返，甚且偏一世為風尚。此亦樂音中之鄭聲，彩色中之紅紫也，特以出自稗官，流傳既久，王者欲知閭閻風俗，且立稗官以稱說之。」〔註2〕就這樣，文人一邊寫他們本來擅長的詩文，一邊容納民間文學，把它歸於自己的文學範圍之內。當然，文人對民間文學的影響也不少，因為文人接受民間文學的現象倒是成為宋代以後各種民間文學發展的重要條件。如果沒有文人，民間文學的急速發展也是不可能的，文人經過精鍊民間故事的過程，重新把它還給民間。也就是說，如果沒有雅的協調，俗的發展也不容易了。雖然這種雅俗交融的現象從宋代以後更為明顯，但是其基礎是在唐代中葉已經奠定起來的。下面，我們先介紹唐前文人對民間故事的關注和接受方式，然後探討唐代文人享受民間故事的途徑，又考察其與說故事傳統有什麼樣的關係。

---

〔註1〕丁錫根編著《中國歷代小說序跋集》下冊，人民文學出版社1996年，第1794頁。

〔註2〕同上書，第1797頁。

# 一、唐前文人對民間故事的關注和接受的途徑

　　爲了考察唐前文人接受民間故事的方式，應該要從《漢志・藝文志》小説家的稗官説開始論述，因爲這簡單的略述既是把民間故事聯繫於「小説」的最初記錄，也可以對《漢志》以前王者如何享受民間故事的問題提供一種啓迪。《漢志》的有關記錄如下：

　　　　小説家者流，蓋出於稗官。街談巷語，道聽途説者之所造也。

　　孔子曰：「雖小道，必有可觀者焉，致遠恐泥，是以君子弗爲也。」

　　然亦弗滅也。閭里小知者之所及，亦使綴而不忘。如或一言可採，

　　此亦芻蕘狂夫之議也。

　　至今有不少學者都談過《漢志》小説家和民間故事的關係問題。魯迅早已否定《漢志》小説家來自民間之説：「其所錄小説，今皆不存，故莫得而深考，然審察名目，乃殊不似有採自民間。」〔註3〕他只以今存名目作爲論據來主張《漢志》小説家不是來自民間故事的。後來，余嘉錫先生注目「稗官」而比較詳細地探討此問題了。他《小説家出於稗官説》一文根據東漢以前諸書中有關「士」的記載討論了「士」和「稗官」的關係。我認爲這些記載有助於瞭解本節要説的文人階層享受民間故事的途徑問題，余嘉錫先生引用的材料有：

　　　　史爲書，瞽爲詩，工誦箴諫，大夫規誨，士傳言，庶人謗，商旅於市，百工獻藝。（《春秋》襄十四年傳）

　　　　於是有進善之旌，有誹謗之木，有敢諫之鼓，瞽史誦詩，工誦箴諫，大夫進謀，士傳民語。（賈子《新書・保傅》）

　　　　士不得諫者，士不得豫政事，故不得諫也，謀及之，得因盡其忠耳。《禮・保傅》曰：「大夫進諫，士傳民語」。（《白虎通・諫箴》）

　　　　古者聖王之制，史在前書過失，工誦箴諫，瞽誦詩諫，公卿比諫，士傳言諫過，庶人謗於道，商旅議於市，然後君得聞其過失也。（《賈山・至言》）

　　以上引文都提到了周代王者聽政的各種方式，而《賈山・至言》的記載可作爲對《左傳》的解釋。文中「士傳」的「民語」和「言」就是《漢志》所説的道聽途説和街談巷議。既然是傳達民間的話語，這些道聽途説很可能

────────────────

〔註3〕魯迅《中國小説史略》第三篇，上海文化出版社2005年1月，第21頁。

是故事性濃厚的形式。雖然「士」是可以面見王者的職官之一，可其職位很低，不容直諫，只能以「傳」的方式把庶人之言轉告君王。士與庶人的距離比其與大夫的距離更接近，所以這兩個階層經常被合稱爲「士庶」。這一點很重要，因爲這與給王者傳達「小說」或民間故事的主體和傳達方式的特點有關係。余先生根據引文作出如下的結論：「綜以上所引諸書觀之，則小說家所出之稗官，爲指天子之士，信而有徵，無可復疑也。」〔註4〕按余先生的主張，《漢志》所說的稗官就是士。

那稗官或士用什麼方式來傳達街談巷議呢？關於這個問題，我們要注意另一條記載，就是曹魏如淳對「小說家者流，蓋出於稗官」的注釋：「街談巷議，其細碎之言也。王者欲知閭巷風俗，故立稗官，使稱說之。今世亦謂偶語爲稗。」〔註5〕按此注釋，稗官很可能以口頭說故事的方式直接向君王述說街巷的故事。值得注意的是，魯迅《史略》和余嘉錫《稗官說》都引用如淳的注釋，但是引文中「今世亦謂偶語爲稗」這一句，兩人都沒有引用。據《辭海》，「偶語」的意思爲「相對私語」。〔註6〕《史記・高祖本紀》曰：「父老苦秦苛法久矣，誹謗者族，偶語者棄市」，應劭注云：「秦禁民聚語。偶，對也」。從古代記錄來看，「偶」通「耦」，《詩經・周頌・嘻嘻》云：「駿發爾私，終三十里。亦服爾耕，十千維耦」，文中「耦」就是兩人並肩耕種的意思。〔註7〕《漢書・高帝紀》把「偶語」寫爲「耦語」〔註8〕，這裏所說「偶語」不是指文章句子上的排偶或對偶，而是指說話的方式。根據「今世亦謂偶語爲稗」這一句，可以說「稗」字最晚到如淳在世的魏代還是意味著兩個人以上的對語或問答。而且，既然是對語，「稗」自然與口頭性有關。歷來不少學者探討過稗官，他們主要關注的是稗官是否爲正式官職，以及其職能如何。與之相反，我們對稗官的考察更需要注重他們用什麼方式給君王說故事這個問題，

〔註4〕 余嘉錫《小說家出於稗官說》，載《余嘉錫論學雜著》中華書局1977年2月版，第268頁。

〔註5〕 《漢書》，中華書局點校本2002年11月版，第6冊，第1745頁。

〔註6〕 《辭海》，上海辭書出版社1999年，第3冊，第2703頁「偶語」條。

〔註7〕 《十三經注疏》箋曰：「耜廣五寸，二耜爲耦。一川之間萬夫，故有萬耦。耕言三十里者，舉其成數。」疏云：「『耜廣五寸，二耜爲耦』，《冬官・匠人》文也。此一川之間有萬夫，故爲萬人對耦而耕。」參見《十三經注疏・毛詩正義》卷十九，中華書局1980年10月版，第586頁。

〔註8〕 《史記》卷八《高祖本紀》，中華書局點校本1982年11月版，第2冊，第362頁；《漢書》卷一《高帝紀上》，第1冊，第23頁。

因爲這種說故事方式到後代也延綿不衰，對小說的創作和發展起到了重要作用。〔註9〕

　　爲深入探討這一問題，我們有必要注意《漢書‧東方朔傳》的一些內容。漢武帝初即位，「徵天下舉方正賢良文學材力之士，待以不次之位，四方士多上書言得失」，其中就有東方朔。文中的「士」可能爲稗官。他們平時沒有資格參預政事給皇帝進言，只能在特別的情況下被允許上書傳言。也就是說，不是所有「士」都成爲稗官，而是其中特別有才能的人才被選爲稗官。這個才能的主要部分之一可能是說故事的能力。東方朔本來很善於詼諧辯說，就如《東方朔傳》贊所述：「劉向言少時數問長老賢人通於事及朔時者，皆曰朔口諧倡辯，不能持論，喜爲庸人誦說，故令後世多傳聞者。」〔註10〕而東方朔的辯術很獨特，這讓我們明白了「士」的傳言方式和其與「稗」的關係。據《東方朔傳》的記載，他由於沒被重用，往往假設與人爭論的情況來自慰，其云：「武帝既招英俊，程其器能，用之如不及。……久之，朔上書陳農戰強國之計，因自訟獨不得大官，欲求試用。其言專商鞅、韓非之語也，指意放蕩，頗復詼諧，辭數萬言，終不見用。朔因著論，設客難己，用位卑以自慰諭。其辭曰：客難東方朔曰……，東方先生喟然長息，仰而應之曰……，又設非有先生之論，其辭曰……。」〔註11〕引文中的「客」和「非有先生」就是東方朔假設的人物，而「非有先生」可能是指東方朔本人。東方朔先假設辯論的對象，讓其提問，然後他自己正面反駁。也就是說，東方朔一個人擔當多個角色。

　　值得注意的是，《史記‧東方朔傳》以不同的敘述方式描述其內容：「時會聚宮下博士諸先生與論議，共難之曰……於是諸先生默然無以應也。」傅剛先生在探討「難」體的文章裏先指出這兩個史書記錄的不同之處在於「《史

〔註9〕　劉勇強先生曾經以《左傳》成公二年齊晉鞌之戰和《戰國策》中的《馮諼客孟嘗君》爲例，如此指出早期史書的記言傳統和人物對話對小說創作起到的作用：「對小說而言，特別值得關注的是記言，當史書在記述人物語言時，虛擬性必然提高，文學性也隨之加強。……而整個複雜情節的展開與人物性格的刻畫，完全靠精彩的人物對話視線的。」（見《中國古代小說史敘論》，第58～59頁）。雖然劉先生沒有提到這種敘述方式和稗官的關係，但是我認爲稗官很有可能模仿這種記言或對話的方式來說故事，而其給予小說創作以不少的影響。

〔註10〕　《漢書》卷六十四下《東方朔傳》，第9冊，第2841、2873頁。

〔註11〕　同上書，第2863～2868頁。

記》以爲實事,《漢書》則記設辭 l,然後以三個方面說明了這種現象的原因和意義,其中第三個方面的說法就如此:「以『答客難』形式表達個人的窮通之感,最能符合封建社會知識分子獲得內心平衡的需要,因此很受後世知識分子的歡迎,從而形成比較固定的文體。當班固撰述《漢書》時,他對這種文體已經有了比較清楚的瞭解,並且也作有《答賓戲》文章;同時他本人又是一位文體辨析家,這在《漢書‧藝文志》中得到了證明,所以當他處理《東方朔傳》材料時,將《史記》的誤記改變過來,正表達了他的文體辨析觀。」〔註12〕也就是說,「答難」形式的文章因其獨特的功能在當時很流行,進而在後代的文體類別上成爲一種獨立文體。之所以關注這一點,就是因爲當時文人很可能模仿這種答難的方式,而這恰與說故事傳統有一定的關係。

就此點而言,我們需要關注他們說話的方式。客和東方先生、非有先生及與他爭論的吳王,他們都以對白的方式進行爭論。我認爲,這很可能是士或稗官說話傳言的方式,而上文所提到「偶語」的意思也可以在這個角度上得以解釋。東方朔本來是地位不高的「士」,應該很熟悉民間的說故事方式。雖然《東方朔傳》中的對白不能說是民間固有的故事,但是其方式大概是從民間傳過來的。這是東方朔「口諧倡辯,不能持論,喜爲庸人誦說,故令後世多傳聞者」的原因。而且,向武帝進言的四方士中的大部分人也許是援用民間故事或小說家的內容來主張自己的意見的,東方朔只是其中特別有才的而已。據上邊余嘉錫先生引用的四條原文,古代有幾種給皇帝進諫的方法,書和誦的主體很明確,書是史的事,誦是樂師的事。除了這兩種方法以外,肯定還有直接說話的方法,這樣在進言的形式上就比較全面了。平時公卿大夫直諫或比諫,但是在特別的情況下,士就以口頭說話的方式來擔當這種職務。而他們也許模仿「偶語」來說自己要說的內容,而其中應該有民間流行的故事。

據此,我認爲,稗官的職務是以口頭說故事的方式來進行,這是稗官和其餘九家的職官相異之處。《通志‧樂略》曾說:「又如稗官之流,其理只在唇舌間,而其事亦有記載。虞舜之父、杞梁之妻,於經傳所言者數十言耳,彼則演成萬千言。東方朔三山之求、諸葛亮九曲之勢,於史籍無其事,彼則肆爲出入。操之所紀者,又此類也。」〔註13〕這雖然是鄭樵對《琴曲十二操》

<hr>

〔註12〕 參見傅剛《論〈文選〉「難」體》,載《浙江學刊》,1996年第6期,第89頁。
〔註13〕 〔宋〕鄭樵《通志》卷第四十九《樂略》「琴操五十曲」條,浙江古籍出版社

的評點，但據此記載，我們可以窺視鄭樵對稗官的說法，即其說故事的方式與後代的說話表演並沒有多大的區別。稗官把很短的歷史記錄甚至原來史籍無載的故事題材演變爲較長的故事，而其手段就是口頭說話。《漢志》小說家流中的作品也肯定不是稗官說的原貌，而是把它大幅簡略的結果，因爲這些作品都是已經被文字化和書籍化的形態。如果考慮當時文學載體和書籍出版的水平，這種簡化是毋庸置疑的。《漢志》將《伊尹》、《鬻子》兩篇歸於道家流，而《伊尹說》、《鬻子說》都歸於小說家流。《漢志》原注對《伊尹說》、《鬻子說》云：「其語淺薄，似依託也」，又說是「後世所加」。《伊尹說》和《鬻子說》也許比《伊尹》、《鬻子》更有「說」的特點。劉勰《文心雕龍·論說》舉幾個「說之善者」之例，其中一個便是「伊尹以論味隆殷」。〔註14〕《呂氏春秋·本味》記載有比較詳細的內容。嚴可均在《全上古三代文》卷一《伊尹》「說湯」條目注云：「《呂氏春秋·本味》。《漢志》道家有《伊尹》五十一篇，小說家有《伊尹說》二十七篇，本注『其語淺薄，似依託也』。此疑即小說家之一篇。」〔註15〕嚴可均輯載的《伊尹》幾篇，只有這一篇使用「說」字云：「說湯以至味」，別的條目比如「四方獻令」、「對湯問」等，都是湯和伊尹的問答而已。這或許說明這一篇在說話或傳達的方式上與其它篇目有所不同。值得注意的是，嚴可均所錄《伊尹》「說湯」的內容是《呂氏春秋·本味》的一部分，其故事性不太明顯，但是他沒有轉錄《本味》篇原有的故事性強的內容，比如伊尹的神秘的誕生過程。我們認爲，此故事也可能是《伊尹說》的內容，這種帶有故事性的內容是構成當時小說家的重要因素，就像《莊子·外物》所定爲小說的任公子釣魚故事那樣。因爲小說家既不是九家之類，更不能屬於六藝，而爲了說服對方，不得不引來許多雜論或比喻。雖然我們不能說《漢志》小說家的各篇是完整的故事，但其中很可能包含著一些故事性強的內容。桓譚《新論·本造篇》所說「若其小說家，合叢殘小語，近取譬論，以作短書。治身治家，有可觀之辭」〔註16〕即是這個意思。在「合叢殘小語，近取譬論」的過程中，小說家往往引述或編造故事以讓聽者心動

2000 年 1 月版，第 1 冊，志六三一頁。

〔註14〕《文心雕龍注》，第 328 頁。

〔註15〕〔清〕嚴可均校輯《全上古三代秦漢三國六朝文》，中華書局 1965 年 11 月版，第 15 頁下段。

〔註16〕《文選》卷三十一，江文通雜體詩《李都尉從軍詩》注。引自朱謙之校輯《新輯本桓譚新論》，中華書局 2009 年 9 月，第 1 頁。

解頤。《孟子・萬章上》也有相關的記載，萬章問孟子是否有「伊尹以割烹要湯」之事，在孟子的眼裏，伊尹是一個非常重道義的人，所以孟子答曰：「吾聞其以堯舜之道要湯，未聞以割烹也。」孟子說沒聽到「伊尹以割烹要湯」之事。但從文脈上看，孟子應該早就知道其事。萬章所提的「伊尹以割烹要湯」之事很可能就是《伊尹說》的內容，孟子把它看成是與大道無關的小說，而這與《漢志》小說家的特點相稱。

　　漢末以後，上邊所說小說家的職能有所變化，作為遊說手段的小說功能有些衰微，其娛樂功能則更加強了。君王作為一種娛樂活動而接受小說，一般文人也有這樣的傾向。也就是說，他們對小說成為積極的欣賞者。李劍國先生曾經據漢末徐幹《中論・務本篇》談過這一問題。徐幹在《中論》中提出「詳於小事而略於大道」的人君之患，即是「耳聽乎絲竹歌謠之和，目視乎雕琢彩色之章，口給乎辯慧切對之辭，心通乎短言小說之文，手習乎射御書數之巧，體鶩乎俯仰折旋之容。」李先生據此把小說前後的五項各視為音樂、繪畫、詩賦、舞蹈、其它等技藝，然後主張「這個比附是相當有意味的，表明小說除了具有教化功能外還具備娛樂和審美功能。」〔註17〕這樣，對當時君王來說，小說已經成了享樂的對象。

　　到了魏晉南北朝，小說的這種娛樂功能更為普及，文人積極欣賞民間故事，甚至自己以表演者的角色演說街談巷語。曹植就是其例。《三國志・魏書・王粲傳》裴松之注引《魏略》云：「植初得淳甚喜，延入坐，不先與談。時天暑熱，植因呼常從取水自澡訖，傅粉。遂科頭拍袒，胡舞五椎鍛，跳丸擊劍，誦俳優小說數千言訖，謂淳曰：『邯鄲生何如邪？』於是乃更著衣幘，整儀容……及暮，淳對其所知歎植之才，謂之『天人』。」〔註18〕此文的內容與徐幹所提到的人君之患恰似，誦俳優小說與胡舞擊劍一樣是文人很熟悉的活動。如傅剛先生所說，這種「非正經之道」的行為既是曹植「任性」的一種表現，也證明他「對俳優小說的愛好和熟悉」。〔註19〕值得注意的是，雖然曹植通過非正經之道的方式表達自己的任性，當時名士邯鄲淳卻沒有鄙

〔註17〕參見李劍國、陳洪主編《中國小說通史》「先唐卷」，高等教育出版社2007年6月，第8～9頁。

〔註18〕〔晉〕陳壽撰，〔宋〕裴松之注《三國志》卷二十一《魏書・王粲傳》，中華書局點校本，2004年3月版，第3冊，第603頁，注（一）。

〔註19〕參見傅剛《魏晉南北朝詩歌史論》，吉林教育出版社2006年5月，第31、34頁。

棄曹植，反而稱讚他是天才。當然，邯鄲淳歎植之才不是因爲他能誦俳優小說數千言，而主要是因爲他「更著衣幘，整儀容」與邯鄲淳能夠談論政治、哲學、文章、兵法上的諸般主題。但是，從另一角度看，曹植在正式討論之前先說自己擅長的俳優小說，邯鄲淳也自然地觀賞其表演，這樣的情況，本身就證明兩人都對俳優小說很熟悉，而且把它視爲可以輕鬆氣氛的一種娛樂活動。

　　關於魏晉南北朝文人對民間故事的喜愛和興趣，還有不少的歷史記載。北魏青州刺史侯文和善於說街談巷語，《北史・蔣少游傳》云：「青州刺史侯文和……滑稽多智，辭說無端，尤善淺俗委巷之語，至可翫笑。」〔註20〕北魏當時，各種胡戲很流行，達官文人也有不少機會接受各種民間藝術，包括故事性強的表演，青州刺史侯文和可能從這些民間表演藝術中獲取到說故事用的材料。陳宣帝第二子始興王叔陵以荒淫無道、殘忍暴橫聞名，《陳書》介紹他的幾種樂趣和怪癖，其中一個就是說民間故事：「夜常不臥，燒燭達曉，呼召賓客，說民間細事，戲謔無所不爲。」〔註21〕北齊李若也善於說外間世事，而且讓他說故事的人就是皇上。《北史・李崇傳》云：「（李）若性滑稽，善諷誦。數奉旨詠詩，並使說外間世事可笑樂者。凡所話談，每多會旨。」〔註22〕始興王和李若的事例顯示從《漢志》一直就有的觀點，那就是對小說家的矛盾的態度。小說一邊是「可採」或「可觀者」，但另一邊是儘量要避免的「小道」而已。《北史》對李若的稱讚代表前者，《陳書》對始興王的批評代表後者。但是，無論這兩種史書對文人說故事的評價如何不同，這些記載的確表明當時不少文人包括皇室對民間故事很關心，甚至有人以模仿民間說故事的方式作爲自己的娛樂活動。

　　有些文人用文言記寫他們所聽到的故事。劉知幾《史通・雜述》排列非正史者十流：偏紀、小錄、逸事、瑣言、郡書、家史、別傳、雜記、地理書、都邑簿，其中與《漢志》小說家最接近的應該爲「瑣言」，劉知幾本人就說到「街談巷議，是有可觀，小說卮言，猶賢於己」。而且，「瑣言」是與說故事傳統有明顯的聯繫。其根據有二。第一、劉知幾作爲瑣言之例所舉的劉義

〔註20〕〔唐〕李延壽《北史》卷九十《藝術下・蔣少游傳》，中華書局點校本，2003年7月版，第9冊，第2984頁。
〔註21〕〔唐〕姚思廉《陳書》卷三十六《始興王叔陵傳》，中華書局點校本，1972年3月版，第2冊，第494頁。
〔註22〕《北史》卷四十三《李崇傳》，第5冊，第1606頁。

慶《世說》、裴榮期《語林》、孔思尚《語錄》、陽玠松《談藪》等作品，都在題目中有「說、語、談」等與說話行為有關的字眼。〔註23〕劉知幾所言「雜述」十流四十篇作品中，除瑣言之例的四篇外，在題目中有「說、語、談」等字眼的作品只有逸事流的顧協《瑣語》一種。第二、劉知幾直接敘述瑣言和民間故事的關係，其云：「瑣言者，多載當時辨對，流俗嘲謔，俾夫樞機者藉為舌端，談話者將為口實。及蔽者為之，則有詆訐相戲，施諸祖宗，褻狎鄙言，出自床笫，莫不昇之紀錄，用為雅言，固以無益風規，有傷名教者矣。」〔註24〕雜述十流中，劉知幾只把瑣言跟口頭說話聯繫在一起。值得一提的是，「昇之紀錄，用為雅言」的意思，可以說是一種重寫的過程，文人將民間故事以他們熟悉的文言改編為新的文體。雖然劉知幾從儒家的觀點批評因紀錄瑣言而產生的弊病，但是從小說史的角度來看，這確實是從民間口頭說故事發展到文人小說化的過程。〔註25〕

## 二、唐代文人獲取民間故事的途徑

據《漢志》「小說家」類的記載，我們可以說稗官是大概從戰國到漢代的王者接受道聽途說、街談巷議的主要途徑。雖然稗官一般被認為是非正式官名，但也不能斷言是非公官職，因為他們明明有公認的責任，說給王者以民間輿論就是他們的重要職務之一。他們也許把民間故事梳理或改為對王者好聽的內容和形式。從另一角度看，這就是當時王者享受民間故事的一種方式。而既然通過第三者改編的過程，這又可說是一種間接的故事傳播方式。那唐代文人接受民間故事的途徑如何？如上所述，唐前文人也不少有與民間故事接觸的機會，但是到唐代，其接受的途徑更為多樣化。他們往往有意識地接受民間故事，進而把它改為另一種作品。這就是跟唐前的情況有所不同的地

〔註23〕 有些唐代筆記的題目也顯示其與口頭敘事的關係，嚴傑對此問題說到：「類似《譚賓錄》、《劇談錄》、《因話錄》這樣的書名則直接揭示了成書與閒談的關係，而一部著作中某事聞於某人的說明則顯現取材的廣泛與言之有據。從根本上來說，閒談對筆記的成書常起著重要的作用。」嚴傑《唐五代筆記考論》，中華書局 2009 年 4 月，第 31 頁。

〔註24〕 〔唐〕劉知幾撰，〔清〕浦起龍通釋《史通通釋》卷十《雜述》，上海古籍出版社 1978 年 4 月，上冊，第 275 頁。

〔註25〕 《舊唐書·經籍志》小說家 13 部凡 90 卷，到《新唐書·藝文志》大增為 41 部 308 卷，這種現象可能與口頭說故事有關係。也就是說，宋前《史通》、《舊唐書》等書把小說認為是原來口頭說話的民間故事被文人文字化的作品，而宋人就將逸事、瑣言、傳記之類都歸於小說家類。

方。大概而言，這些途徑可以分爲直接和間接兩種方式，現場聽故事表演屬
於最直接的接受方式，而閱讀故事作品屬於間接的方式。但是有的途徑很模
糊，比如文人之間共享故事的行爲，有時候以直接和間接的途徑都包括的方
式來進行，也就是說，一邊從別人聽說故事，一邊讀讀已經被文字化的書本。
以下，我們要探討唐代文人享受民間故事的主要途徑，但其中有關文人之間
共享故事行爲的內容，要在後一節討論文人說故事傳統的時候詳談，因爲這
種活動一般延伸到文人的共同創作。

## （一）觀看專門故事表演：直接欣賞民間故事的途徑

明郎瑛《七修類稿・辯證類》「小說」條云：「小說起宋仁宗，蓋時太平
盛久，國家閒暇，日欲進一奇怪之事以娛之……若夫近時蘇刻幾十家小說者，
乃文章家之一體，詩話、傳記之流也，又非如此之小說。」〔註26〕雖然郎瑛
提到的是宋朝之事，但是唐代也有文人特別是皇室文人接受民間故事的這種
途徑。從現存文獻資料來看，唐代確實有「小說」之類的民間藝術，而且當
時文人往往享受其表演和故事內容。還值得一提的是，郎瑛在引文中提到的
所謂「小說」有兩種，一個是作爲宋朝民間娛樂藝術的小說（即是口頭表演），
另一個是文人文章傳統上的小說（即是已經被文字化的讀物），而他說的「傳
記」裏面肯定有唐傳奇之類的小說。這樣，他劃分文人和通俗小說這兩種小
說傳統。但是就唐代而言，這兩種小說傳統的區分沒有宋代那麼明顯。唐代
文化的開放性就使雅俗文化比後代更具有互相交流的機會，因而當時作家能
夠把雅和俗的傳統都利用於自己的小說創作。

觀看故事表演，是唐代文人最直接欣賞民間故事的方法，很多文人甚至
皇室人士也喜歡看表演或聽故事。唐郭湜《高力士傳》云：「每日上皇與高公
親看掃除庭院，芟薙草木，或講經、論議、轉變、說話，雖不近文律，終冀
悅聖情。」〔註27〕這些民間藝術很可能是把上皇在宮廷外經常觀看的表演引
進宮內的。而且，其中論議、轉變、說話是故事性濃厚的表演，尤其是轉變
和說話明明是以比較長的、有情節的故事爲主進行表演。張錫厚先生對此記
載指出：「因爲是民間的作品，所以說它『不近文律』；因爲故事性強，很吸

---

〔註26〕　〔明〕郎瑛《七修類稿》卷二十二《辯證類》，上海書店出版社 2001 年 8 月，
　　　　　第 229 頁。
〔註27〕　參見〔明〕陶宗儀纂《說郛一百二十卷》卷一百十一《高力士傳》，載《說郛
　　　　　三種》，上海古籍出版社 1989 年 1 月版，第 8 冊，第 5151 頁。

引人，才能『冀悅聖情』。」〔註28〕我們應該要注意章張先生所說的故事性實際上與吸引人的作用直接有關係，而這說明當時文人喜歡民間故事表演的主要原因就在於故事本身。

有些記載顯示唐代文人喜歡看故事表演，而且很熟悉其故事的內容。《太平廣記》卷二百五十一「張祜」條曰：

> 白刺史蘇州，始來謁，才相見。白謂曰：「久欽藉甚，嘗記得右款頭詩。」祜愕然曰：「舍人何所謂？」白曰：「『鴛鴦鈿帶拋何處，孔雀羅衫付阿誰。』非款頭何邪？」張俯微笑，仰而答之曰：「祜亦嘗記得舍人《目連變》。」白曰：「何也？」曰：「『上窮碧落下黃泉，兩處茫茫皆不見』，非《目連變》何邪？」遂歡宴竟日。〔註29〕

白居易和張祜把《目連變》作爲酒宴上的話題，這可說明他們對《目連變》的內容很熟悉。即使他們對《目連變》有歧視的態度，但是從對話的氣氛來看，他們當時一定接受過《目連變》的故事情節。我們住知道他們提到的《目連變》是什麼樣的形式，有可能是口頭表演，也有可能是文字形式的敘事作品。梅維恒教授對此問題指出：「我個人的想法傾向於他們主要通過參與實際表演獲得對變的瞭解。」〔註30〕梅維恒教授沒有具體提出其主張的根據，但是我們能夠同意他的說法，因爲就當時文人來說，觀看民間故事表演不是稀奇的事情。比如說，在前一章提到的唐後期詩人吉師老詩《看蜀女轉昭君變》就證明唐代文人隨便觀看轉變故事表演。《酉陽雜俎》續集卷四《貶誤》也云：「予太和末，因弟生日觀雜戲。有市人小說呼扁鵲作褊鵲，字上聲，予令座客任道升字正之。」〔註31〕雖然這是段成式看著雜戲指正字音的場面，但通過這個記載，也可以知道當時雜戲之內包含著有關扁鵲故事的表演，而文人每到節日或紀念日經常觀看這種表演。

眾所週知，宋代的民間表演藝術一般在勾欄、瓦舍等專門地點表演，但是這種專門表演場所在唐代後期已經存在，《酉陽雜俎》卷五《怪術》就曰：

> 虞部郎中陸紹，元和中，嘗看表兄於定水寺，因爲院僧具蜜餌、

---

〔註28〕張錫厚《敦煌文學》，上海古籍出版社 1980 年 5 月，第 69 頁。
〔註29〕《太平廣記》，第 6 冊，第 1948 頁。
〔註30〕〔美〕Victor H. Mair, T'ang Transformation Texts, Harvard University Press, 1989 年，第 158 頁（中譯本《唐代變文》下冊，第 36 頁）。中譯本對此文章有點誤譯，所以引文據英文原著改動了一些詞句。
〔註31〕〔唐〕段成式《酉陽雜俎》續集，中華書局 1981 年 12 月版，第 240 頁。

時果，鄰院僧亦陸所熟也，遂令左右邀之。良久，僧與一李秀才偕
至，乃環坐，笑語頗劇。院僧顧弟子煮新茗，巡將匝而不及李秀才。
陸不平曰：「茶初未及李秀才，何也？」僧笑曰：「如此秀才，亦要
知茶味？」且以餘茶飲之。鄰院僧曰：「秀才乃術士，座主不可輕言。」
其僧又言：「不逞之子弟，何所憚？」秀才忽怒曰：「我與上人素未
相識，焉知予不逞徒也？」僧復大言：「望酒旗玩變場者，豈有佳者
乎？」〔註32〕

文尾提到的「變場」即是表演轉變技藝的專門地點，當時文人隨意到這種場
所去欣賞民間故事。任半塘先生對「變場」指出：「如吉師老之《看蜀女轉昭
君變》，王建之看蠻妓講唱《昭君》等，應俱在其地。」〔註33〕現存不少變文
的口頭表演形式就是在「變場」演出的。除了對表演場所的根據外，李秀才
故事又說明這幾點：（1）李秀才也許是冒稱秀才的術士，甚至有可能是變場
的專門表演者。實際上，接下來的故事中有李秀才向院僧弄怪術的場面，這
使我們感到好像在看某種魔術表演。（2）如白居易和張祜之例所示，這種民
間表演經常被人歧視。（3）從院僧說話的態度來看，在變場作的表演肯定是
與正式佛教傳統不符的內容。如果把引文和現存敦煌變文一起考慮的話，我
們可以知道所謂轉變表演一定是長篇故事、歌唱、神變怪術等因素都融合在
一起的形式。不管其內容如何，這種多彩的民間表演藝術確實有很強的吸引
力，各個階層和不同年齡的人都很感興趣。吉師老和王建肯定去表演場所深
感《昭君》表演者的魅力，白居易和張祜也可能去這種專門場所觀看故事表
演。

　　文人從藝人聽到的故事往往進到皇帝的耳朵裏，孫棨《北里志》序云：

　　　　自大中皇帝好儒術，特重科舉，故其愛婿鄭詹事再掌春闈，上
　　　往往微服長安中，逢舉子則狎而與之語，時以所聞，質於內庭，學
　　　士及都尉皆聳然莫知所自。故進士自此尤盛，曠古無儔。〔註34〕

北里即長安平康里，是長安北部妓院集中的地區。待考的舉子、進士、朝士
文人經常來到這裏遊玩，而他們把在此地聽到的民間故事轉述給皇帝。實際

---

〔註32〕《酉陽雜俎》，第 55 頁。

〔註33〕任半塘《唐戲弄》下冊，作家出版社 1958 年 6 月版，第 802 頁。

〔註34〕〔唐〕孫棨《北里志》，古典文學出版社編中國文學參考資料小叢書，1957
　　　年 2 月版，第 1 輯 8 冊，第 22 頁。

上，平康里的不少妓女就很熟悉於說話，比如天水仙歌「善談謔」、鄭舉舉「巧談諧」，楊妙兒「利口巧言，詼諧臻妙」，王蘇蘇「頗善談謔」。其中肯定有像吉師老詩中的蜀女那樣的專門藝人。他們是民間說故事表演的能手，《北里志》序所說的薛濤就是因有才辯「必謂人過言」的「蜀妓」。〔註35〕當時文人就在這些娛樂地區享受民間故事，再把它用來自己的說故事創作活動。

### （二）侍讀：官僚文人給皇室文人說故事的途徑

如上所述，無論宮廷內外，唐代文人喜歡看民間故事表演，這是文人直接享受民間故事的方法。但除此之外，還有些官僚文人向皇室人士說故事，這可謂文人轉述故事，以與皇室人士共享故事的活動。譬如奏文和匭使等制度也是皇帝從臣僚之口間接聽民間故事的一種途徑。雖然這不是說故事以取悅皇帝的娛樂性活動，而是給皇帝報民情的政治制度，但從另一角度來看，這確實有讓皇帝享受民間故事的作用。《開元天寶遺事》卷上「鸚鵡告事」條為典型的例子。《鸚鵡告事》的主要情節是一隻鸚鵡說出罪人的名字以解決殺人案件，就是一種傳奇特點濃厚的民間故事。《鸚鵡告事》文中說：「府尹具事案奏聞，明皇歎訝久之」，府尹向玄宗上奏長安的公案怪事，這可說是文人說故事、皇帝聽故事的方法之一。皇帝就通過奏聞的方式接受故事，得到感受不淺，封鸚鵡為「綠衣使者」，後來作家張說願用這個故事來撰寫另一篇傳奇文《綠衣使者傳》。〔註36〕這樣，不管原來的目的如何，從故事傳播的角度來看，奏文也是皇帝享受民間故事的重要途徑之一。

還有所謂「匭使」制度，這是管理「匭」的職責。「匭」是一種方函，其作用與奏文相似，就是投匭和上奏的主體不同。如果有誰懷才而希望聞達，或有懷冤受屈的事情，要說匡政補過的政策，進獻賦頌，誰都能夠以投匭的方式說出己見。漢代潁川太守趙廣漢設置的缿筒、梁武帝設置的謗木函和肺石函則是「匭」的先聲。〔註37〕到唐代，武后最初設置匭，《舊唐書·則天皇后本紀》云：「（垂拱二年）三月，初置匭於朝堂，有進書言事者聽投之，由是人間善惡事多所知悉。」〔註38〕民間的許多故事聚集在匭裏，皇帝聽到那

〔註35〕 同上書，第 22、26、28、31、36 頁。
〔註36〕 參見〔五代〕王仁裕《開元天寶遺事》，第 17～18 頁。
〔註37〕 參見〔宋〕王讜《唐語林》，周勳初校證本，中華書局 2008 年 1 月版，第 441 頁。
〔註38〕 《舊唐書》卷六《則天皇后本紀》，中華書局點校本 2002 年 12 月版，第 1 冊，第 118 頁。

些故事以察看民情。匭使是因匭制的負面影響而置的官職，也是武后設置的。《隋唐嘉話》卷下說明設置的原因：「武后時，投匭者或不陳事，而謾以嘲戲之言，於是乃置使先閱其書奏，然後投之，匭院有司，自此始也。」〔註39〕這樣，匭和匭使的主要目的是爲皇帝察看民情或收集策略，即是一種政治制度。至今對「匭」的研究主要在政治或制度史方面進行，是因爲這是唐代士人爲干謁求官的重要制度之一。王佺對此指出：「唐代士人投匭或獻書干謁皇帝以求仕進的現象是相當普遍的」，「對於熱衷仕途之人而言，投匭獻書聖上，而榮獲一次應制舉的機會，無疑是一種價值和效率甚高的干進手段。」〔註40〕但是從文學研究的角度來看，「匭使」或「投匭」制度可以說是皇室和朝廷文人接受民間故事的途徑，而通過這種制度搜集的民間故事往往成爲文人說故事的題材，如《鸚鵡告事》和《綠衣使者傳》之例。而且，匭使先接受民間的各種故事，然後爲皇上把它改編的行爲本身就是文人說故事的過程。

　　在官僚和皇室文人共享故事或者皇室人士接受民間故事的途徑之中，我們特別要注意所謂「侍讀」職。如果說漢代樂府是搜集民歌以探民情的公辦機構的話，稗官是給王者聽道聽途說以見民情的非常設之職。而稗官傳達民情的辦法應該以說故事爲主，所以這與中國古代小說創作傳統有不可分離的關係。對此問題，我們在上文已經仔細討論了。那唐代皇宮接受民間故事的途徑如何，其與唐代小說傳統有沒有關係？我們就在這個問題上要考察侍讀職，因爲侍讀既是唐代皇室享受民間故事的媒介，也與唐代小說的撰寫和說故事傳統有不少的關係。但這並不意味著稗官和侍讀有相似的職責。實際上這兩種職務的特點和設置目的卻相反，稗官的道聽途說屬於小說家，而侍讀搜集的內容一定是儒家的正統學術，決不會認可民間的街談巷議、小說家之類。即使情況如此，侍讀這個官職像稗官一樣，對唐代小說創作和說故事傳統起到一定的作用。

　　就文學方面的研究而言，傅璇琮先生早已提到研究侍讀的必要性。他在《唐翰林侍講侍讀學士考論》一文深入研究中晚唐侍講侍讀學士的職能，並關注侍講侍讀學士在學術和文化上起到的特殊作用，比如幫助皇帝閱讀經

---

〔註39〕〔唐〕劉餗《隋唐嘉話》，程毅中點校，中華書局2005年1月《隋唐嘉話》、《朝野僉載》合訂本，第35頁。

〔註40〕王佺《唐人投匭與獻書行爲中的干謁現象研究》，載《雲夢學刊》2006年1月，56、57頁。

書、整理典籍、他們之間和詩活動、與當時著名文人的交流活動等。〔註 41〕
也就是說，侍講侍讀學士這個職責就對當時文人的文化活動和他們之間的文
學交流有一定的影響，所以值得從文學研究的角度探討。可是，他的研究主
要在詩歌方面，並沒有提到小說或敘事文學方面的研究價值。雖然他也指出
不少侍講侍讀與撰史活動有密切的關係，可是沒有關注這種關係在小說創作
方面起到的作用。就在這一點上，我們有必要從說故事傳統和故事傳播的角
度來考察唐代侍讀

在唐前的歷史，侍讀從太子侍讀開始，就是侍奉太子讀書或講經典儒術
的一種家庭教師。宋高承《事物紀原》卷五「太子侍讀」條云：「漢宣帝詔王
褒等皆之太子宮，娛侍太子，朝夕誦讀，此蓋其始也。」〔註 42〕後來侍讀的
對象擴展到王府的諸王宗室，比如杜之偉在梁「侍臨城公讀」，陳天嘉二年詔
徐伯陽「侍晉安王讀」。〔註 43〕唐前侍讀還不是正式官職，而是皇帝讓博學多
聞的學子幫助太子和諸王學習的臨時職責。作為正式官職的侍讀大概從唐初
開始，許叔牙為晉王侍讀，李善為沛王侍讀等事都為其例。到了唐玄宗，按
敕命置皇帝侍讀，《唐會要》卷二十六「侍讀」條曰：「開元三年十月敕『朕
每讀史籍，中有闕疑，時須質問，宜選耆儒博學一人，每日侍讀。』遂命光
祿卿馬懷素、右散騎常侍褚無量更日入。」〔註 44〕《事物紀原》也說：「唐明
皇開元三年七月，敕每讀史籍中有闕，宜選耆儒博碩一人，每日侍讀。故馬
懷素、褚元量更日入直。此侍讀之始也。」〔註 45〕《事物紀原》提到的侍讀
應該是指皇帝侍讀，不是以前的太子侍讀。一般來說，皇室和侍讀的關係相
當篤厚，尤其東宮侍讀深受皇太子的尊重，太子登基後往往為報師友之恩，
除侍讀以高官。比如，中宗即位後就「以侍讀之故」將祝欽明擢拜國子祭酒、
同中書門下三品，穆宗嗣位後想要以皇太子時的侍讀薛放為相，遭薛放固辭，
才把他轉工部侍郎、集賢學士。〔註 46〕據我調查，《舊唐書》裏提到的唐代侍

〔註 41〕 參見傅璇琮《唐翰林侍講侍讀學士考論》，載《清華大學學報》哲學社會科學
版，2004 年第 5 期。
〔註 42〕 〔宋〕高承《事物紀原》，商務印書館叢書集成初編本，民國 26 年版，第二
冊，第 181 頁。
〔註 43〕 《陳書》卷三十四《文學傳》，第 454 和 468 頁。
〔註 44〕 〔宋〕王溥《唐會要》，上海古籍出版社 2006 年 12 月版，第 595 頁。
〔註 45〕 《事物紀原》，第二冊，第 163 頁。
〔註 46〕 參見《舊唐書》卷一百八十九下《祝欽明傳》第 4965 頁；卷一百五十五《薛
放傳》第 4126 頁。

讀總共有 52 人，這當然不是唐代侍讀的全部人數，因為正史沒有提到的侍讀也肯定不少。這 52 人的姓名、任職時期和有關事跡就如下：

| 姓名 | 時代 | 任職 | 與史書的關係和其它 | 出處 |
|---|---|---|---|---|
| 馬懷素 | 玄宗開元三年 | 皇帝侍讀 | 少師事李善 | 卷 8《玄宗紀》第 175 頁<br>卷 102《傳》第 3164 頁 |
| 褚無量 | 玄宗開元三年<br>玄宗在東宮時 | 皇帝侍讀<br>東宮侍讀 | 尤精於《三禮》及《史記》，撰《翼善記》 | 卷 8《玄宗紀》第 175 頁<br>卷 97《傳》第 3051 頁<br>卷 102《傳》第 3166 頁<br>卷 190《傳》第 5017 頁 |
| 郤恒通<br>郭謙先<br>潘元祚 | 開元六年 | 為太子、鄃王侍讀 | | 卷 102《褚無量傳》第 3167 頁 |
| 崔樞 | 德宗貞元二十一年 | 太子侍讀 | | 卷 14《順宗紀》第 407 頁 |
| 呂元膺 | 憲宗元和四年 | 皇太子諸王侍讀 | | 卷 14《憲宗紀》第 429 頁<br>卷 154《傳》第 4104 頁 |
| 孔戣 | 憲宗元和六年 | 皇太子諸王侍讀 | 甌使 | 卷 14《憲宗紀》第 438 頁<br>卷 154《傳》第 4097 頁 |
| 李逢吉 | 憲宗元和七年 | 皇太子諸王侍讀 | | 卷 14《憲宗紀》第 444 頁<br>卷 167《傳》第 4365 頁 |
| 李巨 | 憲宗元和七年 | 皇太子諸王侍讀 | | 卷 14《憲宗紀》第 444 頁<br>卷 167《李逢吉傳》第 4365 頁 |
| 韋綬 | 憲宗元和九年 | 皇太子諸王侍讀 | 能通人間鄙說戲言 | 卷 14《憲宗紀》第 450 頁<br>卷 162《傳》第 4244 頁 |
| 薛放 | 元和十五年 | 侍讀 | | 卷 15《穆宗紀》第 475 頁<br>卷 155《傳》第 4126 頁 |
| 丁公著 | 元和十五年 | 侍讀 | | 卷 15《穆宗紀》第 475 頁<br>卷 188《傳》第 4936 頁 |
| 崔侑 | 文宗大和九年 | 皇太子侍讀 | | 卷 17《文宗紀》第 559 頁 |
| 蘇滌 | 文宗大和九年 | 皇太子侍讀 | | 卷 17《文宗紀》第 559 頁 |

| 王起 | 文宗開成元年 | 皇太子侍讀 | 長於博洽 | 卷 17《文宗紀》第 566 頁<br>卷 164《傳》第 4279 頁<br>卷 175《莊恪太子傳》第 4540頁 |
|---|---|---|---|---|
| 陳夷行 | 文宗大和八年<br>文宗開成二年 | 皇太子侍讀<br>皇太子侍讀 | 起居郎、史館修撰，預修《憲宗實錄》 | 卷 173《傳》第 4495 頁<br>卷 17《文宗紀》第 569 頁<br>卷 175《莊恪太子傳》第 4540頁 |
| 竇宗直 | 文宗開成三年 | 皇太子侍讀 | | 卷 17《文宗紀》第 575 頁<br>卷 175《莊恪太子傳》第 4541頁 |
| 周敬慎 | 文宗開成三年 | 皇太子侍讀 | | 卷 175《莊恪太子傳》第 4541頁 |
| 王贄 | 昭宗乾寧四年 | 諸王侍讀 | | 卷 20《昭宗紀》第 762 頁 |
| 姚思廉 | 隋唐交際 | 代王侑侍讀 | 撰《梁書》、《陳書》 | 卷 73《傳》第 2592 頁 |
| 崔神慶 | 則天 | 東宮侍讀 | | 卷 77《傳》第 2690 頁<br>卷 92《韋安石傳》第 2956 頁 |
| 祝欽明 | 則天 | 東宮侍讀 | 兼修國史<br>修《則天實錄》〔註47〕 | 卷 7《中宗紀》第 139 頁<br>卷 77《崔神慶傳》第 2690 頁<br>卷 189《傳》第 4965 頁 |
| 李敬玄 | 貞觀末 | 東宮侍讀 | 監修國史 | 卷 81《傳》第 2754 頁 |
| 韋安石 | 則天長安三年 | 侍讀 | 監修國史 | 卷 92《傳》第 2956 頁 |
| 崔融 | 則天 | 春宮侍讀（中宗） | 善撰碑文，修《則天實錄》 | 卷 94《傳》第 2996、3000 頁 |
| 張說 | 玄宗在東宮時 | 東宮侍讀 | 監修國史，撰傳奇《梁四公記》、《鏡龍圖記》、《綠衣使者傳》、《傳書燕》 | 卷 97《傳》第 3051、3054 頁 |
| 張涉 | 玄宗在春宮時 | 侍讀 | | 卷 127《傳》第 3576 頁 |

〔註47〕《唐會要》，第 1291 頁。

| 馮伉 | 德宗貞元 | 皇太子諸王侍讀 | | 卷 135《傳》第 3729 頁<br>卷 189《傳》第 4979 頁 |
|---|---|---|---|---|
| 陸質 | 德宗貞元 | 皇太子侍讀 | | 卷 135《傳》第 3736 頁<br>卷 189《傳》第 4977 頁 |
| 歸崇敬 | 德宗貞元 | 皇太子侍讀 | 史館修撰，子歸登 | 卷 149《傳》第 4019 頁 |
| 歸登 | 德宗貞元<br>順宗初 | 皇子侍讀<br>東宮及諸王侍讀 | 史館修撰，譯《大乘本生心地觀經》 | 卷 149《傳》第 4020 頁 |
| 韋溫 | 文宗大和 | 太子侍讀 | 父韋綬 | 卷 168《傳》第 4379 頁 |
| 豆盧籍<br>李鄴 | 宣宗大中十年 | 夔王已下侍讀 | | 卷 172《令狐綯傳》第 4469 頁 |
| 高智周 | 高宗 | 孝敬東宮侍讀 | 兼修國史 | 卷 185《傳》第 4792 頁 |
| 賀凱<br>王眞儒 | 高宗 | 孝敬東宮侍讀 | | 卷 185《高智周傳》第 4792 頁 |
| 王迴質 | 玄宗開元十六年 | 皇太子侍讀 | | 卷 185《楊瑒傳》第 4820 頁 |
| 顏甫 | 太宗貞觀 | 曹王侍讀 | | 卷 187《顏杲卿傳》第 4896 頁 |
| 陸士季 | 隋末 | 越王侗記室兼侍讀 | 學《左氏傳》，兼通《史記》、《漢書》 | 卷 188《陸南金傳》第 4932 頁 |
| 李善 | 高宗顯慶 | 沛王侍讀 | 撰《漢書辯惑》 | 卷 189《傳》第 4946 頁 |
| 蕭德言 | 太宗貞觀 | 晉王（高宗）侍讀 | 博涉經史，尤精《春秋左氏傳》 | 卷 189《傳》第 4952 頁 |
| 許叔牙 | 太宗貞觀 | 晉王（高宗）侍讀 | | 卷 189《傳》第 4953 頁 |
| 劉納言 | 高宗乾封 | 沛王侍讀 | 《漢書》學者，撰《俳諧集》 | 卷 189《秦景通傳》第 4956 頁 |
| 徐岱 | 德宗貞元初 | 皇太子諸王侍讀 | 史館修撰 | 卷 189《傳》第 4975 頁 |
| 袁承序 | 太宗 | 晉王（高宗）侍讀 | | 卷 190《傳》第 4985 頁 |
| 袁利貞 | 高宗 | 周王侍讀 | | 卷 190《傳》第 4985 頁 |

| 賀敳 | 高宗 | 太子侍讀 | | 卷 190《傳》第 4987 頁 |
|---|---|---|---|---|
| 賀知章 | 玄宗開元十三年 | 皇太子侍讀 | 撰傳奇《孝德傳》 | 卷 190《傳》第 5033 頁 |
| 孟詵 | 則天 | （睿宗）侍讀 | | 卷 190《傳》第 5101 頁 |
| 孔述睿 | 德宗 | 皇太子侍讀 | 史館修撰 | 卷 190《傳》第 5130 頁 |

　　上文引用的《唐會要》和《事物紀原》顯示，不管是皇帝侍讀還是太子侍讀，其設置的目的實際上與小說或故事傳播並沒有關係。儘管如此，我們之所以關注侍讀，就是因為他們向皇帝、太子、諸王直接講述自己的知識，其中有史籍之事，也可能有朝野流行的故事。他們把這些各種各樣的故事用於教學。據《唐會要》和《事物紀原》的內容，我們可以看出，擔任侍讀職至少需要兩個條件：一是博學多聞，尤其是儒家和史籍方面的學問；二是善講學，也就是傳達知識的能力。漢宣帝業已認識這些條件，讓王褒等「娛侍太子，朝夕誦讀。」實際上說，有些唐代侍讀為了提高講學的效果有意識地採用說故事的方法來「娛侍太子」。高宗朝太子侍讀劉納言因進鄙說而除名，《舊唐書・秦景通傳》有相關記載：

　　　　納言，乾封中歷都水監主簿，以《漢書》授沛王賢。及賢為皇太子，累遷太子洗馬，兼充侍讀。常撰《俳諧集》十五卷以進太子。及東宮廢，高宗見而怒之，詔曰：「劉納言收其餘藝，參侍經史，自府入宮，久淹歲月，朝遊夕處，竟無匡贊。闕忠孝之良規，進談諧之鄙說，儲宮敗德，抑有所由。情在好生，不忍加戮，宜從屏棄，以勵將來。可除名。」〔註48〕

《新唐書・儒學傳》也曰：「訥言……嘗集《俳諧》十五篇，為太子歡」。〔註49〕這就是劉納言娛侍太子的方式。《俳諧集》的內容可能包括不少與儒家經典無關的小說和民間故事，如寧稼雨考證：「以現存佚文觀之，本書取材前代史傳雜書及唐代軼聞，以為笑話之書」。〔註50〕《新唐書・藝文志》果然將劉訥言《俳諧集》十五卷與《世說》、《酉陽雜俎》、《傳奇》等書同列歸於小說家類，而《通志・藝文略》也把它與《摭言》、《杜陽雜編》等書一起歸於小說類。〔註51〕雖

〔註48〕《舊唐書》卷一百八十五上《秦景通傳》，第 15 冊，第 4956 頁。
〔註49〕《新唐書》卷一百九十八《儒學上》，第 18 冊，第 5657 頁。
〔註50〕石昌渝主編《中國古代小說總目・文言卷》「俳諧集」條，山西教育出版社 2004年 9 月，第 322 頁。
〔註51〕《新唐書》卷五十九《藝文三》，第 5 冊，第 1541 頁；《通志》卷六十八《藝

然劉訥言因進小說集被除名，但從另一角度來看，他的確是典型的故事傳達者，而皇太子是故事的接受者。

韋綬是唐憲宗元和間皇太子諸王侍讀，他情況更爲明顯。據《舊唐書‧憲宗本紀》，元和九年閏八月韋綬與中書舍人王涯共爲皇太子諸王侍讀，可第二年就被罷職。《舊唐書‧韋綬傳》明示罷職的原因：「時穆宗在東宮，方幼好戲。綬講書之隙，頗以嘲誚悅之。……綬無威儀，時以人間鄙說戲言以取悅太子。」〔註52〕《唐會要‧雜錄》較詳細地說明事件的來歷：

> 其年五月韋綬罷侍讀。綬好諧戲，兼通人間小說，太子因侍上，
> 或以綬所能言之。上謂宰臣曰：「侍讀者當以經術傳導太子，使知君
> 臣父子之教。今或聞韋綬談論，有異於是，豈所以傳導太子者。」
> 因此罷其職，尋出爲虔州刺史。〔註53〕

這樣，韋綬本人就是說人間小說的能手，所以往往說那些民間故事以悅太子，這與劉訥言除名的原因幾乎相同。從元稹的說法來看，元和初任侍讀的要求不太嚴格，他在元和初獻給憲宗的《論教本書》中說：「近制，宮僚之外，往往以沉滯僻老之儒，充侍書侍讀之選，而又疏棄斥逐之，越月踰時不得召見，彼又安能傅成道德而保養其身躬哉？」〔註54〕此文顯示當時侍讀的地位沒有唐初那麼高，因此隨時被逐，甚至可謂有名無實之職。在這種情況之下，當時侍讀更關注「取悅太子」這個目的。也就是說，侍讀的次要作用和手段卻成爲最主要的目的了。

在上表排列的侍讀中，尤其值得注意看張說和賀知章，因爲他們很善於說故事，實際上把民間故事改編爲幾篇小說。玄宗在東宮時，張說與國子司業褚無量共爲皇太子侍讀。玄宗登基以後，對他的關懷一直不衰，張說也仍然向玄宗不惜直諫。張說被御使中丞宇文融等人彈劾時，高力士向玄宗提起過去作爲太子侍讀的緣分說：「（張）說曾爲侍讀，又於國有功」，玄宗就接受高力士的意見使他免死。張說本人是傳奇小說的作家，而且他「尤長於碑文、墓誌，當代無能及者。」〔註55〕毋庸置疑，撰寫碑文、墓誌都像史傳要求出色的敘事才能。據李劍國先生的研究，張說所撰傳奇文，今共有《梁四公記》、

文六》，浙江古籍出版社2000年1月版，第1冊，志七九八頁。
〔註52〕《舊唐書》卷一百六十二《韋綬傳》，第13冊，第4244頁。
〔註53〕《唐會要》卷四《雜錄》，第52頁。
〔註54〕《元稹集》卷第二十九《論教本書》，第345頁。
〔註55〕《舊唐書》卷九十七《張說傳》，第9冊，第3055、3057頁。

《鏡龍圖記》、《綠衣使者傳》、《傳書燕》（擬題）四篇，其中只有《鏡龍圖記》全文存，其餘都節存。〔註 56〕對《梁四公記》的作家問題，歷來眾說不一。李劍國先生根據顧況《戴氏廣異集序》說的「國朝燕公《梁四公記》」確定是張說所撰，周睿《張說研究》也支持此說：「張說所作，可能是在田通舊作或傳說中深度加工，也可能是故弄玄虛，此乃唐人慣用傳奇手法，無從考矣。」〔註 57〕《綠衣使者傳》沒有足本，只於五代王仁裕撰《開元天寶遺事》卷上《鸚鵡告事》可見大概的內容，其文尾云：「張說後為《綠衣使者傳》，好事者傳之。」〔註 58〕《開元天寶遺事》卷下《傳書燕》也云：「後文士張說傳其事，而好事者寫之」，但是沒有表示張說作的原題。從大概的內容來看，《綠衣使者傳》也許是公案小說，《傳書燕》是言情小說。

　　除四篇外，我們還要提及《虯髯客傳》。《虯髯客傳》是唐傳奇作品中作家問題最複雜的一篇，這大概分為五代杜光庭、張說、裴鉶三種說法。洪邁《容齋隨筆・王珪李靖》明明表示：「又有杜光庭《虯鬚客傳》」。〔註 59〕魯迅把《虯髯客傳》認為是杜光庭所撰，汪辟疆、袁行霈也根據《容齋隨筆》的記載斷言杜光庭所作。程毅中以為《虯髯客傳》繁本屬於張說撰，卞孝萱也把它定為張說所作，而王運熙進一步說明：「張說有可能作了這篇小說，但更可能是中唐時代的一位作者所寫，託名於張說的。」李劍國反駁這些說法，積極主張裴鉶所作。〔註 60〕這些說法之中，我的意見傾向於張說所作之說，其根據是他的活動時期和家境。《虯髯客傳》是隋煬帝時的故事，離張說的活

〔註 56〕　參見李劍國《唐五代志怪傳奇敘錄》，南開大學出版社 1993 年 12 月版，第 144～145 頁。

〔註 57〕　周睿《張說研究》，四川大學博士學位論文 2007 年 3 月，第 245 頁。

〔註 58〕　〔五代〕王仁裕《開元天寶遺事》，曾貽芬點校，中華書局 2008 年 6 月版，第 17、48 頁。

〔註 59〕　〔宋〕洪邁《容齋隨筆》卷十二《王珪李靖》，孔凡禮點校，中華書局 2006 年 10 月版，第 155 頁。

〔註 60〕　參見魯迅《唐宋傳奇集》卷四《虯髯客傳》；汪辟疆校錄《唐人小說》上卷，上海古籍出版社 1978 年 4 月版，第 181～182 頁；袁行霈、侯忠義編《中國文言小說書目》，北京大學出版社 1981 年 11 月版，第 72 頁；程毅中《古小說簡目》，中華書局 1981 年 4 月版，第 40 頁；卞孝萱《論〈虯髯客傳〉的作者、作年及政治背景》，載《東南大學學報》哲學社會科學版 2005 年 5 月，第 93～95 頁；王運熙《〈虯髯客傳〉的作者問題》，載《漢魏六朝唐代文學論叢》，上海古籍出版社 1981 年 10 月版，第 273 頁；李劍國，同上書，第 580～584 頁。

動時期不遠，而杜光庭和裴鉶生活的時期卻很遠。而且，張說的曾祖父張弌「北周通道館學士，由周入隋，不仕而終」〔註61〕，所以張說肯定比這兩人對隋朝故事更爲熟悉，可能聽到有關虯髯客的民間故事來把它改編成文人傳奇作品。退一步說，就算《虯髯客傳》不是張說所作，而是假託張說之名，這個事實本身卻反證張說作爲小說作家的地位。

賀知章也寫了傳奇小說《孝德傳》。據《舊唐書・文苑中》的記載，賀知章本來是善於談笑的人，其曰：「知章性放曠，善談笑，當時賢達皆仰慕之」，「故飛名仙省，侍講龍樓，常靜默以養閒，因談諧而諷諫。」〔註62〕他善談的才能無疑成爲撰寫小說的基礎，就如《嘉泰吳興志》卷十六《著姓》所說：「沈景筠，烏程人。母懼雷，及卒葬宅西，每雷發則奔至墓所，輒號哭云『景筠在此』。賀知章爲撰《孝德傳》。事見《沈氏家譜》。」〔註63〕像張說一樣，賀知章也接受朝野故事後，把它改爲一篇小說了。這是文人說故事方式的典型之例。他還對神仙故事很熟悉，曾給玄宗作曲，《新唐書・藝樂志》就云：「帝方浸喜神仙之事，詔道士司馬承禎製《玄眞道曲》，茅山道士李會元製《大羅天曲》，工部侍郎賀知章製《紫清上聖道曲》。」〔註64〕作爲皇太子侍讀和寵臣，這種改編故事的才能使賀知章與皇帝、皇子之間的關係更密切，善於說故事的他又可成爲各種朝野故事的傳達者。

在這一點上，我們有必要比較當時對韋綬、劉訥言和張說、賀知章的評價。這四名侍讀都很關心各種故事，具備改編故事的才能。可是對他們的評價不同，張說和賀知章的說故事能力受到當時文人的歡迎，而韋綬和劉訥言卻因其說故事行爲招來皇上的指責，甚至被罷職。但詳細一點看，韋綬和劉訥言的確有罷職的原因，即是說故事的內容有問題的。假如他們說的故事內容與侍讀的本分相符的話，那不會有這樣的結果。反過來想，善談故事的能力是作爲侍讀應該具備的條件之一，而且說故事或寫小說的行爲本身就沒有問題，卻是能夠受歡迎的。這是因爲對當時的文人來說，所謂創作故事一般是指經史傳統範圍之內的故事或者史傳撰述活動，而說故事是將這些範圍之內的故事以各種方式重新敘述的行爲。對當時文人來說，史才也是像詩才一

---

〔註61〕周睿，同上論文，第16頁。
〔註62〕《舊唐書》卷一百九十中《文苑傳中》，第15冊，第5034、5035頁。
〔註63〕再引自李劍國《唐五代志怪傳奇敘錄》，上冊，第157頁。
〔註64〕《新唐書》卷二十二《禮樂志》，第2冊，第476頁。

樣儘量要具備的文學素質。

如上所述，雖然對韋綬、劉納言、張說、賀知章的評價不同，但是他們都熟悉於朝野和民間的故事，而且善於說這些故事。其中劉納言是《漢書》的專家，張說就當過監修國史，即是都作爲專門史家肯定善於史傳方式的說故事。那我們可以說，他們撰寫人物傳的才能就延伸到說故事的能力。就唐代文人小說而言，其人物傳的特點很鮮明，不少作品的首尾體例和情節展開的方式與史書人物傳幾乎沒有區別，而且有些作家本身就作爲史家撰寫過史書。王度《古鏡記》明示作者自己當史官寫傳的經歷：「其年冬，兼著作郎，奉詔撰國史，欲爲蘇綽立傳」，還有《任氏傳》的沈既濟和《東城老父傳》的陳鴻等作家也曾經撰寫過史書。〔註65〕他們把撰寫史傳的才能用於小說創作，這就是當時文人的說故事活動之一。對他們來說，說故事不是特別的事情，而是經常做的文筆活動。

據我統計，《舊唐書》提到的侍讀 52 人中與史書撰寫有直間接關係的人總共有17 人（請見表），比如《梁書》和《陳書》撰者姚思廉做過諸王侍讀，文宗大和年間的皇太子侍讀陳夷行也作爲史館修撰預修《憲宗實錄》。他們本身是史家或者史書筆法的能手，有時預修實錄，有時當過監修國史、修國史、史館修撰等職。這也是侍讀的重要特點之一。既然是史學方面的專家，他們一定很熟悉於歷史故事和人物傳，而且很可能把許多故事傳述給皇帝和諸王太子。因獻太子《俳諧集》被除名的劉納言是《漢書》名家，與劉伯莊、秦景通兄弟等《漢書》大家齊名。〔註66〕劉納言在沛王入東宮之前獻給《漢書》，因此後來得到沛王侍讀職。寫過不少小說的張說也是能通史書的文人，他任東宮侍讀第二年，也就是睿宗景雲二年，除同中書門下平章事、監修國史。以後開元元年八月封燕國公，十一月監修國史，十三年被宇文融和李林甫彈奏，十四年玄宗命他辭去官職後仍在家修史。〔註67〕這樣，他從東宮侍讀當時一直與史書編撰有著密切的關係。毋庸置疑，他具有甚多的歷史知識，也很熟悉於歷史故事和人物傳的寫作方式，能夠用說故事的方法來向皇太子說明歷史教訓。

---

〔註65〕對唐代史家在小說創作態度上的兩面性問題，請看第二章第三節「說故事傳統和文人對小說創作的看法」。

〔註66〕參見《新唐書》卷一百九十八《儒學傳》，第 5656 頁。

〔註67〕參見《舊唐書》卷九十七《張說傳》；傅璇琮主編《唐才子傳校箋》，中華書局 2002 年 8 月，第 1 冊，第 136～137 頁。

當侍讀最關鍵的要求也是爲人博學多聞，尤其是文史方面的知識，就如
《大唐新語》所云：

> 白履中博涉文史，隱居大梁，時人號爲梁丘子。開元中，王志
> 愔表薦堪爲學官，可代馬懷素、褚無量入閣侍讀。乃徵赴京師，履
> 中辭以老疾，不任職事，授朝散大夫。〔註68〕

雖然白履中因病固辭侍讀職，但是我們通過這個記載可以看出當時侍讀的推
薦方式，即是不管現職還是退職的人士，主要靠他的文史方面的學問來判斷
資格。這樣一來，各色各樣的人物被推薦，其中熟悉朝野故事的人肯定不少，
而韋綏、劉訥言說「異於經術」的民間故事以悅皇太子。對韋綏、劉訥言和
張說、賀知章的評價不同，是因爲他們所說故事的內容和特點不同，但他們
都喜歡各種故事、善於說故事的事實本身是相同的。

# 第二節　說故事傳統和文人小說撰寫方法的多樣化

以上我探討了唐代文人獲取民間和朝野故事的途徑，其中有轉變、說話
之類的專門表演，也有侍讀、甄使等官制。唐代文人通過各種各樣的途徑自
然而然接受許多故事，進而把它們用於自己的創作活動，尤其到唐代中後期，
這種現象越來越明顯。對民間故事感興趣的文人，都能改編故事來寫出另一
個作品，這就可謂文人的說故事活動。實際上，唐傳奇創做到唐代中後期很
活潑起來，這與文人說故事傳統盛行的時期幾乎一致。當時文人的說故事傳
統成爲一種文化現象，隨之他們的小說創作方式也更爲多樣化了。而在此過
程中，有些作品裏面不得不留下通俗口述敘事的痕跡。下面，我要考察這種
文人小說創作的多樣化現象以及其與說故事傳統的關係。

## 一、同一故事的不同版本

說故事傳統產生的一個現象是同一個故事的不同版本。這裏所說的「不
同版本」不是指文獻學上的版本，而是指在風格或語言上與原故事有明顯差
別的另一類故事。換句話說，即使某種故事載於不同的小說集和類書，如果
在內容、風格、語言上沒有什麼區別，這種作品不能作爲本書的研究對象。
這只是把同一個故事轉載多處的，並不是通過說故事行爲重新創作的另一種

---

〔註68〕〔唐〕劉肅《大唐新語》卷十，許德楠、李鼎霞點校本，中華書局 2004 年 5
　　　月版，第 159 頁。

故事。比如《四庫全書總目》雜家類《類說六十卷》說：「其書體例略仿馬總《意林》，每一書各刪削原文，而取其奇麗之語，仍存原目於條首。」〔註69〕按照這個記載，《類說》不是文學創作活動的結果，而是原文的簡本或編輯作業的產物，所以這些故事不能作爲本書所說的不同版本。

實際上，唐初已有文人將同一故事用於風格不同的文章裏頭。王度《古鏡記》云：「度問蘇氏，果云舊有此鏡，蘇公薨後，亦失所在，如豹生之言。故度爲蘇公傳，亦具言其事於末篇，論蘇公著筮絕倫，默而獨用，謂此也。」王度聽到家奴豹生親歷的事件之後，把蘇公（蘇綽）與鏡的故事補上自己撰寫的國史《蘇公傳》。他就從自己的需要和興趣，將同一個故事，一邊用於小說，一邊用來寫成史傳。嚴格來說，《古鏡記》和《蘇公傳》的蘇公故事不在「不同版本」的範圍之內，但是王度聆聽蘇公故事的態度和把故事用於不同的文章傳統的過程，就說明當時文人樂意欣賞民間故事而儘量把它用來說故事的材料。

到了唐代中後期，這種情況在文人之間成爲一種創作傾向。張說根據民間流行的言情故事寫出一篇小說而好事者競相把它傳寫就是典型之例。《國史補》卷中《晉公祭王義》的記載更爲明顯：「裴晉公爲盜傷刺，隸人王義扞刃死之。公乃自爲文以祭，厚給其妻子。是歲進士撰《王義傳》者，十有二三。」〔註70〕對當時文人來說，這種說故事行爲是很普遍的文學活動，而在改編故事的過程中無疑會產生不同的版本。重寫張說小說的好事者和撰寫《王義傳》的許多進士沒有可能寫出相同的故事版本。不僅如此，有時民間說故事傳統根據皇室之事產生出多種故事版本，就如《新唐書・藝樂志》所曰：「千秋節者，玄宗以八月五日生，因以其日名節，而君臣共爲荒樂，當時流俗多傳其事以爲盛。」〔註71〕雖然我們現在不能確認玄宗故事的眞相如何，但是這個記載卻給我們顯示當時同一個玄宗故事一定會有多種版本。通過說故事活動產生的各種版本的文學特點就由說故事主體的創作目的決定。下面，我要舉同一故事的不同版本之例來探討文人小說創作方式的多樣化問題。

## （一）不同版本和不同的創作目的

李公佐《謝小娥傳》和李復言《續玄怪錄》中的《尼妙寂》是同一故事

〔註69〕 《欽定四庫全書總目》卷一百二十三，中華書局1997年1月版，第1642頁。
〔註70〕 〔唐〕李肇《國史補》，上海古籍出版社1979年1月版，第44頁。
〔註71〕 《新唐書》卷二十二，第2冊，第477頁。

的不同版本以及通過說故事改變主題意識的典型之例。《謝小娥傳》是作者親歷的故事，而從文末表示的撰述過程來看，《尼妙寂》是李復言閱讀沈田給他看的故事版本之後重新撰寫的故事。李劍國先生對《尼妙寂》指出：「李復言《續玄怪錄》有《尼妙寂》一篇，亦記此事，乃太和庚戌沈田持李公佐傳相示，李復言覽而纂於錄中，但事多不合，似所據實乃俗間所傳。」〔註72〕根據兩篇的故事色彩和撰寫方式，我們可以說兩種可能。第一、李公佐把親歷的故事寫成一篇文人小說，後來李復言根據民間流行的故事創作出與原作風格不同的另一篇小說。第二、李復言故意把沈田給他看的版本改編爲佛教色彩明顯的作品。其中，李劍國先生以第一個可能推斷《尼妙寂》的產生過程，但是他沒有具體分析其原因。爲了探討這兩篇的關係和區別，先要看看作品的創作背景。《謝小娥傳》文末闡明的主題意識和創作目的就如下：

> 君子曰：「誓志不捨，復父夫之仇，節也。傭保雜處，不知女人，貞也。女子之行，唯貞與節能終始全之而已。如小娥，足以儆天下逆道亂常之心，足以觀天下貞夫孝婦之節。」余備詳前事，發明隱文，暗與冥會，符於人心。知善不錄，非《春秋》之義也。故作傳以旌美之。

　　這引文的形式與史傳的論贊幾乎相同。不同的是，在文中明示「余」的存在，就直接給讀者說明簡單的撰寫過程和目的。「余」在《謝小娥傳》的本故事中也出現，這與《東城老父傳》一樣，即是以第一人稱陳述故事的。但《東城老父傳》的敘述者只不過是聽者，而《謝小娥傳》的「余」在故事情節上卻起到非常重要的作用，處處提高故事的眞實性。所以作者說到他自己比任何人都「備詳前事」。〔註73〕正如引文所說，《謝小娥傳》的主題意識很

〔註72〕 石昌渝主編《中國古代小說總目·文言卷》「謝小娥傳」條，山西教育出版社，2004 年 9 月，第 532 頁。

〔註73〕 有關提高故事的「眞實性」問題，李鵬飛提到《謝小娥傳》中「余」的敘事介入方式和謝小娥之夢的重複敘述產生的文學效果，他說：「爲此作者首先將第一人稱敘事視點引進此傳，而這在過去的敘夢文學中還從未出現過：當敘述者『余』進入敘事以後，卻並未立即會晤謝小娥，而是先從僧人齊物的轉述中得知其人其夢，這一處閒筆（又是曲筆）的設置實則是在不經意之中爲該夢之『眞』提供一個旁證；此後才由『余』直接面對當事人，傾聽她的訴說，此時對夢境的復述便成爲必然，並進一步對其『眞實性』加以確證。」李鵬飛《唐代非寫實小說之類型研究》，北京大學出版社 2005 年 8 月，第 274 頁。

明顯，就是要表揚「天下貞夫孝婦之節」，並且其故事具有很強的事實性。源於這些創作因素，作者李公佐一定要把聽說的故事和親歷的事實以史傳的筆法撰寫為另一種作品。謝小娥故事到宋代編入《新唐書·列女傳》，〔註74〕其內容可謂《謝小娥傳》的簡本，人名、情節、主題意識等因素都與《謝小娥傳》沒有區別，也就是基本上遵從原作者的創作意圖和目的。李公佐當初寫傳的目的是後來在正史的列傳中真正實現的。

　　李復言《尼妙寂》的文學因素與《謝小娥傳》不一樣。雖然兩篇的故事大綱沒有區別，但是人無、主題、敘述方式都有相當大的差異，而且《尼妙寂》比《謝小娥傳》多有佛教的因素。《尼妙寂》文末也明示撰寫過程：「太和庚戌歲，隴西李復言遊巴南，與進士沈田會於蓬州，田因話奇事，持以相示，一覽而復之。錄怪之日，遂纂於此焉。」文中沈田給李復言看的版本很可能是民間流行的異本，其原因有二：

　　第一、佛教色彩比原本強多了。雖然《謝小娥傳》也有佛教色彩，但沒有《續玄怪錄》那麼明顯。首先，主人公的名字不是「謝小娥」，而是使用佛名「尼妙寂」。作品的主題也不是表揚「天下貞夫孝婦之節」，而是妙寂在文末親口表述的「碎此微軀，豈酬明哲。梵宇無他，唯虔誠法象以報效耳」。除了文首和文末以外，文中也經常出現佛教因素，比如妙寂所說「賊名既彰，雪冤有路，苟或釋惑，誓報深恩。婦人無他，唯潔誠奉佛，祈增福海」之類的內容。這樣，《尼妙寂》的佛教色彩從頭到尾很明顯，甚至給讀者好像讀佛教故事的感覺。可是與《尼妙寂》的佛教色彩相比，《謝小娥傳》更強調儒家的女性貞節觀念。《新唐書·列女傳》以《謝小娥傳》為底本改編的主要原因就是這種主題意識。換句話說，《尼妙寂》的佛教色彩和主題意識不適合列入正史的《列女傳》。這種把原來稍有佛教色彩的故事改為佛教性濃厚的作品的創作方式，是在唐代民間通俗敘事裏面容易看到的，敦煌本《韓擒虎話本》、《董永變文》、《孔子項託相問書》等作都是其例。〔註75〕而就在這一點上，我們可以推測謝小娥故事在民間被寫成佛教性濃厚的另一種版本，李復言把這個民間版本再一次改為新的文人小說。

　　第二、《尼妙寂》本身就有通俗文學的敘述特點。在妙寂要捨身瓦棺寺的場景裏，突然出現第一人稱視點的敘述方式：「吾將緇服其間，伺可問者，必

〔註74〕《新唐書》卷二〇五《列女傳·段居貞妻謝》。
〔註75〕對民間通俗敘事的這種創作方式，下一章要詳談。

有醒吾惑者」。這可視爲獨白，也可說是從第三人稱到第一人稱敘述視點的臨時轉換。這種敘述方式也在唐代通俗敘事裏面往往找得到，就是講故事人隨時轉換敘事視點的敘述手法。李復言在改寫民間故事的過程中，不覺插入這種通俗敘事的因素。根據以上的幾個原因，我認爲李復言所據的底本是佛教性很強的民間版本。所以李復言在撰寫過程中沒有涉及李公佐原來的主題意識，而把沈田說的故事稱爲「奇事」。這樣，不管其雅俗特點的程度如何，同一個故事題材按照創作目的、受眾階層、主題意識等因素都可以寫爲多種版本，這就是當時說故事傳統的盛行之例。根據以上的內容，下面我要試畫謝小娥故事通過說故事傳統產生出不同版本的途徑：

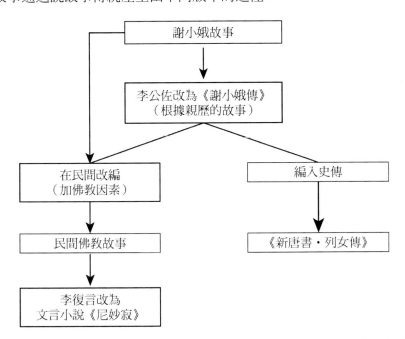

如圖所示，即使排除宋代撰寫的《新唐書·列女傳》，唐代後期的一個故事改寫爲最少三種不同的故事。其中兩篇文言小說到今天也可見全部內容。另一篇即民間的佛教故事，雖然現在不能見原貌，但是通過《尼妙寂》足夠推測其存在本身和佛教色彩的內容。這些同一故事的不同版本就是唐代說故事傳統的反映之一。通過這種過程，唐代小說的內容和形式都很豐富了。陳平原先生曾說：「同一事件的不同敘述，可能獲得完全不同的藝術效果。」〔註76〕這是陳先生針對中國白話短篇小說的敘述者來說的，但是我認

---

〔註76〕陳平原《小說史：理論與實踐》，北京大學出版社 1999 年 3 月版，第 54 頁。

為這種不同敘述產生不同藝術效果的文學現象不限於白話短篇小說，也能夠追溯到唐代後期的文言小說。

許堯佐《柳氏傳》和孟棨《本事詩》「情感第一」的韓翃故事也是同一故事因作者的創作目的而成為不同版本之例。這兩篇的故事情節幾乎相同，但是對人物的比重和描寫卻有些不同。《柳氏傳》的最主要人物當然是柳氏，文末論贊也只提到柳氏和俠士許俊的舉止：「然即柳氏，志防閒而不克者；許俊慕感激而不達者也。……惜鬱堙不偶，義勇徒激，皆不入於正。斯豈變之正乎？蓋所遇然也。」這個論贊中卻沒有關於另一個主要人物韓翃的內容。與之不同，《本事詩》儘量要減少有關柳氏的內容，而以詩人韓翃為主進行敘事。其根據如下：

第一、略掉對柳氏的描寫和柳氏的對話。《柳氏傳》介紹柳氏說：「其幸姬曰柳氏，豔絕一時，喜談謔，善謳詠。李生居之別第，與翃為宴歌之地」，但是《本事詩》故事沒有提到柳氏的才貌，只說「鄰有李將妓柳氏，李每至，必邀韓同飲。」而且，文中柳氏謂翃曰：「榮名及親，昔人所尚。豈宜以濯浣之賤，稽採蘭之美乎？且用器資物，足以待君之來也。」這明明顯示柳氏對韓翃的積極的態度，也是為愛情樂於犧牲的人性。可是這段對話在《本事詩》被替換為李生跟韓翃說的話：「夫子居貧，無以自振，柳資數百萬，可以取濟。柳，淑人也，宜事夫子，能盡其操。」通過這個對話，柳氏的積極性大幅衰減，甚至成為被動的人物。

第二、《本事詩》故事後邊加上十年以後韓翃除駕部郎中、知制誥的事情。在韓翃得官的過程中，他的一首詩起到決定性的作用，但這是與柳氏毫無關係的內容。《柳氏傳》和《本事詩》的這種敘述上的差異就是由不同的創作目的產生的結果。許堯佐先說柳氏的故事，然後表明他對柳氏舉止的看法，他說故事的主要目的就在這裏。與之不同，《本事詩》本故事的撰述目的是介紹韓翃作為詩人的實際足跡，特別是與他的詩歌有關的事件。為了滿足自己的創作目的，孟棨就在原有的故事後面勉強加上另一個故事，以產生了另一篇故事版本。《本事詩》序云：「其有出諸異傳怪錄，疑非是實者，則略之。拙俗鄙俚，亦所不取。」〔註77〕這可說是作家的著書原則，刪掉有關柳氏的一些內容也許是依據這個原則的。如上所看，作家的創作目的對同一故事不同

---

〔註77〕以上原文，《柳氏傳》據汪辟疆校錄《唐人小說》，《本事詩》據中國文學參考資料小叢書，古典文學出版社 1957 年 9 月。

版本的文學現象起到深刻的影響，而這種現象就是當時說故事傳統盛行的反映。

### （二）改寫故事以顯示詩意或炫耀詩才

唐代文人有時故意改編既存的故事，或使故事更有豐富的詩意，或顯示自己的詩才。白行簡《三夢記》和把它改寫的兩篇故事就是其例。《三夢記》是用「彼夢有所往而此遇之」、「此有所爲而彼夢之」、「兩相通夢」這三種夢事來構成的傳奇文，其中第一個故事就如下：

> 天後時，劉幽求爲朝邑丞。常奉使，夜歸。未及家十餘里，適有佛堂院，路出其側。聞寺中歌笑歡洽。寺垣短缺，盡得覩其中。劉俯身窺之，見十數人，兒女雜坐，羅列盤饌，環繞之而共食。見其妻在坐中語笑。劉初愕然，不測其故久之。且思其不當至此，復不能捨之。又熟視容止言笑，無異。將就察之，寺門閉不得入。劉擲瓦擊之，中其罍洗，破迸走散，因忽不見。劉踰垣直入，與從者同視，殿廡皆無人，寺扃如故。劉訝益甚，遂馳歸。比至其家，妻方寢。聞劉至，乃敘寒暄訖，妻笑曰：「向夢中與數十人同遊一寺，皆不相識，會食於殿庭。有人自外以瓦礫投之，杯盤狼藉，因而遂覺。」劉亦具陳其見。

劉幽求是武后到玄宗時的官僚，在當時敏感的政治環境之下多次立功，因此受到皇帝的信任，尤其玄宗從登基之前一直寵愛他，開元初除授尚書左丞相，兼黃門監。唐代著名人士的事跡往往被寫爲一篇故事，白行簡就把劉幽求的故事跟別的夢事合編爲《三夢記》。因爲劉幽求的傳奇故事很受歡迎，不少文人把它改爲不同的版本，如汪辟疆先生所說：「劉幽求一事，尤爲唐人所豔稱；故祖述其意，別製篇章者，頗不乏人。」據現存作品，《三夢記》劉幽求故事至少改編爲兩種不同的版本，一個是薛漁思《河東記》中的《獨孤遐叔》，另一個是李玫《纂異記》中的《張生》故事。〔註78〕李玫和薛漁思的具體事跡都不詳，而他們的活動時期一般被認爲是比白行簡晚幾十年。這三篇，人名、時代、地理背景都不一樣，但從《張生》和《獨孤遐叔》的結構大綱來看，這兩篇的作者肯定在寫作之前已經看到或者聽到白行簡寫的劉幽求故事。值得注意的是，雖然這三篇的結構幾乎沒有區別，可是薛漁思和李

---

〔註78〕《獨孤遐叔》和《張生》各載於《太平廣記》卷281和282。

玫的創作目的或者作品的主題意識卻與原故事有很大的區別。前者故意採用與原故事相反的主題意識，以使作品含有濃厚的詩情，後者是只爲炫耀自己詩才而重新撰寫故事的。

據《舊唐書·劉幽求傳》的記載，劉幽求是值得文人羨慕的計謀不菲、忠誠剛直之士，「拜閣中尉，刺史不禮焉，乃棄官而歸」之事就證明他的性格。後來唐睿宗兩次下詔贊他：「卿見危思奮，在變能通，翊贊儲君，協和義士，殄殲元惡，放殛凶徒」，「義以臨事，精能貫日；忠以成謀，用若投水。」〔註79〕倘若考慮劉幽求的人品和性格，故事中「兒女雜坐，羅列盤饌……其妻在坐中語笑」的場景，雖然是妻的夢境，但對他還是看不順眼的。「擲瓦擊之」的行動就是他心懷不滿的表現。也就是說，白行簡是遵循原故事的情節和主題而撰寫小說的。但是這種情節到《獨孤遐叔》發生變化，獨孤遐叔卻成爲男女之情很豐富的人，隨之對他妻子的描寫也有很大的、甚至相反的改動。首先看看獨孤遐叔，他跟妻子所約「遲可周歲歸矣」這種留戀的說法就是故事情節變化的開端。過兩年後歸鄉的時候，他深夜忽然聽到群人呼聲，也是因爲「歸心迫速」，「方思明晨到家……至夜分不寐」。與之相配，妻子的表情和歌詩的內容都是相思丈夫的表現，絕不是樂意吟誦的，就如這樣的描寫：「憂傷摧悴，側身下坐……其妻冤抑悲愁，若無所控訴而強置於坐也。遂舉金雀，收泣而歌：『今夕何夕，存耶！沒耶！良人去兮，天之涯，園樹傷心兮，三見花。』滿坐傾聽，諸女郎轉面揮涕。」我們容易看出，劉幽求的故事通過薛漁思的改作從夢境故事變成詩情濃烈的言情故事。實際上，史傳裏面的劉幽求不合適作爲言情小說的男主人公，但是《獨孤遐叔》借《三夢記》劉幽求故事的情節重新寫出了不同性格的另一種故事。這可說是當時文人常常使用的說故事手法。

《張生》的情況又有所不同。這作對張生妻的描寫跟《三夢記》一脈相承，而且更露骨地描述張生的不滿。文中「見其妻亦在坐中，與賓客談笑方洽」與《三夢記》中的「見其妻在坐中語笑」幾乎相同，而「再發一瓦，中妻額」這種惹人發笑的場面可說是張生心情的表現。可是張生擊中妻額之後卻「謂其妻已卒，慟哭，連夜而歸」，即是張生對妻子採取矛盾的態度。到這個場面，《張生》故事突然情節雜亂，敘事又不順利。我認爲這種情節雜亂是

〔註79〕關於劉幽求的事跡，請見《舊唐書》卷九十七《劉幽求傳》，中華書局點校本，第 9 冊，第 3039 頁。

《張生》的創作意圖導致的現象，就是作者只爲炫耀自己詩才的結果。與《三夢記》和《獨孤遐叔》不同，《張生》故事的主要部分是酒令場面和張生妻歌唱的五首詩。實際上說，這與故事的情節沒有什麼關係，甚至妨礙順利的故事展開。對《張生》的作者而言，故事的細緻描寫和情節不是關鍵之事，更重要的或者唯一重要的是自己詩才的表現。這種現象是李玫《纂異記》收錄作品的共同特點。《纂異記》原書已失，今傳的《纂異記》作品共有十四篇。據李劍國的調查，《纂異記》作品裏面包含著相當多的詩歌，其中《許生》8首、《陳季卿》5首、《崇岳嫁女》12首、《張生》6首等都收入《全唐詩》，而沒有收入《全唐詩》的其它詩賦也不少。〔註80〕也就是說，雖然李玫的《纂異記》是傳奇小說集，但是作者經常在小說裏面插入多篇詩歌，而《張生》之例就是作者爲炫耀詩才的一種手段。這也可謂文人說故事的方法，他們按照自己的創作目的隨意改動原故事的人名、時代和地理背景、主題意識等文學元素。〔註81〕

### （三）從博物傳統到傳奇寫作

段成式《酉陽雜俎・支諾皋》的「王申」故事和張鷟《朝野僉載》的「鄭家莊」條也顯示唐代文人說故事傳統和小說創作方式多樣化的一面。〔註82〕胡應麟《少室山房筆叢》轉載「王申」故事後加以按語說：「張鷟《朝野僉載》一事正同，惟以爲周大足時泰州事，在貞元前，蓋好事者詭撰姓名以欺段耳。」

〔註80〕 《纂異記》的詩篇收入《全唐詩》的具體情況，請見李劍國《唐五代志怪傳奇敘錄》下冊《纂異記一卷》，南開大學出版社 1993 年版，第 706 頁。李先生又說到：「至佈局謀篇皆有法度，筆墨酣暢淋漓，文辭俊麗老健，喜用排偶不失娓娓之韻，歌詩連篇亦無堆垛之感。」（第 714 頁）

〔註81〕 《獨孤遐叔》開頭云：「貞元中進士獨孤遐叔，家於長安崇賢裏，新娶白氏女，家貧下第，將遊劍南，與其妻訣曰：『遲可周歲歸矣。』遐叔至蜀，羈棲不偶，逾二年乃歸。至鄠縣西，去城尚百里，歸心迫速，取是夕及家。」；《張生》開頭云：「有張生者，家在汴州中牟縣東北赤城阪。以飢寒，一旦別妻子，遊河朔，五年，方還。自河朔還汴州，晚出鄭州門，到板橋已昏黑矣。」就這樣，兩篇的時代和地理背景都與《三夢記》完全不同。還值得注意的是，《獨孤遐叔》提到的地區和遐叔遊歷的劍南和蜀地都是今天的四川地區，這或許說明《獨孤遐叔》與同一故事的民間版本更有密切的關係，因爲唐代四川就是民間故事表演最盛行的地方，而這種民間表演爲了提高聽眾的注意力往往把原故事的地理背景改爲他們更熟悉的地方。對這個問題，請見第一章第三節和第二章第二節中「文人小說裏面所見通俗口述敘事的痕跡」部分。

〔註82〕 參見《酉陽雜俎》，第 209 頁；《朝野僉載》，中華書局 2005 年 1 月版，第 144 頁。

〔註83〕這說明唐代文人根據同一個故事情節寫出不同作品的事實。「王申」和「鄭家莊」故事不僅時代和人名不同，作家說故事的目的也有很大的區別，其原文如下：

> 大定年中，太州赤水店有鄭家莊，有一兒郎年二十餘，日晏於驛路上見一青衣女子獨行，姿容姝麗。問之，云欲到鄭縣，待三婢未來，躊躕伺候。此兒屈就莊宿，安置廳中，借給酒食，將衣被同寢。至曉，門久不開，呼之不應。於窗中窺之，惟有腦骨頭顱在，餘並食訖。家人破戶入，於梁上暗處見一大鳥，衝門飛出。或云是羅剎魅也。（《朝野僉載》卷六）

> 貞元中，望苑驛西有百姓王申，手植榆於路傍成林，構茅屋數椽，夏月常饋漿水於行人，官者即延憩具茗。有兒年十三，每令伺客。忽一日白其父，路有女子求水，因令呼入。女少年，衣碧襦，白幅巾，自言家在此南十餘里，夫死無兒，今服禫矣，將適馬嵬訪親情，丐衣食。言語明悟，舉止可愛，王申乃留飯之。謂曰：「今日暮夜可宿此，達明去也。」女亦欣然從之。其妻遂納之後堂，呼之為妹。倩其成衣數事，自午至戌悉辦。針綴細密，殆非人工。王申大驚異，妻尤愛之，乃戲曰：「妹既無極親，能為我家作新婦子乎？」女笑曰：「身既無託，願執粗井灶。」王申即日賫衣貰禮為新婦。其夕暑熱，戒其夫，近多盜，不可闔門，即舉巨椽捍而寢。及夜半，王申妻夢其子披髮訴曰：「被食將盡矣。」驚欲省其子，王申怒之：「老人得好新婦，喜極囈言耶？」妻還睡，復夢如初。申與妻秉燭呼其子及新婦，悉不復應。啓其戶，戶牢如鍵，乃壞門，閫才開，有物圓目鑿齒，體如藍色，衝人而去，其子唯餘腦骨及髮而已。（《酉陽雜俎續集·支諾皋》卷二）

如胡應麟所述，這兩篇是同一個故事，而在流傳的過程中，故事的時代背景和人物都發生變化。從今天的角度來看，這明明是剽竊，但我們還是需要作為文人的一種創作方式來看這種文學現象。張鷟聽到故事後，用自己的方式記錄其內容。別的文人也許把同一個題材改編為幾種故事，就如上文已經提到的「好事者」傳寫張說《傳書燕》、《綠衣使者傳》和「十有二三」的

---

〔註83〕《少室山房筆叢》卷三六《二酉綴遺中》，第368頁。

進士撰《王義傳》之例。這種故事改編，不管人名、時代等具體信息如何，只有大概的故事情節就足夠。文人就通過這樣的說故事方式來顯揚自己的文采和筆力。段成式寫的「王申」故事可能是在多種版本中最流行的版本。對段成式來說，「王申」故事已經與《朝野僉載》「鄭家莊」不同了。《酉陽雜俎》引用別處的記載時，一般都標明出處。實際上《酉陽雜俎續集》卷四裏面也有從《朝野僉載》摘來的四個記載，而每處都以「《朝野僉載》云」、「據《朝野僉載》」等文字表示了。〔註84〕而且，段成式為人「博學強記，多奇篇秘籍」〔註85〕，不僅喜愛搜羅怪事，又一定要把它記錄下來，所以自己曾說：「成式以此事頗怪，然大傳眾口，不得不著之。」〔註86〕這樣一碰到怪事就記下來的段成式不可能未看到《朝野僉載》「鄭家莊」的內容。即使如此，他沒有直接引用「鄭家莊」，是因為對他來說，這不是故事，而只是對某種事物的簡單的記載。他最關注的就是通過說故事行為來重新產生的另一種版本。

　　在這一點上，我們可以導出一個現象，那就是從博物傳統到傳奇創作的過程。《朝野僉載》「鄭家莊」的特點在於博物志撰述傳統的延長線上。我認為，判斷某作品是博物還是說故事的重要根據之一就是讀者對它的看法和感受。如果讀者讀了某種作品後，感覺得到新的知識和信息，那這文章可說是博物之作。與之不同，如果讀者感到作品的故事性或者更關注它的情節，那麼這可謂說故事之作。其中「鄭家莊」屬於前者，而且《朝野僉載》「鄭家莊」篇前後的多個片段記載，都與其說一個故事，不如說是對神秘的動物或妖怪的簡單介紹，就只是按照題材分類而寫的博物記載。原來張鷟聽到的「鄭家莊」故事也許有較長的篇幅，具有完整的情節，但是他對「羅剎魅」這個妖怪更有關心，卻沒有必要關注故事情節本身。文末的「或云是羅剎魅也」這種說法就顯示它的博物志特點。但是《酉陽雜俎》「王申」故事不同，有完整的情節，起承轉結的結構非常鮮明，具備著豐富的故事元素。這作的風格與裴鉶小說集《傳奇》中的故事很相似，就可謂以事物為中心的短片記載變成以事件為中心的小說。我們從「鄭家莊」和「王申」這兩個作品可以看出同一個故事題材被文人分為兩個不同的文章傳統之例。

　　唐後期文人韋絢的《戎幕閒談》序也顯示從博物筆記到小說創作的過程，

---

〔註84〕　參見《酉陽雜俎》，第 233、238 頁。
〔註85〕　《新唐書》卷八十九《段志玄傳》「成式」條，第 12 冊，第 3764 頁。
〔註86〕　《酉陽雜俎》卷之一《天咫》，第 10 頁。

其文曰：

> 贊皇公博物好奇，尤善語古今異事。當鎮蜀時，賓佐宣吐，亹
> 亹不知倦焉，乃語絢曰：「能題而紀之，亦足以資於聞見。」絢遂操
> 觚錄之，號為《戎幕閒談》。大和五年十一月二十三日巡官韋絢引。
> 〔註87〕

　　值得注意的是，「博物好奇」和「題而紀之」的主體不同。同一個故事，或可成為博物之作，或可成為一篇小說。韋絢聽到贊皇公李德裕說的博物異事後，將其內容再寫為筆記，而這種異事又能成為另一種版本的故事題材，就如「鄭家莊」和「王申」之例。在當時文人之間，這是很普遍的寫作方式。

## 二、共享故事和共同創作

　　小說從起源就有共同創作和共同欣賞的特點，如魯迅所說：「人在勞動時，既用歌吟以自娛，借它忘卻勞苦了，則到休息時，亦必要尋一種事情以消遣閒暇。這種事情，就是彼此談論故事，而這談論故事，正就是小說的起源。」〔註88〕魯迅既關注早期小說創作的目的，也提到小說產生的最初過程。明胡應麟分析《漢志》諸子十家中小說家「特盛獨傳」的原因說：「至於大雅君子心知其妄而口競傳之，且斥其非而暮引用之，猶之淫聲麗色，惡之而弗能弗好也。夫好者彌多，傳者彌眾，傳者日眾則作者日繁，夫何怪焉？」〔註89〕對胡應麟來說，小說是人本性的表現。引文中我們需要關注「口競傳之」的含義。胡應麟認為「傳」是一種口頭行為，與「作」的行為不同。他說的「（喜）好──（口）傳──（寫）作」就是指古代文人接受、共享、重寫故事的過程。

### （一）文人聚會和說故事活動

　　唐代文人小說創作也有同樣的現象，很多作品都是在共同創作或互相談論的過程中誕生的。他們的共享故事和共同創作活動幾乎在同一時間進行，就是在共享故事的同時已經開始共同創作。參加聚會的文人之中對故事比較熟悉的或者有筆力的一人作為代表，根據他們共享的故事內容重新寫出一篇

〔註87〕〔明〕陶宗儀纂《說郛一百卷》卷七《戎幕閒談》，載《說郛三種》，上海古籍出版社1989年1月版，第一冊，第138頁。

〔註88〕魯迅《中國小說的歷史的變遷》，載《中國小說史略》，上海文化出版社2005年1月，附錄，第248頁。

〔註89〕《少室山房筆叢》卷二九《九流緒論下》，第282頁。

作品。唐代文人把編寫故事的能力也看成是一種文才。唐傳奇《任氏傳》曰：
「大曆中，沈既濟居鍾陵，嘗與崟遊，屢言其事，故最詳悉。……浮潁涉淮，
方舟沿流，晝燕夜話，各徵其異說。眾君子聞任氏之事，共深歎駭，因請既
濟傳之，以志異云。」眾君子請沈既濟撰文，是因爲他有文士的才能。引文
中「各徵其異說」既是文人共享民間故事的行爲，也是文人之間說故事傳統
的一面。

　　共享故事和重新編寫是與通俗敘事的功能相似的。鄭振鐸曾經以實用性
的因素劃分了傳奇小說和評話小說。據他的說法，傳奇小說「一點也沒有實
用的目的，他們只是文壇上的流行物而已，從不曾想到了通俗」，而評話的說
書先生們「爲了要娛悅大多數的聽眾，便編造了敷演了那些新聞與故事出來。」
〔註90〕可是我認爲這個主張偏重於以文本爲主的文人交流，而不太關注那些
故事文本產生的過程。實際上當時文人也爲了取悅受眾有意識地改編故事，
而且他們之間的口頭說故事活動本身也不可忽視，因爲不少的唐傳奇作品就
是通過這樣的過程問世的。

　　沈亞之《異夢錄》顯示當時文人怎樣共享故事，整篇可說是文人共享和
撰寫故事的場景：

　　　　元和十年，亞之以記室從隴西公軍涇州。而長安中賢士，皆來
　　客之。五月十八日，隴西公與客期，宴於東池便館。既坐，隴西公
　　曰：「余少從邢鳳遊，得記其異，請語之。」客曰：「願備聽。」隴
　　西公曰：「鳳，帥家子，無他能。後寓居長安平康里南，以錢百萬，
　　質得故豪家洞門麴房之第，即其寢而晝偃。夢一美人，自西楹來，
　　環步從容，執卷且吟。爲古裝，而高鬟長眉，衣方領，繡帶修紳，
　　被廣袖之襦。鳳大悅曰：『麗者何自而臨我哉？』美人笑曰：『此妾
　　家也。而君客妾宇下，焉有自耶？』鳳曰：『願示其書之目。』美人
　　曰：『妾好詩，而常綴此。』鳳曰：『麗人幸少留，得觀覽。』於是
　　美人授詩，坐西床。鳳發卷，示其首篇，題之曰《春陽曲》，終四句。
　　其後他篇，皆累數十句。美人曰：『君必欲傳之，無令過一篇。』鳳
　　即起，從東廡下几上取彩箋，傳《春陽曲》。其詞曰：『長安少女踏
　　春陽，何處春陽不斷腸。舞袖弓彎渾忘卻，羅衣空換九秋霜。』鳳

〔註90〕鄭振鐸《中國小說的分類及其演化的趨勢》，載《鄭振鐸古典文學論文集》上
　　　　冊，上海古籍出版社2009年4月，第332頁。

辛詩，請曰：『何爲弓彎？』曰：『妾傅年父母使教妾爲此舞。』美人乃起，整衣張袖，舞數拍，爲弓彎狀以示鳳。既罷，美人泫然良久，即辭去。鳳曰：『願復少賜須臾間。』竟去。鳳亦覺，昏然忘有記。鳳更衣，於襟袖間得其詞，驚視復省所夢。事在貞元中，後鳳爲余言如是。」是日監軍使與賓府郡佐，及宴客隴西獨孤鉉、范陽盧簡辭、常山張又新、武功蘇滌，皆歎息曰：「可記。」故亞之退而著錄。明日，客有後至者，渤海高允中、京兆韋諒、晉昌唐炎、廣漢李瑀、吳興姚合，洎亞之，復集於明玉泉，因出所著以示之。於是姚合曰：「吾友王炎者，元和初，夕夢遊吳，侍吳王久。聞宮中出輦，鳴笳吹簫擊鼓，言葬西施。王悲悼不止，立詔詞客作輓歌。炎遂應教，詩曰：『西望吳王國，雲書鳳字牌。連江起珠帳，擇土葬金釵。滿地紅心草，三層碧玉階。春風無處所，凄恨不勝懷。』詞進，王甚嘉之。及寤，能記其事。」炎，本太原人也。〔註91〕

　　《異夢錄》故事不完全是事實，更有可能是沈亞之把自己聽的故事重寫的傳奇文。〔註92〕但我們還是不可否認當時文人之間確實流行著共享故事的活動，沈亞之要把夢裏的故事與現實聯繫在一起這一點卻說明其現實是非常普遍的事情。在此過程中，文人的說故事活動成爲編出夢事的途徑。值得注意的是，文人已經編出的故事再經過說故事活動演變起來。《異夢錄》給我們顯示的文人共享故事的過程就是：（1）在宴會上有人說故事→聚會的文人聆聽故事→其中有文才的人重新編寫故事（2）別的文人集團閱讀已經被文字化的故事→其中有文人加以自己認識的有關故事。這樣，《異夢錄》的內容包含著兩次共享故事和撰寫作品的過程。沈亞之通過共享故事的活動撰寫一篇小說作品，炫耀自己的文筆和重述故事的才能，然後這篇作品以文字形態流行

〔註91〕〔唐〕沈亞之撰，肖占鵬、李勃洋校注《沈下賢集校注》卷第四，南開大學出版社 2003 年 12 月，第 65 頁。

〔註92〕對此問題，倪豪士認爲：故事中的邢鳳是沈亞之虛構的人物，而沈亞之讓故事中的敘述者說出他的上級和讚助者李彙（隴西公）的名字，是爲了奉承現實中的李彙，同時把他和李彙的關係宣之於眾。他又對沈亞之把兩個夢的故事聯繫在一起的原因如此說到：「由於沈亞之當時身爲記室，他也許藉此暗指在兩個關於夢的故事背後實際上是他自己的文筆（和想像）。」參見〔美〕倪豪士（William H. Nienhauser）《唐傳奇中的創造和故事講述：沈亞之的傳奇作品》，載《傳記與小說——唐代文學比較論集》，中華書局 2007 年 2 月，第 214～215 頁。

在文人之間，或被文人又改編出來。這一系列的場面都可謂當時文人說故事的過程，而在此過程中經常改動原故事的文學元素。誇張一點說，如果按照這樣的說故事方式，其故事可以產生出許多甚至無限的不同版本。

唐後期文人韋絢的《劉賓客嘉話錄》序也顯示當時文人共享故事的場景：

> 是歲長慶元年春，蒙丈人許，措笈侍立，解衣推食。晨昏與諸子起居，或因宴命坐與語論，大抵根於教誘。而解釋經史之暇，偶及國朝文人劇談，卿相新語，異常夢話，若諧讔卜祝童謠之類，即席聽之，退而默記，或染翰竹簡，或簪筆書紳，其不暇記因而遺忘者，不知其數；在掌中梵夾者，百存一焉。今悉依當時日夕所話而錄之，不復編次，號曰《劉公嘉話錄》，傳之好事以爲談柄也。時大中十年二月，朝散大夫江陵少尹上柱國京兆韋絢序。〔註93〕

如上所看，說故事是當時文人的娛樂活動之一。《劉賓客嘉話錄》是韋絢所撰，但其內容實際上是劉禹錫與賓客口頭閒談的故事。韋絢對這些豐富多彩的故事特別感興趣，而以「傳之好事以爲談柄」爲目的編寫了這篇筆記小說。文人先聽到別人的故事以撰寫小說，然後別的文人又把它用來說故事的「談資」。也就是說，文人通過共享故事產生某種故事版本，而其故事又能產生另一種故事，這與《異夢錄》描寫的場景一樣。

就在這一點上，我要提及文人的共同創作和口頭傳統的類似性。口頭和書面不是完全分離的傳統。著名的西方古典學者洛德指出：「但是『口頭的』並不僅僅意味著口頭表述。口頭史詩是口頭表演的，的確是這樣，可是任何別的是也可以口頭表演。重要的不是口頭表演，而是口頭表演中的創作。」〔註94〕據洛德的看法，在口頭傳統上更爲重要的因素是口頭表演中的即時性「創作」。如果沒有「創作」，不能說是真正意義上的口頭特點。我認爲《異夢錄》故事本身就顯示這種口頭創作的過程。眾所週知，西方的史詩不是一個歌手所作，而是許多歌手經過漫長的時間才完成的。也就是說，許多次的即時性創作積纍成爲一個完整的史詩故事。唐代文人就在說故事活動中都可以參加這種即時性創作，而這些多次的創作被有文采的人寫出一篇完整的故

---

〔註93〕丁錫根編著《中國歷代小說序跋集》上冊，人民文學出版社1996年7月，第296頁。

〔註94〕〔美〕阿爾伯特・貝茨・洛德（Albert Bates Lord）《故事的歌手》，中華書局2004年5月，第1章，第6頁。

事。我們可以這麼說：唐代文人平時的寫作無疑是書面文學，但是在共享故事和共同創作的時候經常援用口頭文學的創作方式。

### （二）《一枝花》話和文人說故事活動

元稹《酬翰林白學士代書一百韻》詩和自注也可以從文人說故事傳統的角度解釋。下面我先要梳理有關爭論，然後據幾種《元氏長慶集》版本的元氏自注進一步探討當時文人說故事活動的方式。其文曰：

> 「翰墨題名盡，光陰聽話移。」（自注）樂天每與予遊從，無不
> 書名屋壁，又嘗於新昌宅說《一枝花》話，自寅至巳，猶未畢詞也。
> 〔註95〕

這是探討《李娃傳》時經常被引用的記載，尤其在《一枝花》和白行簡《李娃傳》的關係問題上引起了不少的爭論。胡士瑩據《醉翁談錄》「李娃，長安娼女也，字亞仙，舊名一枝花」記載，主張《一枝花》就是鄭元和和李娃的故事。王夢鷗也說：「《異文集》為晚唐人陳翰所編輯，曾慥似猶及見其書。今此附語，雖莫定其出於陳翰或曾慥手筆，然《李娃傳》之由一枝花故事寫成，則無可疑也。」〔註96〕與之相反，李劍國先說「稱李娃名一枝花，原注無之，乃曾慥所注，然則宋人稱娃名一枝花始於曾慥」，然後強硬反駁「白傳未言娃名一枝花，亦未言白家能說《一枝花話》，強將元注、白傳捏合，豈不謬矣！」〔註97〕這樣，對於《一枝花》和《李娃傳》的關係，各說法各有根據和邏輯，還不能確定一個結論。所以我要從另一個角度來探討這個問題，那就是文人說故事傳統的角度。

開始論述之前，先有必要提及究竟誰說了《一枝花》這個問題，因為這與當時文人說故事傳統有密切的關係。對說話的主體來言，也是眾說不一，或說是專門藝人，或說是白居易，有學者一邊說是藝人，一邊說是白居易。其中我先支持白居易說。白居易有可能模仿市井藝人的說話方式，不同的是，

---

〔註95〕《元稹集》卷第十《律詩》，中華書局 2000 年版，第 116 頁。

〔註96〕參見胡士瑩《話本小說概論》上冊，中華書局 1982 年版，第 16 頁；王夢鷗《唐人小說校釋》上冊，臺灣：正中書局，中華民國 74 年版，第 188 頁。 王夢鷗所說「附語」是指明鈔本曾慥《類說》卷二六《汧國夫人傳》文末附言：「舊名『一枝花』。元微之《酬白樂天代書》詩『翰墨題名盡，光陰聽話移』注曰『樂天從遊，常題名於柱，複本說《一枝花》，自寅至巳』」。這附言與元稹原注有點文字上的出入，對此下面再談。

〔註97〕李劍國《唐五代志怪傳奇敘錄》上冊，第 280 頁。

市井藝人的說話是爲糊口的職業，白居易的說話只是當時文人之間流行的以共享故事爲消遣的方法之一。白居易平時帶有的「俗」的傾向也許對他的說話起到一定的影響，上一節探討的白居易和張祜對《目連變》的認識可以作爲其例。而且，如果進一步分析元稹詩和自注，我們可以知道，與「光陰聽話移」相配的自注就是「又嘗於新昌宅說《一枝花》話，自寅至巳，猶未畢詞也」。在詩句，聽話的主體是元稹，在自注文，說話的主體是白居易。如果說專門藝人或另外第三者來說話，那「說《一枝花》話」應該改爲「聽《一枝花》話」，因爲自注文的主語明明是「樂天」或者「樂天與予」。戴望舒根據說話的時間指出：「我以爲與其說半夜裏請了說書人來一直講到早晨，不如說自己朋友間宵談遣夜更爲合理一點。」〔註98〕這是戴望舒爲反駁「《李娃傳》的作家非白行簡說」提出的根據之一。雖然沒有明顯地表示，他好像判斷說《一枝花》的主體就是白行簡。除非說話的主體這一問題以外，我基本上同意他的主張。可對於到底誰說《一枝花》，我仍然要據當時文人之間的說故事傳統來堅持白居易說，實際上我們從元稹注無法證明說話的主體是白行簡。

　　根據上述的內容，再回到《李娃傳》和《一枝花》的關係問題，我認爲《一枝花》就是李娃的故事。雖然不能斷言白居易所說《一枝花》故事和今傳《李娃傳》一模一樣，但是它很有可能是以李娃爲題材的故事或者《李娃傳》的不同版本，因爲《李娃傳》是白行簡從伯祖聽到的故事，而其兄白居易也肯定很熟悉於這個故事。《李娃傳》文末的撰寫過程明明表示貞元乙亥（795）作完此傳，而據《長恨歌傳》和《白居易年普》，白居易元和元年冬十二月在盩厔寫《長恨歌》，第二年回到長安，元和三年（808）居新昌里。〔註99〕白行簡作《李娃傳》和白居易說《一枝花》至少隔 13 年。當時文人可能在這十幾年間以說故事的方式產生出不少的李娃故事。白行簡《三夢記》被別的文人改爲多種版本的事實就間接證明這一點。白居易一邊涉及既存的李娃故事版本，一邊說自己很熟悉的李娃故事，到早晨也沒說完。這不能稱奇異之事。

---

〔註98〕 戴望舒《讀〈李娃傳〉》，載戴望舒著，吳曉鈴編《小說戲曲論集》，作家出版社 1958 年 2 月，第 12 頁。

〔註99〕 朱金城《白居易年譜》，上海古籍出版社 1982 年 6 月，第 37、41 頁。對《李娃傳》的完成時期，戴望舒說「乙亥」應該是貞元二十一年「乙酉」（805）。但是這說是他把白行簡作傳的時期和白居易住新昌里的時期勉強淪爲同一時期的結果。參見戴望舒，同上書，第 10～15 頁。

　　可是這個問題還是需要進一步考察，因為有些元稹自注的內容就與上述的自注有所不同。有關這個問題，我要引用王古魯所見《長慶集》和王夢鷗所見明鈔本《類說・汧國夫人傳》的元氏注：

　　　　白樂天每與余同遊，常題名於屋壁。顧複本說《一枝花》，自寅至巳。（《長慶集》本）

　　　　樂天從遊，常題名於桂柱；複本說《一枝花》，自寅至巳」。（《類說》本）〔註100〕

　　這兩個自注的最大特點是顯示說話人的名字。王古魯只說這是有人所見《長慶集》的元注，但沒有說明是哪一種版本的《長慶集》。〔註101〕在這兩種附注裏面，我們要注目「顧複本」或「複本」是什麼樣的人。對此，王古魯說：「那麼說這故事的顧複本，在那時候也稱做『說話人』了」，而王夢鷗說：「如或元稹詩自注『複本說《一枝花》』之複本，果為說者之名，則此故事之撰造，當屬其人，蓋其善說此故事，而元白二人乃邀之至新昌里第而聽之。」〔註102〕程毅中先生對說話的主體問題提出專門藝人和白居易兩種可能，而對「顧複本」認為是說話人的名字。胡士瑩先生也指出「顧複本是說《一枝花話》的藝人」。〔註103〕如上所見，這幾位先生都把「複本」或「顧複本」認為是說話藝人的姓名。

　　引文中的「顧複本」和「複本」確實是人名，但卻沒有根據把他認為是專門說話藝人。唐代的說話或說故事活動不是表演藝人的專有之物。參加聚會的文人，誰都可以當為說故事的主體，這是本書一直堅持的主張。況且，如果考慮當時表演藝人的社會位置和對他們的認識，元稹記得藝人的名字而寫於自己詩歌附注裏面的可能性卻不大。所以，我認為他也許是與元稹、白居易經常交流的另一個文人。當時的文人聚會是很平常的事情。說故事既是

〔註100〕王古魯《通俗小說的來源》，載《二刻拍案驚奇》，古典文學出版社1957年版，附錄二，第813頁：王夢鷗，同上書，第188頁。

〔註101〕官桂銓對這個問題指出「顧複本說一枝花」的出處是清康熙皇帝命張英等人編輯的類書《淵鑒類函》，而說「它所引用的元稹《元氏長慶集》恐怕是現在已失傳了的另一種版本。」官桂銓《「顧複本說一枝花」的出處》，載《文學遺產》1988年第1期，第74頁。

〔註102〕王古魯，同上書，第813頁；王夢鷗：同上書，第188頁。

〔註103〕程毅中《宋元話本》，中華書局2004年版，第3～4頁和第4頁注①：胡士瑩《唐代民間、宮廷、寺院中的「說話」》，載《宛春雜著》，浙江文藝出版社1984年版，第17頁。

文人在聚會上常常作的娛樂活動，也是文人共享故事的一種方式，就如李公佐《廬江馮媼傳》所説的情況：「元和六年夏五月，江淮從事李公佐使至京，回次漢南，與渤海高鉞、天水趙攢、河南宇文鼎會於傳舍。宵話徵異，各盡見聞。鉞具道其事，公佐因爲之傳。」眾所週知，王質夫與陳鴻、白居易共享玄宗和貴妃的故事，讓白居易寫《長恨歌》，又讓陳鴻作《長恨歌傳》，可是對王質夫的歷史或傳記資料至今沒有，只能通過白居易的幾首詩篇猜測他的行跡。從《長恨歌傳》的記載來看，王質夫雖然文才不傑，但是很積極與著名文人交流的人。當時像王質夫這樣的文人肯定不少，顧複本就是其中一人。他們往往參加文人聚會共享故事，而這種文化活動不一定要專門藝人來表演。〔註104〕即使文人模仿專門説話藝人的表演方式，也不能説他是專門藝人。日本學者清水茂推測以白居易爲中心交往的傳奇作家群或文學「沙龍」的存在，其中包括白行簡、元稹、李公佐、陳鴻等作家。〔註105〕顧複本也有可能是這種「沙龍」的一名成員，只是沒有被後代人受到那麼多的關注。

在這一點上，我要提及另一個《李娃傳》版本。明天啓刊本《類説》卷二十八所收《異文集》中《汧國夫人傳》附注云：「舊名一枝花，本説一枝花自演」，趙炯對此注曰：「以上十二字，《廣記》無。亦非《異文集》原文，當爲《類説》所加。」〔註106〕我們無法知道文末附注是根據哪種版本添加的。文中「本説一枝花自演」可能是「複本説《一枝花》，自寅至巳」的刪改和傳訛，但也有可能是從今天已經不存在的另一種《元稹集》版本摘來的內容。如果是後者，元稹自注的「自寅至巳」都可爲「自演至巳」。古代「寅」和「演」的意思相通，都可解釋爲「演長」之義。《白虎通・五行》就説到：「少陽見於寅，寅者演也。」〔註107〕「演」的原意是使萬物生命延長，如果延伸於故

---

〔註104〕關於唐代文人顧複本的歷史材料還是找不到。可是《太平廣記》卷224出自《劇談錄》的「龍複本」故事曰：「開成中，有龍複本者無目，善聽聲揣骨。每言休咎，無不必中。凡有象簡竹笏，以手捫之，必知官祿年壽。……歲餘，遂終所任。其後蕭公揚歷清途，自浙西觀察使入判戶部，非久遂居廊廟。俱如複本之言也。」雖然姓氏不同，如果考慮這故事是開成年間（836~840）之事，也有可能「龍複本」即是元和三年（808）在新昌里説《一枝花》的「顧複本」。

〔註105〕參見〔日〕清水茂《杜牧與傳奇》，載《清水茂漢學論集》，中華書局2003年10月，第271頁。

〔註106〕附注和趙炯注引自〔宋〕曾慥編纂，王汝濤等校注《類説校注》上冊，福建人民出版社1996年1月，第837、838頁。

〔註107〕〔漢〕班固《白虎通》卷二上《五行》，叢書集成初編，第238冊，商務印書館，民國25年，第85頁。

事傳統，也可爲「故事演繹」的意思。據此，我認爲附注中的「白演」是「自己演繹故事」之意，就是把故事更仔細地演變說話的行爲。白居易或者某文人以「自演」的方式說《一枝花》故事到第二天天明之後。元稹詩有《李娃行》，雖然全詩中只傳四句，我們能夠看出這詩就是元稹聽李娃故事後寫出來的。這一系列的過程實際上與本書一直探討的唐代中後期文人說故事傳統沒有什麼區別。

## 三、文人小說裏面所見通俗口述敘事的痕跡

　　前一節我探討了唐代文人對民間故事的關注和獲取故事的途徑。既然文人享受民間故事，這不得不影響到文人的小說創作，甚至有學者主張唐傳奇就是說書人的底本。〔註108〕對於傳奇和敦煌變文在形式方面的影響關係也有爭論。王運熙先生指出：「中晚唐傳奇駢儷句的增多，是受到了當時變文、俗曲等民間文學的影響」，不過李宗爲先生主張變文在體制形式和故事內容上都沒有影響到唐人傳奇。〔註109〕這樣，對唐代傳奇和通俗文學形式之間的影響問題，各有不同的意見。但是不管唐代文人小說與說話、變文等形式有沒有關係，還是不能否認當時不少文人實際上往來民間故事和文人小說之間的橋梁，其中最大的一部分就是本書所談的說故事活動。他們更加關注故事本身，無論管民間口頭表演或民間故事的形式如何，那些故事的情節和描寫都可用於他們的說故事活動。在這種往來的過程中，文人偶而在自己改編的小說裏面留下通俗口述敘事的痕跡。反過來想，這些痕跡就成爲文人說故事活動的證據，也是文人小說和通俗敘事溝通的反映。

　　毋庸置疑，在通俗口頭敘事裏面比較明顯地保持著口頭文學的特點。即使是已經被文字化的作品，仍有通俗敘事的痕跡，甚至爲了提高現場的氣氛，有意識地插上口頭敘述的因素。美國學者沃爾特・翁是口語和書面文化研究的先驅，他的《口語文化與書面文化》以西方文學和口頭故事爲對象，詳述了基於口語的思維和表達的特徵。〔註110〕就唐代通俗文學的口頭性而言，至

---

〔註108〕王永平說：「現存下來的許多唐代傳奇小說，大概也有不少是唐代說書藝人講小說時所用的底本。」《遊戲、競技與娛樂——中古社會生活透視》，中華書局 2010 年 1 月版，第 9 頁。

〔註109〕參見王運熙《試論唐傳奇與古文運動的關係》，載《漢魏六朝唐代文學論叢》，上海古籍出版社 1981 年 10 月版，第 259 頁；李宗爲《唐人傳奇》，中華書局 2003 年 6 月版，第 197～198 頁。

〔註110〕據他的分析，口語文化裏的思維和表達往往呈現出以下九個特徵：（1）附加

今中外幾位學者都仔細分析了。陸永峰據敘事時間、敘事角度、敘事結構、敘事干預這四個因素來探討敦煌變文的口頭文學特點，南陽理工大學郭淑雲教授據「～處，若爲陳說」類的套語、其它反覆句、同一概念的反覆句這三種敘述方式來分析了變文的口頭性。〔註111〕當然，我們不能把這種分析方法機械地適用於唐代文言小說，因爲通俗口頭敘事和文人敘事的表達方式確實有很大的區別。但是如果文言小說與口頭敘事有關係，或者說如果文言小說受到民間故事的直接影響，那麼文言小說裏面有可能殘存口述敘事的痕跡。眾所週知，在口頭文學研究方面，口頭性和記錄性是非常重要的研究主題，實際上也出了不少的研究成果。一般說來，這種研究大部分是以口頭敘事作品爲主要對象，就是根據已經被記錄的口頭敘事來分析口頭性和記錄性的方法。與之不同，我要以唐代文言小說爲對象考察其口述的特點，因爲方向相反的這種研究也有幫助於理解當時說故事傳統的雅俗交融現象。文人小說是比較凝練的文章傳統，所以不容易在已經文言化的作品裏面發現通俗口頭敘事的特點。下面我要以幾篇作品爲例探討這個問題。

首先要看《太平廣記》本《尼妙寂》，這是在上文「同一故事的不同版本」部分提到的作品。《尼妙寂》有客觀敘述者，即整篇是以第三人稱視角敘述的。但是到某種場面，第三人稱視角有所變化。主人公妙寂爲了破解父親和丈夫臨死之前留給她的謎語，打算捨身於有識之士經常聚會的瓦棺寺，而在此場景裏，突然出現第一人稱代詞「吾」。其前後的內容如下：

> 訪於鄰叟及鄉閭之有知者，皆不能解。秋詣上元縣，舟楫之所交處，四方士大夫多憩焉。而又邑有瓦棺寺，寺上有閣，倚山瞰江，萬里在目，亦江湖之極境，遊人弭棹，莫不登眺。吾將緇服其間，伺可問者，必有醒吾惑者。於是褐衣上元，捨力瓦棺寺。日持箕帚，灑掃閣下。閒則徒倚欄檻，以伺識者。〔註112〕

---

的而不是附屬的（2）聚會的而不是分析的（3）冗餘的或「豐裕」的（4）保守的或傳統的（5）貼近人生世界的（6）帶有對抗色彩的（7）移情的和參與式的，而不是與認識對象疏離的（8）衡穩狀態的（9）情景式的而不是抽象的。參見〔美〕沃爾特・翁（Walter J. Ong）《口語文化與書面文化》，何道寬譯，北京大學出版社 2008 年 8 月版，第 27～43 頁。

〔註111〕參見陸永峰《敦煌變文研究》，巴蜀書社，2000 年 5 月版，第八章第一節；Crossland-Guo, Shuyun, The Oral Tradition of bianwen: Its Features and Influence on Chinese Narrative Literature, University of Hawaii. 1996 年博士學位論文。

〔註112〕據李昉等編《太平廣記》卷第一百二十八，中華書局 2006 年 6 月版，第 907

　　除了「吾將緇服其間，伺可問者，必有醒吾惑者」以外，在整篇作品中沒有「吾」、「我」之類的第一人稱敘事方式，而這場面以後再回到第三人稱視角。從第三人稱臨時轉換爲第一人稱的敘述方式是在唐代通俗敘事裏面容易看到的。講故事人爲了喚起聽眾的關心，故意把視角轉換爲第一人稱，讓自己與聽眾的距離更接近。這是口頭講故事人的一種表演技巧，就是所謂視點的轉換或者第一人稱敘事方式的介入。〔註113〕沃爾特・翁曾經把第一人稱的無意識的介入認爲是口語文化的重要因素之一，他說：「這樣的身份認同實際上會對敘事的語法產生影響，所以敘事者偶而會在無意之間用第一人稱描寫英雄的壯舉」。〔註114〕通過這種敘述方式，故事的敘述者、主人公、聽眾之間的距離更爲密切，或者敘述者本身就成爲故事裏的人物，隨之現場感很豐富起來。爲了提高這種效果，實際上在口頭故事表演中往往使用這樣的敘述方式。據研究，韓國的傳統講唱藝術「pansori」韓愛順唱本《沈清傳》裏面，以散文爲主的44個辭說「aniri」中20個和64首唱詞中53首就有第一人稱敘述者的介入現象。〔註115〕也就是說，這種敘述視角的轉換現象可說是超越語言、地點、時間的，口頭敘事表演都具有的共同特點。唐代的情況也不例外，敦煌通俗敘事裏面就有這樣的敘述方式：

　　　　昭君一度登山，千回下淚。慈母只今何在？君王不見追來。當嫁單于，誰望喜樂。良由畫匠，捉妾陵持。遂使望斷黃沙，悲連紫塞，長辭赤縣，永別神州。……單于不知他怨，至夜方歸。（《王昭君變文》）

　　　　子胥被婦認識，更亦不言。丈夫未達於前，遂被婦人相識，豈緣小事，敗我大儀（義）。列（烈）士抱石而行，遂即打其齒落。（《伍

---

頁。汪辟疆先生把「捨力」校爲「捨身」，參見《唐人小說》，第96頁。

〔註113〕《任氏傳》、《南柯太守傳》、《李娃傳》等作品的文尾附注都是第一人稱敘述方式，即作者突然顯示自己的存在以結束故事，《本事詩》「韓翃」故事的文尾也有第一人稱代詞「吾」。但是這些情況不能說是第一人稱視點的積極介入，因爲其視點的轉換不是在故事中間發生，而且對故事的展開並沒有影響，這只是爲了讓讀者更相信故事內容的敘述方式。

〔註114〕無意之間用第一人稱的敘述方式屬於沃爾特・翁所說口語文化思維和表達方式的9個特點中第7個「移情的和參與式的，而不是與認識對象疏離的」。參見沃爾特・翁，同上書，第35頁。

〔註115〕參見〔韓〕全信宰《pansori的體裁性特點》，載《pansori的世界》，首爾：文學和知性社2000年，第43頁。

子胥變文》）〔註116〕

　　如引文所示，昭君和子胥本來都是第三人稱敘述對象，但是敘述者用「妾」、「我」等代詞突然把第三人稱轉換第一人稱，很自然地介入故事之內，甚至把他自己當作主人公的角色。到這個場面，聽眾更會集中於故事本身，即是視點的轉換起到烘託氣氛的作用。以後，暫時轉換第一人稱敘述再回到第三人稱視點。敦煌通俗敘事作品中與這些例子相似的部分還有不少，而這種敘述方式就與上述的《尼妙寂》相同。

　　值得注意的是，另一種版本《尼妙寂》的敘述方式就在這一點上有所不同。程毅中先生點校本唐牛僧孺撰《玄怪錄・尼妙寂》中，卻沒有「秋詣」兩個字，而以「乃曰」替它，其文就如下：

　　　　訪於鄰叟及鄉閭之有知者，皆不能解。乃曰：「上元縣，舟楫之
　　所交者，四方士大夫多憩焉，而邑有瓦棺寺，寺上有閣，倚山瞰江，
　　萬里在目，亦江湖之極境，遊人弭棹，莫不登眺。吾將緇服其間，
　　伺可問者，必有省吾惑矣。」於是褐衣之上元，捨力瓦棺寺。日持
　　箕帚，灑掃閣下。閒則徒倚欄檻，以伺識者。〔註117〕

　　就這樣，這引文把原來是第三人稱敘述的部分故意改為獨白，再加「乃曰」兩個字了。「曰」、「說」、「云」等文字都是表示對話文的指示詞，而這些指示詞的省略也是敘述者介入故事的方法之一。如果在口述故事的過程中嚴格說出對話文前邊的指示詞，卻妨礙緊迫節奏的故事展開，隨之聽眾的集中力和緊張感也會下降。所以，敘述者乾脆省略指示詞，一邊讓其與受眾之間的距離更近，一邊提高敘述故事的速度，這是在口頭敘事文學裏面常常見得到的現象。反過來想，一定加上這些指示詞就可謂書面文學的特點。敘述者明明劃清他自己和故事中人物的界限，接受者也明白誰是敘述者，誰是故事中的人物。這種敘述方式不會惹起敘事視點上的混亂，可卻沒有那麼多的現場感和緊張感。程毅中先生點校《玄怪錄》是以明末高承埏稽古堂刻本為底本的。據此，我們可以這麼說：《太平廣記》本《尼妙寂》可能最接近於民間故事版本，所以仍然保持著通俗口頭敘事的特點，以後在重新出版和編輯的過程中儘量刪掉這些特點，使它成為更有文人小說特點的版本。

---

〔註116〕原文據項楚《敦煌變文選注》修訂本，中華書局，2006 年 4 月版。

〔註117〕原文據程毅中點校《玄怪錄》、《續玄怪錄》合編本，中華書局 2008 年 1 月版，
　　　　第 22 頁。

　　唐傳奇《虬髯客傳》也有類似的情況。這雖然沒有《尼妙寂》那麼明顯，但還是可以作爲口頭敘事的痕跡。《太平廣記》和明代《顧氏文房小說》本《虬髯客傳》的開頭都突出第一人稱代詞「我」，其曰：

> 隋揚帝之幸江都也。命司空楊素守西京。素驕貴，又以時亂，
> 天下之權重望崇者，莫我若也，奢貴自奉，禮異人臣。

　　據李劍國先生的考察，《顧氏》本《虬髯客傳》大概是以《說郛》卷四十四《高異秘纂》本《扶餘國主》爲底本的，而這本比《廣記》本《虬髯客傳》完整一些。〔註118〕《顧氏》本的文尾還有另一個「我」字：「我皇家垂福萬葉，豈虛然哉」。〔註119〕雖然首尾都有「我」字，但這兩個「我」字指的不同。文尾的「我」是指作者或敘述者自己，而開頭的「我」字明明是指楊素，即是敘述者把自己和作品中的一個人物同化起來的。這種敘述方法既是敘述者的積極介入，也是視點的瞬間轉換。作者從故事的開頭使用這種敘述方式以喚起說故事的氣氛。這就是口述表演和通俗敘事作品往往使用的敘述方法。表演者在敘述者和故事人物之間隨時轉換自己的角色，聽者就感到自己也成爲故事人物，因此不覺傾聽故事本身。杜光庭《神仙感遇傳》中《虬鬚客》一篇可以說是《虬髯客傳》的簡略本，如李劍國先生所說：「《神仙感遇傳》大抵纂集前代書傳而成，自創者不多見。其取材原書，往往自行刪削。」〔註120〕宋代《雲笈七籤》載有杜光庭《神仙感遇傳》中的《虬鬚客》，是可謂《虬髯客傳》的簡本，而這篇沒有「莫我若也」。〔註121〕杜光庭可能認爲「莫我若也」之類的文字是與文人小說的敘述方式不符的贅句，所以在編寫故事的過程把它刪掉。

　　沈亞之《歌者葉記》的敘述方式也可能受到口頭通俗敘事的影響，有關原文就如下：

> 昔者秦青之弟子韓娥，從學久之，以爲能盡青之妙也，即辭去。

---

〔註118〕 參見李劍國《唐五代志怪傳奇敘錄》，第 581 頁。

〔註119〕 《廣記》本刪掉此句，這就證明《顧氏》本（即《秘纂》本）《虬髯客傳》比《廣記》本是更接近原型，在時間上也更老的版本。參見《太平廣記》卷 193，第 1445 頁；〔明〕顧元慶編《顧氏文房小說》，上海涵芬樓民國 14 年影印，第 5 冊。

〔註120〕 李劍國，同上書，第 582 頁。

〔註121〕 〔宋〕張君房編《雲笈七籤》卷 112《神仙感遇傳‧虬鬚客》，李永晟點校，中華書局 2003 年月，第 5 冊，第 2450 頁。

青送之，將訣且歌，一歌而林籟振蕩，再歌則行雲不流矣。娥心乃哀然。然韓娥亦能使迤迤之聲，環梁而遊，凝塵奮飛，微舞上下者，三日不止。能爲人悲，亦能爲人喜。其後漢武時協律李延年爲新聲，亦云能感動人。至唐貞元元年，洛陽金谷裏有女子葉，學歌於柳巷之下……。〔註122〕

　　引文中眞正的故事從「至唐貞元元年」開始，之前是與本故事沒有直接關係的開頭部分。倪豪士先生對此指出：「這篇故事的開頭讓人想起後代話本故事的入話。用一個熟悉的故事作引子引出相似主題的另一個陌生故事，這也許是說書藝人常用的技巧。」〔註123〕這可謂唐代文人說故事和通俗敘事在形式上的交流之例。值得一提的是，沈亞之說的秦青、韓娥之事與原故事的內容不符。這故事初見於《列子‧湯問》，據此篇，秦青之弟子不是韓娥而是薛譚。韓娥是在秦青給朋友講的故事裏出現的另一個善歌之人，實際上沈亞之是說錯有關傳說的。但是這個錯誤對《歌者葉記》故事的敘述展開一點都沒有影響，甚至可說作家爲喚起受眾的注意力有意識地搞錯故事的內容。這種敘述方式在通俗敘事作品中相當多見，就是爲了提高現場感故意讓故事內容與事實不符合的敘述方式。這種方式需要一個條件，那就是替代的結果一定發揮喚起受眾的作用。現存敦煌變文作品中頻繁出現這樣的例子。比如《漢將王陵變》中灌嬰說：「小陣彭原都無數，遍體渾身刀箭瘡」。文中「彭原」是在今天的甘肅境內，離楚漢的重要戰場甚遠，卻與敦煌地區接近。如果要跟史實符合，「彭原」應該改爲江蘇境內的「彭城」，即是楚漢最大的激戰地。《伍子胥變文》中有這樣的描寫：「岷山一住（柱），似虎狼盤旋」，就是伍子胥在「避楚逃逝入南吳」的途中擔心險路的場面。岷山在四川和甘肅的境界，所以伍子胥的旅程不會經過這座山。還有《李陵變文》、《王昭君變文》裏面經常出現的「突厥」也與史實不符合。如果考慮歷史背景，「突厥」要被漢代北方民族之名「匈奴」替換。這種敘述方式，與其說是敘述者的無知之果，不如說是以對聽眾更爲耳熟的「彭原」、「岷山」、「突厥」等詞來替代歷史上的眞實背景的。

---

〔註122〕原文據肖占鵬、李勃洋校注《沉下賢集校注》卷第五，南開大學出版社2003年12月，第84頁。
〔註123〕〔美〕倪豪士《唐傳奇中的創造和故事講述：沈亞之的傳奇作品》，載《傳記與小說——唐代文學比較論集》，中華書局2007年2月，第217頁。

在敦煌變文裏面，這種敘述方式還有不少之例。《王昭君變文》的說話人在描述王昭君離開漢地的場面中說：「侍從寂寞，如同喪孝之家；遣妾攢蚖，伏（復）似敗兵之將。《莊子》云何者：『所好成毛羽，惡者城（成）瘡癬；愛之欲求生，惡之欲求死。』」可是今傳《莊子》沒有此句，其實這四句是出於《西京賦》和《論語》的，〔註124〕《莊子》中與前兩句稍近的只有《知北遊》篇的「是其所美者爲神奇，其所惡者爲臭腐」。說話人可能把從古傳來的句子混淆在一起。但是這樣的情況對故事的展開並沒有影響，對聽眾來說，也不是重要的。沈亞之引用的秦青故事也可以這麼解釋。引文中韓娥之聲「環梁而遊」、「三日不止」的內容與《列子》的描寫相符。但沈亞之在縮略原本故事的過程中，刪掉秦青弟子薛譚的故事，因爲開頭不必那麼長，如果太長的話卻會妨礙本故事的敘述展開。而沈亞之有必要提及對接受者更熟悉的人名和故事來喚起他們的注意力。這即是通俗口頭敘事頻繁使用的敘述方式，而沈亞之可能在說故事的過程中受到其影響。

以「昔」或「昔者」等詞開始說故事的敘述方式也在通俗敘事裏面常常出現。敦煌通俗敘事作品中共有8篇採用這樣的開頭，其文如下：

昔周國欲末，六雄競起，八□諍（爭）侵。（《伍子胥變文》）

憶昔劉、項起義爭雄，三尺白刃，博（撥）亂中原。（《漢將王陵變》）

昔時楚漢定西秦，未辨龍蛇立二君。（《捉季布傳文》）

昔有賢士，姓韓名朋，少小孤單，遭喪遂失〔其〕父，獨養老母。（《韓朋賦》）

昔前漢欲末之時，漢帝忽遇患疾，頗有不安，似當不免。（《前漢劉家太子傳》）

昔者夫子東遊，行至荊山之下，路逢三個小兒。（《孔子項託相問書》）

昔者齊晏子使於梁國爲使……（《晏子賦》）

昔有目連慈母，號曰青提夫人，住在西方，家中甚富……（《目連緣起》）

---

〔註124〕這四句也與原文稍有不同，《文選》卷二《西京賦》云：「所好成毛羽，所惡成創痏」，《論語‧顏淵》云：「愛之欲其生，惡之欲其死」。

　　昔佛在日，摩竭國中有大長者，名拘離陀。（《目連變文》）

　　昔時大雪山南面，有一梵志婆羅門僧，教學八萬個徒弟，善惠
為上座。（S.3050《不知名變文》）

　　除了引用的作品以外，《李陵變文》、《王昭君變文》等作品的原貌也肯定
是這樣開始故事，就是其開頭部分已經殘缺不存。引文中「昔」和「昔者」
一邊告訴聽眾這是很久的故事，一邊喚起聽眾的注意力，可說是開始故事的
一種套語。「昔」和「昔者」所指的具體時間不是重要的，但聽眾一聽這個詞
就知道故事已經開始，實際上今天也在說故事的時候經常使用這種說法。沈
亞之《歌者葉記》開頭的「昔者」也起到相似的作用。在開始本故事之前，
故意採用這種口頭傳統的敘述方式，而受眾透過這種耳熟的敘述方式，更加
凝神於隨之而來的本故事。這就是沈亞之說故事的方式，也是文人小說受到
口頭通俗敘事的影響之例。

# 第三節　說故事傳統和文人對小說創作的看法

　　上一節我們探討了作為文人說故事傳統的共享故事和共同創作以及其與
通俗敘事的影響關係。因為口頭說故事和小說創作還是近於難登大雅之堂的
通俗敘事傳統，所以當時文人對這種文學活動不得不保持一定的距離。這可
說是文人對小說創作和史傳傳統的兩面性態度。本節先要探討這個問題，然
後重新解釋韓愈《毛穎傳》的撰述目的和意義，這也是從文人說故事傳統的
角度導出的解釋方法。

## 一、史傳傳統和文人小說創作態度的兩面性

　　在探討史傳傳統和文人小說創作態度的關係之前，我們先有必要瞭解所
謂「傳奇」的含義，因為「傳奇」本身既是古代小說類型之一，也是兼有小
說和史傳特點的文學術語。如果說傳奇是「以奇事寫傳」的意思，這是更為
注重撰史側面的解釋，就是作家有意識地模仿史傳形式的寫作方法，所以應
該把「傳」讀為「zhuan」。《長恨歌傳》文尾「歌既成，使鴻傳焉」和《任氏
傳》文尾「因請既濟傳之」的「傳」都屬於其例。如果把它看成「傳述奇異
故事」的意思，這是更注重虛構性、文學性的解釋，所以「傳」應該讀為「chuan」。
無論「zhuanqi」還是「chuanqi」，所謂「奇」的內容都相同，但前者是強調史
傳傳統，後者是強調故事本身的讀音方式。這樣「傳奇」本身就是有兩面性

的文學術語。最初以「傳奇」名義創作的晚唐裴鉶小說集《傳奇》應該屬於前者，因爲這個小說集收錄的三十多篇故事都是人物傳，其小標題都是人名，一開始故事就提示人名、時代、祖籍等信息，即是典型的人物傳形式。但是裴鉶《傳奇》的內容以道家幻想爲主，就是根據他們的奇事來撰寫人物傳的。明胡應麟把小說家分爲志怪、傳奇、雜錄、叢談、辨訂、箴規等六類，其中只有傳奇類《飛燕》、《太眞》、《崔鶯》、《霍玉》四篇以故事人物爲作品的題目，其它五類共二十篇的題名都沒有使用主人公的人名。〔註125〕這顯示胡應麟所說的「傳奇」也是「以奇事寫傳」的意思，他就把傳奇看成是人物傳的形式。如果按照這種說法，通常被分類爲傳奇的《古鏡記》、《遊仙窟》等作品實際上不能叫做傳奇（chuanqi），因爲這些都不是典型的人物傳形式，其撰寫的目的也只是傳達奇事

　　至今不少學者已探討過傳奇與史傳的關係，吳志達將側重點放在史傳文學尤其是介於正史與小說之間的野史上，強調史傳文學中的野史對唐傳奇的發展起到深刻的影響。孫遜、潘建國對所謂傳奇源於志怪的「志怪說」表示懷疑，根據傳奇作者的史家色彩、作品的稱呼、單篇流傳的方式、敘述特點、語言、篇幅等方面的相似，指出：「唐傳奇的文體淵源乃是脫胎於史傳的六朝人物雜傳。」〔註126〕王靖宇關注中國早期敘事的「史家」觀點而說：「我們看到，『史家』作爲中國敘事文中意識的主宰中心的情況一直延伸進唐代傳奇。」〔註127〕唐代中後期傳奇創作的盛行也與當時更活躍起來的撰史傳統有密切的關係。很多文人以修國史、監修國史、史官修撰等身份參加撰史事業，所以他們都對寫史的方法比較熟悉。朝廷和民間的各種故事都爲撰史的資料，他們一邊欣賞這些故事，一邊用來撰寫史傳。〔註128〕但不是所有故事都錄入史傳裏面的。由於內容荒謬、根據不夠等原因，更多的故事不能獲取入史的資格，而就在這一點上導出文人小說創作態度的兩面性。這是文人把當時流行的故事改寫的過程中發生的，即是文人說故事傳統產生的現象之一。

　　「論贊」是正史的重要因素。《文心雕龍·頌贊》云：「贊者，明也，助也。

〔註125〕《少室山房筆叢》卷二九《九流緒論下》，第282頁。

〔註126〕吳志達《唐人傳奇》，上海古籍出版社1981年版，第6～10頁；孫遜、潘建國《唐傳奇文體考辨》，載《文學遺產》1999年第6期，第40～47頁。

〔註127〕〔美〕王靖宇《中國早期敘事文研究》，上海古籍出版社2006年7月版，第17頁。

〔註128〕對這個問題，本章第一節「唐代文人獲取民間故事的途徑」部分提到一些內容。

昔虞舜之祀，樂正重贊，蓋唱發之辭也。⋯⋯及遷史固書，託贊褒貶。約文以總錄，頌體以論辭。又紀傳後評亦同其名。」據劉勰所言，論贊傳統從虞舜的樂官找得到雛形，但史書人物傳的論贊是到司馬遷《史記》才開始出現的。以後正史的紀傳無一例外都模仿這個形式。傳奇論贊的特點也一樣，即是作者在作品末尾附注的總評，其主要內容是對故事人物的評價以及給讀者的勸告。傳奇既然模仿史傳的形式，論贊就成為說明傳奇和史書的關係時不可或缺的證據。但與史書不同，傳奇作品文尾不但有論贊，還有撰寫過程，即是作家對作品撰寫的背景和來歷簡單梳理的文字。據我調查，唐代出版的正史都沒有提到其撰述過程，只有「贊曰」、「史臣曰」之類的論贊。請見下表：

| 史書 | 撰者 | 論贊的形式 | 撰史過程 | 序跋 | 參考 |
|------|------|------------|----------|------|------|
| 晉書 | 房玄齡等 | 帝紀：制曰，史臣曰附贊曰<br>志：無<br>列傳：史臣曰附贊曰，制曰，贊曰<br>載記：無，史臣曰，贊曰 | 無 | 無 | 載記中多篇都沒有論贊 |
| 梁書 | 姚思廉 | 本紀：史臣曰<br>列傳：（史臣）陳吏部尚書姚察曰，史臣曰 | 無 | 無 | |
| 陳書 | 姚思廉 | 本紀：陳吏部尚書姚察曰，史臣曰<br>列傳：史臣曰 | 無 | 無 | |
| 北齊書 | 李百藥 | 帝紀：無，論曰附贊曰，論曰<br>列傳：無，論曰，史臣曰附贊曰，贊曰，論曰附贊曰 | 無 | 無 | 帝紀和列傳中多篇沒有論贊 |
| 周書 | 令狐德棻等 | 帝紀：史臣曰<br>列傳：史臣曰 | 無 | 無 | 除列傳中幾篇外都有「史臣曰」的論贊 |
| 隋書 | 魏徵等 | 帝紀：史臣曰<br>志：無<br>列傳：史臣曰 | 無 | 無 | |
| 南史 | 李延壽 | 本紀：論曰<br>列傳：論曰 | 無 | 無 | |
| 北史 | 李延壽 | 本紀：論曰，史臣曰<br>列傳：論曰，無 | 無 | 無 | |

　　如表所示，唐代所撰正史篇尾的論贊裏面沒有關於撰史過程或故事來源的內容，而其主要內容大都是對人物的概括性評價和讚歎。因爲史書一般敘述前代的歷史，可以不記錄當時的撰述過程，但是唐代文言小說裏面也有非當代故事的內容，而史書史傳也多有從民間拿來的故事題材。所以，我們不妨說唐代的歷史敘述傳統一般在論贊裏面不顯示具體的撰述過程和故事來源。與之不同，雖然不是所有的作品都有，不少的唐傳奇作品除了論贊以外還帶有撰寫過程。其中，或只有論贊，或只有撰寫過程，但兩者兼有的作品比較多。那唐傳奇的作者爲什麼要把撰寫過程顯現給讀者？其原因可能與作家對小說和史書的態度，尤其是與文人看小說的兩面性態度有關係。這就是本節要討論的問題。

　　在中國小說史上，傳奇可謂小說創作的眞正開端，其重要依據就是作家的創作意識。魯迅曾說唐代傳奇「則始有意爲小說」，而把胡應麟《少室山房筆叢》對唐人小說提到的「作意」和「幻設」概念都解釋爲「意識之創造」。〔註129〕李宗爲在創作意圖方面找出傳奇和志怪的根本區別，指出傳奇的創作意圖「主要是爲了顯露作者的才華文采，一方面遣興娛樂、抒情敘志，另一方面也帶有擴大名聲、提高聲譽的目的。」〔註130〕但是我們還是要問，傳奇既然是有意識的創作，而且是顯露才華的途徑，作家爲什麼要告訴讀者以作品的撰寫過程？傳奇的撰寫過程大都具有「從誰聽到某事」的套式，這就是表明其作品並不是自己所作，而是從別人拿過來的。作家附注撰寫過程大概有兩個目的。一是讓讀者更信賴故事的內容，從而提高作品的主題意識，引發讀者的興趣。這目的出自當時文人對小說創作的看法。即使故事的內容很有虛構成分，他們儘量要把它視爲事實，所以在作品中詳細說明故事的來歷和背景。〔註131〕但是我想，附注撰寫過程還有一個重要的目的，那就是要保持作家與作品本身的距離。當時文人儘量要迴避當傳奇小說的作家，卻只願意當作故事的傳達者。這種現象可稱爲「作家的責任迴避」。唐蘇鶚撰傳奇集《杜陽雜編》中的不少故事附有「故水部賈嵩員外所傳也」、「傳於進士賈遂」、

---

〔註129〕參見《中國小說史略》第八篇《唐之傳奇文（上）》。

〔註130〕李宗爲《唐人傳奇》，中華書局 2003 年版，第 12～13 頁。

〔註131〕這是文人對小說的傳統觀念。但這種觀念到唐代確實有變化，本章第二節探討的「同一故事的不同版本」之例就是這種變化的反映。同一故事被寫爲人物特點、時代和空間背景都不同的另一個故事。對作家來言，故事背景的事實與否已經不重要了，更關鍵的是故事本身的題材和結構。

「得於太清宮道士朱環中」之類的尾註，這既是作家顯示故事的來源以增強客觀性和事實性的方法，但也是對其故事迴避責任的一種途徑。

《四庫全書提要》對《杜陽雜編》斷言：「雖必舉所聞之人以實之，殆亦俗語之爲丹青也。」據《杜陽雜編》序，蘇鶚肯定希望以此篇「補東觀緹油之遺缺」〔註132〕，但是顯示故事來源的這種設想卻使讀者懷疑故事的史實性。清周中孚在《鄭堂讀書記》早已注目這種現象而說到：「其文詞俱極瓌麗，與郭子橫《洞冥記》、王子年《拾遺記》相等，而誇飾荒誕，亦復相似。雖皆注其聞於某某，乃諉過於人之意，而後人反以其不沒人善稱之，眞被古人瞞過也。」〔註133〕清水茂以李商隱作《李賀小傳》爲例主張與之相通的觀點。《李賀小傳》是李商隱從李賀之姊處聽來的奇聞，其文尾就云：「王氏姊非能造作謂長吉者，實所見如此。」這可說是作家要表明故事的來源而強調其事實特點的一種敘事方式。但是清水茂對此記載這麼解釋：「《小傳》所錄王氏姊之言，因其非現實的色彩，李商隱擔心被人指爲杜撰，故預作聲明，其強調說『實所見如此』。其實，這種特爲自辯的做法，當時反而更易使人把它看成虛構。」〔註134〕文人作家往往把自己設定爲故事的傳達者或與故事沒有直接關係的第三者，以保持其與故事本身的距離。這就是唐代文人說故事傳統引起的創作態度上的兩面性。由於這兩面性，後代的讀者對作品的看法也不同了。下面我要舉幾篇文人小說仔細探討這種現象。

沈既濟《任氏傳》是唐代文人小說中兼有論贊和撰寫過程的最初典型，較長的文尾附注包含著不少的內容。其文如下：

> 大曆中，既濟居鍾陵，嘗與崟遊，屢言其事，故最詳悉。後崟爲殿中侍御史，兼隴州刺史，遂歿而不返。嗟乎，異物之情也有人焉！遇暴不失節，狥人以至死，雖今婦人，有不如者矣。惜鄭生非精人，徒悅其色而不徵其情性。向使淵識之士，必能揉變化之理，察神人之際，著文章之美，傳要妙之情，不止於賞玩風態而已。惜哉！建中二年，既濟自左拾遺於金吳將軍裴冀、京兆

〔註132〕以上《杜陽雜編》和《四庫提要》的內容和引文都參見叢書集成初編第2835冊《杜陽雜編》。

〔註133〕〔清〕周中孚《鄭堂讀書記》小說家類《杜陽雜編三卷》，中華書局1993年1月，第330頁。

〔註134〕參見〔日〕清水茂《杜牧與傳奇》，載《清水茂漢學論集》，中華書局 2003年10月，第255頁。

少尹孫成、戶部郎中崔需、右拾遺陸淳，皆謫居東南，自秦徂吳，水陸同道。時前拾遺朱放因旅遊而隨焉。浮穎涉淮，方舟沿流，晝燕夜話，各徵其異說。眾君子聞任氏之事，共深歎駭，因請既濟傳之，以誌異云。

引文中第一行和第四行「建中二年」以後是撰寫過程，而從「嗟乎」到「惜哉」可以說是論贊，也是撰寫作品的主要目的。據引文的寫法，我們能夠看出撰寫過程的兩種敘述方式，一是「誰跟我說什麼」或「我聽誰說什麼話」，二是「別人使我作傳」。唐傳奇文尾附注的撰寫過程幾乎都按照這兩種模式。這種撰寫過程的意圖確實是明示故事的來源而強調故事的事實性。但從另一方角度看，這是作家與作品本身保持距離的方法。據《舊唐書・沈傳師傳》，沈既濟「博通群籍，史筆尤工」，建中初宰相楊炎「薦既濟才堪史任，召拜左拾遺、史官修撰」，後來他撰寫《建中實錄》十卷。〔註135〕建中二年沈既濟因楊炎坐貶處州司戶，《任氏傳》就是去貶所途中撰寫的。眾君子讓他作傳，不僅僅因為他是故事的敘述者，更是因為他是對史傳形式和寫法都很熟悉的史家。沈既濟當史官修撰時奏議關於紀錄武則天事跡的問題。在此奏文，他批評「吳兢撰《國史》，以則天事立本紀」是不當之事，而主張「別纂錄入皇后傳，列於廢后王庶人之下，題其篇曰《則天順聖武后》。」〔註136〕他按照嚴格的編史原則判斷武則天沒有資格編入本紀。從這個事實來看，他不會將《任氏傳》的人狐戀愛故事視為正史。如撰寫過程顯示，這個故事對他來說是一篇「異說」，而其創作行為也只是「誌異」。所以，他雖然以論贊的形式模仿史傳，顯示撰寫的目的以勸告讀者，但又儘量強調這「異說」不是他個人虛構的，而是從別人那裏聽說的。我們通過沈既濟對自己作品的態度，可以看出作為史家在小說創作上的兩面性和責任迴避的態度。這就是作家除論贊外又附注撰寫過程的另一個重要原因。

在陳鴻《長恨歌傳》也能看到傳奇作家的這種創作意識。《文苑英華》本《長恨歌傳》文尾有比較詳細的撰寫過程，交待創作目的、時間、場所等內容，其云：

元和元年冬十二月，太原白樂天自校書郎尉於盩厔，鴻與琅琊

---

〔註135〕《舊唐書》卷一百四十九《沈傳師傳》，中華書局點校本 2002 年 12 月版，第
　　　　 12 冊，第 4034、4037 頁。
〔註136〕同上書，第 4034、4036 頁。

王質夫家於是邑，暇日相攜遊仙遊寺，話及此事，相與感歎。質夫舉酒於樂天前曰：「夫希代之事，非遇出世之才潤色之，則與時消沒，不聞於世。樂天深於詩，多於情者也。試爲歌之。如何？」樂天因爲《長恨歌》。意者不但感其事，亦欲懲尤物，窒亂階，垂於將來者也。歌既成，使鴻傳焉。世所不聞者，予非開元遺民，不得知。世所知者，有《玄宗本紀》在。今但傳《長恨歌》云爾。〔註137〕

與沈既濟一樣，陳鴻也是史家。《唐文粹》卷九十五陳鴻《大統紀序》云：「故諸緯書及皇甫謐、譙周之徒，得肆言上古之事，恃無可驗，競開異說。臣少學乎史氏，志在編年。貞元丁酉〔註138〕歲登太常第，始閒居逐志，乃修《大紀》三十卷，正統年代，隨甲子紀年，書事條貫興廢，舉王制之大綱。……七年書始就，故絕筆於元和六年辛卯。」〔註139〕這樣，他明確闡明自己作爲一個史家的本分。根據撰寫過程，陳鴻在元和元年創作《長恨歌傳》，即是開始撰寫《大統紀》的第二年。換言之，他就在寫《大統紀》的時候作完《長恨歌傳》。所以，我認爲《長恨歌傳》撰寫過程顯示作爲史家的陳鴻對小說創作的被動性態度，尤其是「歌既成……」以後的部分更爲明顯。陳鴻說，因爲他不瞭解開元時期的事情，只能爲《長恨歌》作傳。但如果考慮他本身是史家，「世所不聞者，予非開元遺民，不得知」這句話可能是一種藉口。即使把它看成是自謙語，實際上藉口和自謙語並不矛盾，就是一邊自謙，一邊迴避責任，或者說是利用自謙的方式卻迴避小說作家對作品本身的責任。而且，據《大統紀序》的記載，我們可以知道陳鴻是盡力抵制異說的史家。《舊唐書·經籍志》把皇甫謐的《高士傳》和《列女傳》歸於史部雜傳，《新唐書·藝文志》也把它們歸於史部雜傳記類，而譙周的《古史考》都歸於史部雜史類。〔註140〕《晉書·司馬彪傳》云：「初，譙周以司馬遷《史記》書周、秦以上，或採俗語百家之言，不專據正經，周於是作《古史考》二十五篇，皆憑舊典，以糾遷之謬誤。彪復以周爲未盡善也，條《古史考》中凡百二十二事爲不當，多據《汲冢紀年》

---

〔註137〕原文據汪辟疆校錄《唐人小說》，上海古籍出版社1978年版，第119頁。

〔註138〕「丁酉」應改爲「丁丑」，因爲貞元間沒有丁酉，陳鴻寫完《大統紀》前七年即是貞元二十一年丁丑。

〔註139〕〔宋〕姚鉉編《唐文粹》，上海古籍出版社1994年8月，第二冊，第1344頁。

〔註140〕見《舊唐書》卷四十六《經籍上》，第6冊，第1994、2002、2006頁；《新唐書》卷五十六《藝文二》，第5冊，第1463、1481、1486頁。

之義，亦行於世。」〔註141〕《史記・伯夷列傳》乾隆御製序云：「譙周《古史考》，遂舉野婦之語，以實之後世，率謂夷齊果不食而餓餒以死。」〔註142〕陳鴻責怪皇甫謐和譙周就是因為他們都「競開異說」，以史書的形式撰卻寫不可靠的內容。《長恨歌傳》的撰寫過程就反映他對雜傳記類異說的批評態度。實際上史部雜傳類是在史部中與小說最接近的一類。謝保成云：「《隋書・經籍志》將其（志怪書）著錄於史部雜傳類，與耆舊、高逸、孝友、良吏、婦女、名僧等傳同列，表明此前把故事與人事同等看待，都當作事實。」〔註143〕這種情況到唐代有所變化，唐代文人開始把志怪類看成小說。據潘建國的調查，《隋書・經籍志》和《舊唐書・經籍志》共有的史部雜傳類 19 部作品到《新唐書・藝文志》都歸於子部小說家類。〔註144〕五代所撰《舊唐書・經籍志》沒有唐代文人小說目錄，到宋初《新唐書・藝文志》才大量收錄它們。《新唐書・藝文志》小說家類可說是宋初對唐代文人小說觀的綜合。就從這些正史圖書目錄來看，唐代文人尤其是文人史家很有可能在史書撰寫和小說創作上徘徊，因此導致創作態度上的兩面性。

　　王質夫使白居易作詩後，再使陳鴻作傳，這也是因為陳鴻是熟悉史傳的史家。但對陳鴻而言，王質夫說的話不過是異說，尤其是方士到仙界見玉妃的部分。這就是「世所不聞者」，也是正史不包括的內容。陳鴻提到的《玄宗本紀》應該是指當時正史《玄宗實錄》。《舊唐書》中對唐代前期的敘述一般被認為比較可靠，因為這是撰者根據各朝實錄和《唐書》等大量的唐代史料撰寫而成的。《舊唐書》沒有方士見玉妃的內容，而《舊唐書・玄宗本紀》可能與陳鴻所說的《玄宗本紀》沒有什麼區別。作為史家的陳鴻雖不相信在文人聚會上聽到的故事，但卻不能拒絕王質夫的請求，所以儘量要表現出被動的態度。這就是陳鴻附撰寫過程的重要原因之一，也是文人作家創作心理的反映。

　　白居易對《長恨歌》的自評也可證明這一點。他在《與元九書》中說：「今僕之詩，人所愛者，悉不過『雜律詩』與《長恨歌》已下耳。時之所重，僕之所輕。至於『諷諭』者，意激而言質；『閒適』者，思澹而詞迂：以質合迂，

〔註141〕〔唐〕房玄齡等撰《晉書》卷八十二，中華書局點校本 1974 年版，第七冊，第 2142 頁。
〔註142〕見文淵閣四庫全書本，乾隆十二年御製重刻《史記・御製讀伯夷列傳》。
〔註143〕謝保成《隋唐五代史學》，商務印書館 2007 年 1 月版，第 318 頁。
〔註144〕參見潘建國《中國古代小說書目研究》，上海古籍出版社 2005 年 10 月版，第 23～25 頁，附表（1）。

宜人之不愛也。」雖然《長恨歌》膾炙人口，但與新樂府諷諭詩、閒適詩不同，這對白居易來說是沒有多大意義的詩歌。所以他指出：「此誠雕篆之戲，不足爲多。然今時俗所重，正在此耳。」〔註145〕白居易的這種說法與陳鴻《長恨歌傳》的撰述過程相似。作爲詩人的白居易一邊認可《長恨歌》流行在民間，但一邊慨歎眞正有意義的詩歌卻找不到知音，反而「雕篆之戲」之作非常流行的世態。作爲史家的陳鴻一邊發揮自己的寫傳才能，卻一邊說「世所不聞者，予非開元遺民，不得知。世所知者，有《玄宗本紀》在。今但傳《長恨歌》云爾」。但實際上白、陳兩人對自己的作品有不同的看法。日本學者靜永健曾經關注這一點說：「那麼《長恨歌》的創作意圖仍是玄宗與楊貴妃的悲劇戀情，陳鴻的解釋實際並非王白二人的設想……而且白居易在這一詩歌的結末以長生殿的密誓作結，這就給讀者留下明確印象，《長恨歌》主要創作意圖並非社會諷刺，依然是悲傷的戀愛故事。」〔註146〕上述的《與元九書》即是白居易對過去詩作的一種反省，也是他對《長恨歌》的自評。與他的諷諭詩篇不同，《長恨歌》只不過是有曲折的愛情故事。可是作爲史家的陳鴻儘量要給故事戴上教訓或警惕意味的帽子，而在《長恨歌傳》文尾留下這樣的觀點。這就是陳鴻對小說創作採取兩面性態度的原因。

## 二、故意隱藏作家自己的存在

如果說上述的撰寫過程都是作爲史家的作者與自己作品保持距離的方法，那麼元稹《鶯鶯傳》的撰寫過程可以說是作家要隱藏自己的一種意圖。其文如下：

予嘗於朋會之中，往往及此意者，使夫知者不爲，爲之者不惑。

貞元歲九月，執事李公垂宿於予靖安里第，語及於是，公垂卓然稱異，遂爲《鶯鶯歌》以傳之。崔氏小名鶯鶯，公垂以命篇。

《鶯鶯傳》是元稹自己的故事。北宋趙令時《侯鯖錄》卷五《辨傳奇鶯鶯傳》引用王性之作《傳奇辯正》云：「則所謂傳奇者，蓋微之自敘，特假他姓以自避耳。……蓋昔人事有悖於義者，多託之鬼神夢寐，或假之他人，或云見他書，後世猶可考也，微之心不自抑，既出之翰墨，姑易其姓氏耳；不

〔註145〕顧學頡校點《白居易集》卷第四十五《與元九書》，中華書局 1979 年 10 月版，第 3 冊，第 963、965 頁。

〔註146〕〔日〕靜永健《白居易寫諷諭詩的前前後後》，中華書局 2007 年 10 月，第 69 頁。

然，爲人敘事，安能委曲詳盡如此。」﹝註147﹞以後古今學者大都同意這個主張，而陳寅恪對張生和崔氏女進一步說明：「此爲會眞之事，故襲取微之以前最流行之會眞類小說，即張文成《遊仙窟》中男女主人之舊稱。」﹝註148﹞我先要根據作品本身的內容來補證此說，這也與創作態度上的兩面性問題有關係。《鶯鶯傳》中男女主人公用詩歌來表達內心情感，張生「立綴《春詞》二首以授之」，鶯鶯也撰《明月三五夜》一首五絕獻給張生。但作者只出示鶯鶯的詩，卻沒有寫出《春詞》二首。其後「張生賦《會眞詩》三十韻，未畢，而紅娘適至，因授之，以貽崔氏」，但仍然沒有出示張生的《會眞詩》。文中元稹自己寫出「續生《會眞詩》三十韻」的詩歌，而前邊提到的張生《會眞詩》只不過是一種敘事道具。這樣作家和故事人物重疊的情況在論贊中也能看見。張生最後說的話似乎是論贊形式，其曰：「昔殷之辛，周之幽，據百萬之國，其勢甚厚。然而一女子敗之，潰其眾，屠其身，至今爲天下僇笑。」這段話與元稹在後邊所說的「使夫知者不爲，爲之者不惑」配爲一個完整的論贊。元稹故意把自己要說的話分爲兩段，一段歸於張生，另一段則歸於他自己。這兩種敘述方式就可以說明張生就是元稹本人。

據李劍國的調查，董解元《西廂記》（《董西廂》）一卷到四卷引有李紳《鶯鶯歌》42 句，其中《全唐詩》卷四八三只收入前 8 句，南宋施元之撰《施注蘇詩》卷一五收錄《董西廂》所無的 1 句。﹝註149﹞據《南宋館閣錄》卷七《官聯上》，施元之在孝宗乾道五年六月除，十月爲起居舍人﹝註150﹞，幾乎是與金董解元同時代的人。這樣，唐五代和北宋的任何資料都沒有收入的《鶯鶯歌》，卻在南宋中葉和金代的資料才能看到，而且其大部分不是載於詩文集，而是載於諸宮調《西廂記》。據此，我認爲今傳《鶯鶯歌》可能是假託李紳名義撰寫的，則李紳並沒有寫過《鶯鶯歌》。宋代以後，鶯鶯故事成爲各種民間表演藝術最喜歡的題材之一，文人也往往把它用來創作文學。王季思對此指出：「蘇軾對《鶯鶯傳》的傳播關係更大。因爲當時利用《鶯鶯傳》的題材寫作歌詞或整套鼓子詞，都是他的門下士或和他關係極密的文

﹝註147﹞﹝宋﹞趙令畤《侯鯖錄》，中華書局 2002 年《侯鯖錄》、《墨客揮犀》、《續墨客揮犀》合訂本，第 126 頁。

﹝註148﹞陳寅恪《讀鶯鶯傳》，載《元白詩箋微稿》，三聯書店 2001 年版，第 112 頁。

﹝註149﹞參見李劍國《唐五代志怪傳奇敘錄》上冊，南開大學出版社 1993 年版，第 318 頁。

﹝註150﹞﹝宋﹞陳騤撰《南宋館閣錄》，中華書局 1998 年 7 月版，第 98 頁。

人。這些文人以蘇軾爲首，在當時文壇上享有很高的聲譽，他們平時又多風流倜黨，喜歡和娼妓來往唱和。這就很自然地通過他們的傳播，使這故事在勾闌、瓦肆裏流傳開來。」〔註151〕

　　在《董西廂》問世之前，最完整地改編鶯鶯故事的作品就是蘇軾門下趙令畤所撰《商調蝶戀花詞》，但這作品並沒有提到李紳《鶯鶯歌》，其序僅稱：「夫《傳奇》者，唐元微之所述也，以不載於本集，而出於小說，或疑其非是。」因爲鶯鶯故事在北宋以後已經在民間和文人之中廣爲流傳，不大可能到一百多年後《董西廂》才突出李紳的詩歌，所以《董西廂》中的《鶯鶯歌》或不是李紳本人之作，而是當時流行的文人唱和詩。《董西廂》收入的李紳《鶯鶯本傳歌》42 句都錄於說白部分，但其中卷二的 12 句和卷三的 4 句卻包含著本傳中沒有的內容：「河橋上將亡軍官，虎旗長戟交疊門，鳳凰詔書猶未到，滿城戈甲如雲屯。家家玉帛棄泥土，少女嬌妻愁被虜，出門走馬皆健兒，紅粉潛藏欲何處？鳴鳴阿母啼向天，窗中抱女投金鈿，鉛華不顧欲藏豔，玉顏轉瑩如神仙。」「此時潘郎未相識，偶住蓮館對南北，潛歡恓惶阿母心，爲求白馬將軍力。」〔註152〕這是張生幫助崔家躲避軍禍的場面，《鶯鶯傳》對此很簡單地描寫：「軍人因喪而擾，大掠蒲人。崔氏之家，財產甚厚，多奴僕。旅寓惶駭，不知所託。先是，張與蒲將之黨有善，請吏護之，遂不及於難。」戲劇性很強的「家家玉帛棄泥土，少女嬌妻愁被虜」和鶯鶯母害怕而「投金鈿」、「欲藏豔」的場面卻在《鶯鶯傳》中沒有相關的內容。所以，我認爲這詩不是李紳的原作，而是爲了提高故事的戲劇效果，後人假託李紳名義改寫而成的。

　　根據這一點，我們再來考察上文引用的撰寫過程。文中「遂爲《鶯鶯歌》以傳之」的主體好像是李公垂一人。宋曾慥編《類說》本鶯鶯故事《傳奇》說：「予執友李公垂，爲《鶯鶯歌》以傳之，崔小名鶯鶯」，這就顯示《鶯鶯歌》是李公垂一人所作。可是如果考慮別的傳奇作品撰寫過程中「誰作某某歌」、「誰作某某傳」的形式，其主體也有可能是兩個人，李公垂「爲《鶯鶯歌》」，元稹「傳之」。但又會有另一個解釋，那就是《鶯鶯歌》本身是指《鶯鶯傳》，即是把《鶯鶯歌》當作《鶯鶯傳》的。這種說法與《長恨歌傳》的「今

〔註151〕王季思《從鶯鶯傳到西廂記》，上海古典文學出版社 1955 年版，第 17 頁。
〔註152〕原文參見凌景埏校注本《董解元西廂記》，人民文學出版社 1980 年版，卷二第 36 頁、卷三第 69 頁。

但傳《長恨歌》云爾」很相似。南宋王楙《野客叢書》卷第二十九「用張家故事」條曰：「案唐有張君瑞，遇崔氏女於蒲，崔小名鶯鶯，元稹與李紳語其事，作《鶯鶯歌》。」〔註153〕南宋祝穆《古今事文類聚》後集卷十六《寵妾》「鶯鶯寄詩」條（文尾題爲《麗情集》）沒有提到李紳之名，而只說「元稹嘗爲作歌」〔註154〕。這也可說明李紳《鶯鶯歌》原來是不存在的。之所以《鶯鶯歌》和《鶯鶯傳》的作家問題這麼複雜，可能是因爲元稹儘量顯示李公垂在故事創作上的積極性，反而要隱匿他自己的存在。他不僅在故事本身「姑易其姓氏」來假裝這不是自己的事情，而且故意顯示撰寫過程來表現出創作態度的被動性。所以從創作態度的角度來看，《鶯鶯傳》也比較明顯地露出文人小說創作心理上的兩面性。

陳鴻《東城老父傳》也附有作品的撰寫過程，其云：

> 元和中，潁川陳鴻祖攜友人出春明門，見竹柏森然，香煙聞於道，下馬覲昌於塔下。聽其言，忘日之暮。宿鴻祖於齋舍，話身之出處，皆有條貫，遂及王制。鴻祖問開元之理亂。

與其它作品相比，這部作品的撰寫過程有兩個特點：第一、不是在文尾，而是在本文中間，第二、作家陳鴻直接傾聽故事主人公說的話。作家首先敘述老父賈昌的人生經歷，以諷刺在玄宗年間引發安史之亂的「生兒不用識文字，鬥雞走馬勝讀書」的社會弊病，然後借老父之口再批評叛亂結束後即作家所處的中唐社會，甚至比玄宗時期更複雜更沒有希望恢復。老父說的話實際上是作者本人要說的話。這樣時代批判性很強，創作目的和主題意識也很清楚，所以堪稱一部史家筆法濃厚的作品。

這一點與《東城老父傳》的作家問題和創作心理上的兩面性有關係。對《東城老父傳》的作者來說，《太平廣記》最初題爲「陳鴻撰」後，或說陳鴻撰，或說陳鴻祖撰。作者的名字在本文中出現四次，都是陳鴻祖或鴻祖。李劍國據此指出：「《廣記》署名脫祖字，遂與撰《長恨歌傳》者混爲一人。」〔註155〕但如果考慮史傳色彩濃厚的特點，其爲陳鴻之作的可能性比較大。原因有三：一、陳鴻本身是史家，能夠撰寫這種故事性濃厚的史傳。二、與《長恨歌傳》

---

〔註153〕〔宋〕王楙撰《野客叢書》，上海古籍出版社1991年5月版，第422頁。

〔註154〕〔宋〕祝穆撰《古今事文類聚》，上海古籍出版社1992年2月版，第二冊，第246頁。

〔註155〕李劍國，同上書，第345頁。

相同，這作也是敘述玄宗故事的。三、撰寫理念和目的就與陳鴻所撰《大統紀》有相似之處。再根據上面提到的《大統紀序》，其中「書事條貫興廢，舉王制之大綱」正是陳鴻編史的目的和構想。這段話與《東城老父傳》撰寫過程中「話身之出處，皆有條貫，遂及王制」恰似，即是作家問老父「開元之理亂」的原因，也是撰寫作品的目的。這就反映著陳鴻在《大統紀序》中闡明的撰史理念。

我們有必要從作家創作意圖的角度來解釋《東城老父傳》附撰寫過程的目的。眾所週知，在玄宗時期鬥雞非常流行，老父從小「以鬥雞求媚於上」，到老後連與妻子都杜絕音信的處境都很可能是事實。作者為了提高故事的事實性，是在開頭說老父「九十八年矣，視聽不衰，言甚安徐」，並附注其撰寫過程的。就在這點上我們還會碰到一個問題，如果《東城老父傳》是陳鴻之作，他為什麼稱自己為陳鴻祖？我認為這就是作家的消極態度，也是一種責任迴避。汪辟疆先生指出：「清修《全唐文》，錄鴻文三篇，而此二篇不收，蓋以其為小說家言，近於猥瑣誕妄，故擯斥不錄，已於敘例見之也。」〔註156〕這樣，無論作者的創作意圖如何，《東城老父傳》的不少因素很容易被人視為異說。所以，即使是事實性和主題意識濃厚的作品，站在史家立場的陳鴻還是很難把其故事歸於史傳。最後他通過改寫自己名字的方法表現創作心理上的矛盾。

以上，我們以幾篇唐傳奇作品為例探討了文人對作品的責任迴避或者在創作態度上的兩面性。我認為這種現象也與唐代的說故事傳統有一定的關係。如第一章第三節所述，唐代文人作家尤其是對撰史傳統更熟悉的作家儘量要固守原有的文章傳統。這是一般堅持保守特點的書面文化傳統的普遍現象。毫無疑問，唐代文人很聰明地吸收各種民間故事和說故事傳統，以使自己的作品在內容和形式方面都豐富起來。但是在這種說故事的過程中，還是不可避免其與固有傳統之間的衝突，因此文人小說作家也對自己作品具有矛盾的心態。

## 三、對說故事傳統的另一個觀點：《毛穎傳》

唐代文人對小說和軼事類的寫作感到混亂，甚至有捨不得的感覺，因為他們一邊認為這些故事都在內容和風格上沒有資格入於正統史傳裏面，但一

---

〔註156〕汪辟疆校錄《唐人小說》，上海古籍出版社1978年版，第116頁。文中所說「此二篇」是指《長恨歌傳》和《東城老父傳》。

邊要把它用來顯示自己的史才。上述的文人小說創作上的兩面性就是這種混亂的反映。從這個角度來看，韓愈《毛穎傳》可說是因爲當時文人對小說和說故事傳統的觀點各不相同而產生的結果。韓愈沒有反對說故事行爲本身，但是不願意把它用來正式寫作。這也可謂對說故事傳統的另一個視角。至今探討《毛穎傳》的文章經常把其內容與韓愈的懷才不遇聯繫在一起。卞孝萱分析韓愈長兄韓會貶謫的過程和韓愈本人仕途不遇的情況，而主張《毛穎傳》是韓愈的「發憤而作」、「不平之鳴」。〔註157〕鄧裕華把《毛穎傳》看成是一篇寓言，而指出此作是韓愈「仕途多患，命運蹇滯，心情鬱結」的情況下寫成的。〔註158〕與之不同，陳寅恪先生說到：「《毛穎傳》則純爲遊戲之筆」，這實際上與《毛穎傳》問世之後當時文人批評它的原因一脈相承。〔註159〕可是不管《毛穎傳》是韓愈的發憤之作還是純粹的遊戲，我們不能忽視《毛穎傳》創作的另一個主要原因，那也與當時流行的文人說故事傳統有關係。

就在這一點上，我們有必要看張籍和韓愈之間的爭論和《毛穎傳》創作的一系列過程。之所以叫一系列過程，是因爲《毛穎傳》就是反映兩人論點的作品，甚至可以說韓愈希望以《毛穎傳》結束當時圍繞他自己的爭論。歷來有不少學者探討了張韓之間的爭論，這些研究都集中於文人對「以文爲戲」或「無實之談」的看法。可是，除此之外還有一個非常重要的論點，那就是「著書」的絕對性問題。《毛穎傳》就是韓愈爲整理這些爭論而寫的一種試作。爲了便於論述，下面我要引用張籍和韓愈往來的幾封書信和柳宗元的一文。通過細讀這些文字，我們可以看出張翰論爭的焦點以及其與《毛穎傳》的關係。其文如下：

> 執事聰明，文章與孟軻揚雄相若，盍爲一書以興存聖人之道，使時之人、後之人知其去絕異學之所爲乎？曷可俯仰於俗，囂囂爲多言之徒哉？然欲舉聖人之道者，其身亦由之也。比見執事多尚駁雜無實之說，使人陳之於前以爲歡，此有以累於令德。又商論之際，或不容人之短如任私尚勝者，亦有所累也。先王存六藝，自有常矣；有德者不爲猶以爲損，況爲博塞之戲與人競財乎？君子固不爲也。

〔註157〕參見卞孝萱《韓愈〈毛穎傳〉新探》，載《安徽史學》1991年第4期。
〔註158〕參見鄧裕華《詼諧中寓莊嚴，自嘲中帶牢騷——讀韓愈的〈毛穎傳〉》，載《語文學刊》2006年第24期。
〔註159〕陳寅恪《讀鶯鶯傳》，載《元白詩箋徵稿》，三聯書店2001年版，第119頁。

今執事爲之，廢棄時日，竊實不識其然。且執事言論文章不謬於古人，今所爲或有不出於世之守常者，竊未爲得也。願執事絕博塞之好，棄無實之談，弘廣以接天下之士，嗣孟軻揚雄之作，辯楊墨老釋之說，使聖人之道復見於唐，豈不尚哉！（張籍《籍遺公書》）

夫所謂著書者，義止於辭耳。宣之於口，書之於簡，何擇焉？孟軻之書，非軻自著，軻既歿，其徒萬章公孫丑相與記軻所言焉耳。僕自得聖人之道而誦之，排前二家有年矣。不知者以僕爲好辯也；然從而化者亦有矣，聞而疑者又有倍焉。頑然不入者，親以言諭之不入，則其觀吾書也固將無所得矣。爲此而止，吾豈有愛於力乎哉？……吾子又譏吾與人爲無實駁雜之說，此吾所以爲戲耳；比之酒色，不有間乎？吾子譏之，似同浴而譏裸裎也。（韓愈《答張籍書》）

故曰：莫若爲書，爲書而知者則可以化乎天下矣，可以傳於後世矣。若以不入者而止爲書，則於聖人之道奚傳焉？士之壯也，或從事於要劇，或旅遊而不安宅，或偶時之喪亂，皆不皇有所爲；況有疾疢吉凶虞其間哉？是以君子汲汲於所欲爲，恐終無所顯於後；若皆待五六十，而後有所爲，則或有遺恨矣。今執事雖參於戎府，當四海弭兵之際，優遊無事，不以此時著書，而曰俟後，或有不及，曷可追乎？……君子發言舉足，不遠於理，未嘗聞以駁雜無實之說爲戲也。執事每見其說，亦拊抃呼笑，是撓氣害性，不得其正矣。苟正之不得，曷所不至焉！或以爲中不失正，將以苟悅於眾。是戲人也，是玩人也，非示人以義之道也。（張籍《籍遺公第二書》）

昔者聖人之作《春秋》也，既深其文辭矣；然猶不敢公傳道之。口授弟子，至於後世，然後其書出焉。其所以慮患之道微也。今夫二氏之所宗而事之者，下乃公卿輔相，吾豈敢昌言排之哉？……其爲也易，則其傳也不遠，故餘所以不敢也。然觀古人，得其時行其道，則無所爲書；書者，皆所爲不行乎今而行乎後世者也。……駁雜之譏，前書盡之，吾子其復之。昔者夫子猶有所戲，《詩》不云乎：「善戲謔兮，不爲虐兮。」《記》曰：「張而不弛，文武不能也。」惡害於道哉？吾子其未之思乎！（韓愈《重答張籍書》）

且世人笑之也，不以其俳乎？而俳又非聖人之所棄者。《詩》曰：

「善戲謔兮，不爲虐兮。」……韓子之爲也，亦將弛焉而不爲虐歟！……且凡古今是非六藝百家，大細穿穴用而不遺者，毛穎之功也。韓子窮古書，好斯文，嘉穎之能盡其意，故奮而爲之傳，以發其鬱積，而學者得以勵，其有益於世歟！（柳宗元《讀韓愈所著〈毛穎傳〉後題》）〔註160〕

張籍和韓愈的兩次書信往來一般被認爲是與《毛穎傳》的創作沒有關係。吳新生指出：「張籍這兩封書信，本寫在《毛穎傳》問世前十餘載，實與無涉」，盧寧也對《唐摭言》所曰「韓文公作《毛穎傳》，好博塞之戲，張水部以書勸之」這樣說到：「這條資料明顯有誤。張籍致書當在貞元年間佐戎汴州時，其時《毛穎傳》尚未寫出。」〔註161〕但是突起柳宗元的《讀韓愈所著〈毛穎傳〉後題》，我們還是不能否定它們確實有一定的關係。柳宗元的這篇文章好像是張韓爭論的最後總結，而且是爲了支持韓愈的主張有意識地寫出來的。對他來說，《毛穎傳》還是在張韓爭論的延長線上位置的作品。張籍在第一封信中指責韓愈說的內容和他的論爭態度。「駁雜無實之說」和「無實之談」就是他們交談的時候韓愈喜歡而經常要與人共談的話。楊明先生曾說：「張籍所謂『以駁雜無實之說爲戲』，與唐代文人愛聽『說話』、好記錄異聞瑣語以爲小說的風氣是一致的。」〔註162〕但到他們談話的時候，「駁雜無實之說」的故事還沒被文字化，即仍然是口頭說話的形式。日本學者川合康三對書信中最爲論點的「駁雜無實之說」指出：「似乎並不是說著作，而主要是指口頭的議論、論戰。」〔註163〕當時韓愈主要以口頭說話的方式與張籍等人談談「駁雜無實之說」。聚會的文人在這種口頭對話的過程中說出不少的「無實之談」，而其中肯定有像《毛穎傳》之類的故事。張籍第一封信所說「執事多尚駁雜無實之

---

〔註160〕以上原文，張籍和韓愈文據馬其昶校注《韓昌黎文集校注》第二卷，上海古籍出版社 1986 年版；柳宗元文據《柳宗元集》卷二十一，中華書局 2011 年版。

〔註161〕吳新生《柳宗元對古代小說美學的理論貢獻——論〈讀韓愈所著〈毛穎傳〉後題〉》，載《河北大學學報》1993 年第 1 期，第 73 頁；盧寧、李振榮《論〈新唐書〉〈舊唐書〉對韓愈評價之差異——兼談與〈毛穎傳〉之問世相關的幾個問題》，載《中州學刊》2001 年 3 月，第 110 頁。

〔註162〕王運熙、楊明《隋唐五代文學批評史》，上海古籍出版社 1994 年 10 月，第 511 頁。

〔註163〕〔日〕川合康三《終南山的變容——中唐文學論集》，上海古籍出版社 2007 年 8 月，第 178 頁。

說，使人陳之於前以爲歡」就讓我們聯想當時文人之間流行的說故事傳統。韓愈就跟文人聚會共享故事一樣，自己提及各種故事，也往往讓參會的文人說「無實之談」。他對這種消遣活動沒有反感，卻很積極地吸取其功能，但張籍對此表示不滿。更重要的一點是，雖然韓愈與人共享故事，可從來沒有以文字形式寫出這些故事。對韓愈來說，文人的說故事傳統只是各種各樣的娛樂之一，和他的著書活動並沒有關係。可是張籍甚至對這種消遣的娛樂活動也有反感，因爲他覺得其內容「累於令德」。

當時批評韓愈的文人肯定不少，實際上張籍的書信起到爲人代言的作用。韓愈撰寫《毛穎傳》是對這種反感的自己辯護或者爲結束爭論的一種表達方式。張籍第一封信涵蓋著兩個主要內容：一是說明著書的效用而勸告韓愈「爲一書以興存聖人之道」，二是要求韓愈「棄無實之談」。從張籍的第二封信開始，爭論的內容都集中於這兩個論點，第一封信的其它內容幾乎不見了。從韓愈《答張籍書》的文脈和張籍第二封信來看，張籍的這兩個主張其實是兩回事，卻沒有直接的關係。可是韓愈要把兩個問題合起來回答。他首先主張口頭說話和著書都很重要而拒絕張籍的勸告。《孟子》、《左傳》等書本來是口頭流傳的，其文字化是後代的事情。但無論口頭形式還是文字著書都有很重要的價值，因爲其內容是相同的。所以，就韓愈而言，著書不可謂說服對方的最好的方法，如果用口頭不能說服的話，即使著書也不能得到什麼效果。後來他撰寫《毛穎傳》，暫時接受張籍的勸告，但還是顯示此作只不過是「戲」。不僅如此，他要以《毛穎傳》反駁張籍一直主張的著書的絕對效果，因爲《毛穎傳》之類的故事不必要著書形式，而是更合適於口頭說話的「無實之談」。如果勉強以文字寫出這種故事，那恐怕產生比張籍擔心的弊端更不好的結果。這些想法就是韓愈撰寫《毛穎傳》的根本原因和意圖。《毛穎傳》對韓愈來說是不必要著書的故事，而更合適於口頭說話。實際上《毛穎傳》問世以後，兩人的爭論結束，韓愈也不再創作《毛穎傳》之類的虛構故事。這樣，韓愈創作《毛穎傳》，一邊堅持對文人說故事傳統的觀點，一邊批評張籍提起的「著書」效果的絕對性。

還有值得一提的問題，那就是論點的變化過程。張韓兩人爭論的「著書」和「駁雜無實之說」問題則在文人之間流傳的過程中再集中於後者的一個論點。在這兩個問題中，張韓其實更重視前者，對此問題討論的態度比後者還要激烈，其爭論的篇幅也更長。也就是說，本來爲次要的論點卻在別的文人

之間成爲最主要的論點了。從《讀韓愈所著〈毛穎傳〉後題》的內容來看，
柳宗元確實聽到張韓之間的爭論，就在文章中提及韓愈《重答張籍書》引用
的《詩》和《記》的句子而對韓愈的說法表示同意。但是柳宗元沒有提到張
韓一直爭論的「著書」問題，這可能是因爲他只聽說過與「駁雜無實之說」
有關的爭論。柳宗元文的開頭云：「自吾居夷，不與中州人通書。有來南者，
時言韓愈爲《毛穎傳》，不能舉其辭，而獨大笑以爲怪，而吾久不克見。」這
說明當時文人對「駁雜無實之說」的爭論更有關心，張韓爭論中的其它論點
已經沒有那麼大的意義了。就在這一點上，柳宗元所說《毛穎傳》的創作意
義卻與韓愈的本意有所不同了。柳宗元在沒有聽到整個爭論過程的情況下，
不能知曉《毛穎傳》的創作實際上與「著書」的絕對性問題有密切的關係，
或者他也像別的文人一樣更加關注「駁雜無實之說」問題。所謂「以文爲戲」
就是當時文人對韓愈之文最關注的論點。裴度《寄李翺書》就曰：

> 昌黎韓愈，僕識之舊矣。中心愛之，不覺驚賞，然其人信美材
> 也。近或聞諸儕類云，恃其絕足，往往奔放，不以文立制，而以文
> 爲戲，可矣乎！可矣乎！今之作者不及則已，及之者，當大爲防焉！」
> 〔註164〕

《寄李翺書》和《毛穎傳》創作時期的先後問題也有不同的意見。吳新
生和卞孝萱等人主張《寄李翺書》批評的韓文確實是指《毛穎傳》，但盧寧主
張裴度是在貞元年間寫書的，即是《毛穎傳》還沒問世的時候。〔註165〕其中
我支持前者的意見，因爲《寄李翺書》的內容實際上是裴度對文章的看法，
而「以文爲戲」的「文」肯定是指韓愈已經寫出來的作品。他的主張與張籍
不同，即張籍的立足點是文人的文化觀念，裴度的立足點是文人的文章觀。
張籍批評韓愈與人共享「駁雜無實之說」的行爲本身，並沒有提到有關「以
文爲戲」的內容。與之不同，裴度批評韓愈根據「無實之談」，進而「以文爲
戲」撰寫文章。裴度引文中「近或聞諸儕類云」就顯示除裴度外不少文人已
經認同韓愈確實有「以文爲戲」的傾向。對韓愈的這種評價就是張韓之間的
一些爭論在別的文人之間集中於「駁雜無實之說」問題的結果。

---

〔註164〕〔宋〕姚鉉編《唐文粹》卷八十四，上海古籍出版社1994年8月，第二冊，
　　　　　第280頁。
〔註165〕參見吳新生，同上文，第72頁；卞孝萱《韓愈〈毛穎傳〉新探》，載《安徽
　　　　　史學》1991年第4期，第1頁；盧寧、李振榮：同上文，第110頁。

以上，我探討了張韓書信涵蓋的論點以及其與《毛穎傳》創作的關係。綜上所述就如下：（1）張韓書信的主要內容分爲「著書」的絕對性和「駁雜無實之說」這兩個論點（2）雖然有時間之差，張韓的書信往來對《毛穎傳》創作有一定的影響，而《毛穎傳》起到結束張韓爭論的作用（3）當時文人對「駁雜無實之說」問題更加關注，裴度和柳宗元的說法就是這種情況的反映。而且韓愈撰寫極爲「無實之談」之作儘量要反駁張籍等人的批評。

那韓愈爲什麼以毛筆作爲故事題材呢？我認爲這也是爲了否定著書的絕對性。毛筆是書寫的核心文具，也就是著書的必備工具。在《毛穎傳》裏，毛穎「陰陽、卜筮、占相、醫方、族氏、山經、地志、字書、圖畫、九流、百家、天人之書，及至浮圖、老子、外國之說，皆所詳悉。」而且，據《毛穎傳》「太史公曰」的說法，中山之族毛穎對秦之滅諸侯有功，周文王之子即姬姓之毛卻無聞。毛穎對各種異說包括道釋很熟悉，而作爲秦統一的有功者對周族之滅有一定的貢獻。這樣，看起來有絕對能力的毛筆，卻有負面的作用。也就是說，不成熟的或者不當的著書行爲卻會違背儒家之道而踏上不正之路。韓愈《重答張籍書》說：「昔者聖人之作《春秋》也，既深其文辭矣，然猶不敢公傳道之。口授弟子，至於後世，然後其書出焉。其所以慮患之道微也。」這就與前述的內容一脈相承。《毛穎傳》確實起到結束張韓論爭的作用，因此柳宗元《讀韓愈所著〈毛穎傳〉後題》也讓我們覺得這好像繼承韓愈《重答張籍書》的內容。

《毛穎傳》是說故事方式的創作，甚至可謂最典型的文人說故事作品，因爲只用很小的一個題材「毛筆」作了一篇「傳」。如果說當時一般文人的說故事傳統是現成故事的重寫或改編，韓愈《毛穎傳》是純粹的說故事創作。但是，韓愈撰寫《毛穎傳》的原因中卻可有他對當時說故事創作傳統的反感。在這一點上，吳相洲先生對元白文學創作的疑問和意見給了我啓發，他說：「元白等既然是好官，不失正直，可爲什麼又明哲保身、志做凡俗呢？這是因爲他們把自己的外用、謀身、娛心幾方面分開，區別對待，不像韓愈等人那樣用儒道一以貫之」；「（元白等人）志做凡俗使他們由士林走向市井，對市民文化表現出極大的樂趣。」〔註166〕如吳先生所說，韓愈與元白等人對文學創作的觀點有明顯的區別。我要在此點添一個意見，這與上述的文人小說創作的兩面性有關係。至少在小說創作方面，元白集團一邊作爲娛樂活動共享故事，

---

〔註166〕吳相洲《中唐詩文新變》，學苑出版社 2007 年 2 月，第 64 頁。

把它改爲一篇小說，可是同時他們儘量要闡明言不是純粹的娛樂，而是有意義的文化活動。《長恨歌傳》和《鶯鶯傳》文尾各曰：「意者不但感其事，亦欲懲尤物，窒亂階，垂於將來者也」；「予嘗於朋會之中，往往及此意者，使夫知者不爲，爲之者不惑。」這樣，他們在作品上面蓋上教訓的帽子，使它帶有政治或社會意義。可是韓愈的情況不同，他「以文爲戲」撰寫《毛穎傳》，是一邊爲了一種創作上的脫軌，但另一個重要的原因是對當時小說創作傳統的反省。從韓愈的角度來看，元白集團以及當時文人的小說創作只不過是沒有分開「文」和「戲」的結果。如上一段所談，《任氏傳》和《長恨歌傳》等小說的作家有創作態度上的兩面性，可是韓愈並沒有這樣的態度。對韓愈來說，劃分傳統的「文」和娛樂性的「戲」才是眞正「用儒道一以貫之」的態度。「爲戲」的口頭說故事活動不可載道，甚至不用把它改爲文字形式的作品，所以他對張籍的批評分明回答「此吾所以爲戲耳」。如果不分開「文」和「戲」，不能避免創作態度上的兩面性，而韓愈《毛穎傳》就是爲證明己見的一種試作。

以上，我以幾篇傳奇作品和《毛穎傳》爲例探討了唐代文人小說創作態度上的兩面性問題。下面，我要對尹師魯所說「傳奇體」重新闡釋以結束此節，這也與上述的兩面性問題有關係。北宋陳師道《後山詩話》最初提到尹師魯說「傳奇體」，其云：

範文正公爲《岳陽樓記》，用對語說時景，世以爲奇。尹師魯讀之曰：「傳奇體爾」。傳奇，唐裴鉶所著小說也。

後來南宋陳振孫《直齋書錄解題》「傳奇六卷」批評尹師魯的說法：

唐裴鉶撰，高駢從事也。尹師魯初見范文正爲《岳陽樓記》曰，傳奇體耳。然文體隨時，要之理勝爲貴，文正豈可與傳奇同日語哉！蓋一時戲笑之談耳。

王運熙先生對《後山詩話》的記載指出：「這裏的傳奇當泛指唐人小說，而不是裴鉶的專書。范仲淹的《岳陽樓記》中間一段寫景文字，多用駢對，且大抵爲四字句，體制確與唐傳奇非常接近，所以遭到古文家尹洙的藐視。古文要求雅潔，像《岳陽樓記》這樣鋪張的描寫景物，是他們所反對的。」〔註167〕王先生一直主張唐傳奇多用駢儷文句，而變文、俗曲等民間文學對

---

〔註167〕王運熙《試論唐傳奇與古文運動的關係》，載《漢魏六朝唐代文學論叢》，上海古籍出版社 1981 年 10 月版，第 260 頁。

這種形式起到深刻的影響。所以據他的看法，尹師魯所說「傳奇體」則是這種駢對方式的描述。可是我認爲尹師魯把《岳陽樓記》視爲「傳奇體」還有一個重要原因。我們首先必要看，尹師魯說的不是「傳奇」而是「傳奇體」。他的說法涵蓋著兩個意思：一、《岳陽樓記》有傳奇體的因素，二、即使如此，《岳陽樓記》不是傳奇。從內容上的特點來看，范仲淹《岳陽樓記》與今天所傳的傳奇作品完全不同，根本找不到小說或傳奇性的因素。但是，既然尹師魯將《岳陽樓記》稱爲「傳奇體」，那肯定有他如此判斷的原因。即使陳振孫把尹師魯的話看成「一時戲笑之談」，但尹師魯本人不可能沒有根據，而其根據主要在於形式方面。「對語」或「駢對」就是所謂傳奇體的根本因素。但是除此之外，可能有另一個原因，那就是《岳陽樓記》的「刻唐賢今人詩賦於其上，屬予作文以記之」一句。這是典型的「誰讓我寫什麼」的敘述方式，就在傳奇作品中常常看得到，上邊在探討創作態度的兩面性問題的時候已經提到這種敘述方式的意義所在。裴鉶《傳奇》是最初以「傳奇」題名的小說集。他肯定對《任氏傳》、《長恨歌傳》等作的文學特點都很熟悉，自己也撰寫風格類似的作品，把它們歸於「傳奇」之類。後來，「傳奇」這個詞在文人社會裏面變成普通名詞，陳師道和尹師魯的說法本身就說明他們已經熟悉所謂傳奇體的作品。尹師魯一看《岳陽樓記》就說「傳奇體耳」，可能是因爲「屬予作文以記之」句，而他不是說「傳奇」而是說「傳奇體」，就是因爲《岳陽樓記》的內容與通常的傳奇作品不同不「奇」。

# 第三章　說故事傳統和唐代通俗敘事的創作方式

　　在唐代，除文言小說以外，民間通俗敘事的創作活動也非常活躍。明胡應麟指出：「至唐人乃作意好奇，假小說以寄筆端」〔註1〕，魯迅也曾說唐代「始有意爲小說」。〔註2〕這都是對唐代文人小說創作的評價。但是這些說法也可適用於唐代通俗敘事，甚至比文言小說更爲合適，因爲通俗敘事作品爲了吸引讀者和觀衆更直接地改編或創作故事。這就是唐代說故事傳統在通俗敘事方面起到的影響。本章要以敦煌講唱文學作品爲主要對象探討說故事傳統和唐代通俗敘事的創作方式。這些作品既是唐代民間說故事傳統的直接反映，也是當時說故事傳統盛行的證據。

　　在開始論述之前，我們先有必要提及敦煌講唱文學的分類問題，這就與本章的研究範圍有直接的關係。對於敦煌講唱文學的分類和名稱，歷來有不少的爭論，但實際上到今天還沒有下定結論。這些爭論大概分爲「變文統稱說」和「各形式別稱說」。統稱說的代表學者是王重民和潘重規先生，後一代的黃徵和張湧泉基本上支持此說。〔註3〕別稱說的代表學者是向達和周紹良先生，他們主張變文統稱說很容易忽視唐代民間文學的眞正價值和多彩的文學

---

〔註1〕〔明〕胡應麟《少室山房筆叢》卷三六《二酉綴遺中》，上海書店出版社 2009 年 4 月版，第 371 頁。

〔註2〕魯迅《中國小說史略》，上海文化出版社 2005 年 1 月，第 60 頁。

〔註3〕參見王重民外編《敦煌變文集》，人民文學出版社 1984 年 8 月；潘重規編著《敦煌變文集新書》，中國文化大學中文研究所敦煌學研究會，中華民國 73 年 1 月；黃徵、張湧泉校注《敦煌變文校注》，中華書局 1997 年 5 月。

形式。後來王小盾進一步探討別稱說，按照表演藝術上的類屬，押敦煌文學作品分別歸入講經文、變文、話本、詞文、俗賦、論議文、曲子辭、詩歌等八種體裁。〔註4〕

　　值得注意的是，無論統稱說、別稱說、表演藝術說，這些說法都把講經文認為是敦煌文學的一種。但這與本章要探討的研究範圍有所衝突，因為講經文與故事性幾乎沒有關係。就在這一點上，我要提出敦煌講唱文學的另一種分類方式，那就是根據說故事傳統的分類法。按照這個方法，敦煌通俗敘事又可分為說故事作品和非說故事作品兩類。這個方法的意義在兩個方面：第一、可以關注作品的文學性。如果從這種分類方式，講經文、押座文、解座文之類應該歸屬於非說故事傳統的作品。雖然這種形式也稍有一點的故事性和文學性，但主要內容只不過對佛經的逐句解釋和佛教偈頌，而說故事或編故事的元素卻很少。講經文的抄寫人重視佛經本身的深意，但從來沒有嘗試把講經的內容改為一篇完整的故事。這當然不是說故事傳統的一種，所以不能成為本章的研究對象。第二、有利於追尋故事的產生過程，因為一個或多個作家故意把某種故事重新組成另一種故事，而不少作品裏面就有改編故事的痕跡。這種說故事的過程與第二章提到的文人小說《尼妙寂》之例有相似之處。下面，我要分析唐代通俗說故事作品怎樣改編原故事以及其目的如何？〔註5〕

## 第一節　說故事傳統和故事主題的變化

　　說故事傳統改變原故事的主題和創作目的。原故事的人物、結構、時空間背景等敘事元素被說故事的主體重新調整，因而原故事的主題也有所改變。眾所週知，唐代是佛教特別盛行的時代，其文化也佛教色彩很濃厚。因為當時佛教文化很受歡迎，往往在原來與佛教沒有關係的文化元素上加以佛教色彩。唐代通俗說故事傳統也不例外。以佛教故事為主要內容的敦煌敘事作品相當之多，或有把佛經的內容直接演繹的，或有把原來與佛教沒有關係

---

〔註4〕參見王昆吾《敦煌文學與唐代講唱藝術》，載《中國早期藝術與宗教》，東方出版中心1998年6月，第310～324頁。

〔註5〕敦煌文學作品有很多異體字和錯別字，本章引用的作品題目和原文主要根據項楚《敦煌變文選注》（中華書局，2006年修訂本）和黃徵、張湧泉校注《敦煌變文校注》。

的故事有意識地改編爲佛教故事的。其中後者的一些作品，有的很直接地涵蓋佛教因素，有的很巧妙地隱藏佛教的內容。這種改編就是當時說故事的方式之一。以下，我要探討敦煌通俗敘事作品改編原故事的過程以及其對故事主題的變化起到的影響。

## 一、戰爭英雄故事的佛教故事化：《韓擒虎話本》

敦煌本《韓擒虎話本》（原卷編號 S.2144）〔註6〕可以說是唐代通俗敘事作品之中以改變故事的內容和目的來實現說故事傳統的典型之例。這是以隋朝的一代名將韓擒虎平定南方陳國，降服北方突厥的內容爲中心的一部小說，在故事前面附高祖登上帝位的過程，後面又加以韓擒虎死後成爲閻羅王的場面。迄今爲止，幾位學者對《韓擒虎話本》的內容和創作手法做過分析。最初嘗試分析的學者是張錫厚，他關注《韓擒虎話本》的浪漫主義創作手法。這種寫法使作品能衝破歷史材料的束縛，突出塑造韓擒虎的人物形象。艾麗輝看把此作認爲是「從歷史演義中分離出來的一部早期的英雄傳奇之作。」王昊也說是「歷史演義、英雄傳奇的先聲」。而且，張錫厚提起了「欲揚先抑」的手法，即通過降低另外一個隋代名將賀若弼的價值，來使韓擒虎更爲突出。艾麗輝和王昊都注意從別處移來材料的「張冠李戴」創作手法。艾麗輝云：「這種寫法與後來寫一百單八將的《水滸傳》、寫說唐英雄的《隋史遺文》、《說唐全傳》等有一脈相承的關係」。王昊云：「這在後世歷史演義中，成爲塑造人物的常用方法，並對其它敘事文學的創作也產生了深刻影響。」〔註7〕三位學者對《韓擒虎話本》的內容和寫法的分析很有見解。《韓擒虎話本》的主要內容確實是韓擒虎的戰爭故事，但這不能斷定爲簡單的戰爭英雄傳奇，而是佛教文學的特點更明顯的作品，從題材、人物的選擇、結構、情節到創作寫法都有很強烈的佛教色彩。

我們首先看看故事的開頭，這一般被認爲與後代話本小說的「入話」類似。被法華和尚的功德深刻感動的八大海龍王，一邊給和尚龍膏，一邊拜託

---

〔註6〕《韓擒虎話本》原無標題，對「話本」題名，有不少爭論。本書姑從「韓擒虎話本」題名。

〔註7〕參見張錫厚《敦煌話本研究三題》，載《甘肅社會科學》1983年第2期；艾麗輝《中國古代通俗小說的濫觴──唐代敦煌話本》，載《遼寧教育學院學報》2001年11月；王昊《〈韓擒虎話本〉──歷史演義、英雄傳奇的先聲》，載《明清小說研究》2003年第4期。

他懇請楊堅登位後復興佛教。這膏能改變楊堅的頭蓋骨模樣，使他可以戴天子的平天冠。換句話說，這是爲了阻擋北周的佛教迫害政策，向楊堅賦予天命的。〔註8〕《隋書‧高祖紀》簡單介紹了楊堅的頭像：「皇妣嘗抱高祖，忽見頭上角出，遍體鱗起。……爲人龍顏，額上有五柱入頂，目光外射，有文在手曰『王』。」〔註9〕在史書中沒有平天冠、龍膏之類的故事，當時楊堅的獨特的頭像故事很可能只是在民間傳說中流行著。這樣，《韓擒虎話本》故意把楊堅和與天命聯繫在一起，而在此過程中，和尚就起到決定性作用。

其次是宣帝喝了毒酒死亡的場面。雖然史書沒有具體涉及到宣帝的死亡，但按照《周書‧靜帝紀》的記載，宣帝肯定是病死的：「二年夏五月乙未，宣帝寢疾，詔帝入宿於露門學。己酉，宣帝崩，帝入居天台，廢正陽宮。」〔註10〕可是在《韓擒虎話本》中以完全不同的方式描寫他的死亡，而且把它戲劇化了。毒酒原本是爲了避免父親楊堅遇禍，皇后楊妃要喝自殺的。恰巧宣帝發現這杯酒，皇后說此酒可以保持年輕的容貌，宣帝聽了皇后的萬歲勸酒就喝起來。宣帝突然死亡以後，楊堅登位的過程一瀉千里。總之，這場面也是對從父皇武帝到宣帝一直維繫的佛教迫害政策的嘲弄和批評。皇后幫助楊堅登位是與史實不符甚至是相反的。據《周書‧宣帝楊皇后傳》，楊妃反對宣帝之子靜帝讓位於楊堅，到死也一直不容納隋王朝，其云：「初，宣帝不豫，詔后父入禁中侍疾。及大漸，劉昉、鄭譯等因矯詔以后父受遺輔政。后初雖不預謀，然以嗣主幼沖，恐權在他族，不利於己，聞昉、譯已行此詔，心甚悅之。後知其父有異圖，意頗不平，形於言色。及行禪代，憤惋逾甚。隋文帝既不能譴責，內甚愧之。開皇六年，封后爲樂平公主。后又議奪其志，后誓不許，乃止。」〔註11〕雖然靜帝不是親子，但楊妃還是希望維持北周的王位傳統。與之相反，《韓擒虎話本》描寫的楊妃卻在宣帝死後載動計劃幫助父親登位，就是起到與上述的法華和尚比肩的作用。這也是爲了向將來要復興佛教的隋文帝賦予天命的。這樣，《韓擒虎話本》從開頭已經把佛教的意圖明

〔註8〕 實際上，楊堅生於寺院（般若寺），有一個僧尼看出他的非凡，楊堅登位後下了獎勵佛道的詔令。參見魏徵等撰《隋書》卷一《高祖紀》，中華書局點校本2002年版。

〔註9〕 同上書，第1冊，第1頁。

〔註10〕 〔唐〕令狐德棻等撰《周書》，中華書局點校本1974年版，第1冊，第131頁。

〔註11〕 同上書，第1冊，第146頁。

顯地表露出來了。

　　那爲什麼以韓擒虎爲主人公呢？這是因爲韓擒虎這個人物本身帶有濃厚的佛教性。他死後當閻羅王的內容是《韓擒虎話本》和史書共有的。但是，即使不提及這個事實，他作爲將帥的人生本身就能夠構成佛教人物傳奇。《隋書‧韓擒虎傳》說他「文武才用，夙著聲名」，可雖然是名將，卻幾乎沒有與敵軍生死搏鬥的場面。非要摘錄的話，只能找到「擒以行軍總管擊破之」、「進攻姑熟，半日而拔，次於新林」這兩個記載。其它的描寫都是說服敵軍或者敵國的老百姓聽了他的威名主動來投降的內容。也就是說，他是那種不必發動血腥戰爭，也能屈服敵軍的人物。這種人物特點從賀若弼和韓擒虎爭功的對話中明顯看得出來：「及至京，弼擒爭功於上前，弼曰『臣在蔣山死戰，破其銳卒，擒其驍將，震揚威武，遂平陳國。韓擒略不交陣，豈臣之比！』擒曰『本奉明旨，令臣與弼同時合勢，以取僞都。弼乃敢先期，逢賊遂戰，致令將士傷死甚多。臣以輕騎五百，兵不血刃，直取金陵，降任蠻奴，執陳叔寶，據其府庫，傾其巢穴。弼至夕，方扣北掖門，臣啓關而納之。斯乃救罪不暇，安得與臣相比！』」〔註12〕賀若弼不太合適作爲佛教的代表人物，因爲他的形象已經被濃烈的血腥覆蓋了。韓擒虎的季弟韓洪也一樣，他在與突厥的戰鬥中失去無數的兵士，也殺了那麼多的敵軍。在《隋書》中很簡單地介紹他的行跡，但是作爲戰爭英雄的描寫比韓擒虎更有戲劇性。如此的他只可稱爲戰爭英雄，但決不可成爲佛教人物。我們不能說《韓擒虎話本》是根據史書而創作的作品，反而改編民間傳說的可能性卻很大。可是，無論在史書還是民間傳說，韓擒虎肯定比任何人都有足夠多的佛教色彩。《韓擒虎話本》不但側重他的這種特點，而且把它大膽地表露出來了。

　　在《韓擒虎話本》中，關於韓擒虎的主要內容是與陳王的戰爭和與突厥的射箭比賽，可是在這些部分不能找到殺敵或追來追去的實際戰鬥場面。即使勉強尋找，只有這一個描寫：「道由（猶）言訖，簸旗大喊一齊便入，此陣一擊，當時瓦解，蠻奴領得戰殘兵士，便入城來。」其實這作爲戰鬥場面也不過是很平淡的描寫。陳軍將帥任蠻奴一看隋軍的陣勢便投降，周羅侯軍到隋國救陳王，卻被陳王說服很快決定投降。《韓擒虎話本》中與突厥比賽射箭的場面起到很重要的作用，因爲它充分表現韓擒虎的傳奇性。在《隋書‧韓擒虎傳》中有突厥不敢仰視韓擒虎的記載，可是沒有和他比賽射箭的場面。

─────────────

〔註12〕以上《韓擒虎傳》的內容，見《隨書》，第 5 冊，第 1339～1340 頁。

突厥入隋朝時，跟他們比賽射箭的不是韓擒虎而是賀若弼，其內容見於《賀若弼傳》。而天子的使者入突厥時射中雙雕是《長孫晟傳》的內容。〔註13〕如上所述，幾位學者已經談過過這種張冠李戴式的創作手法。那何必是比賽射箭呢？因爲這個題材也很適合用來把韓擒虎寫成佛教人物。擅長射箭的突厥被韓擒虎的射箭技藝感化，放棄鬥志而屈服於隋朝。這與陳軍投降的情況只是在內容上有差別，其過程卻是非常類似的。上述的幾個場面在作品中節奏很快，所以不失緊張感。但這些場面的結果常常是投降、和親、感化之類的，而在此過程中必有韓擒虎這個人物。移來賀若弼和長孫晟的射箭故事的目的，也是爲了突出韓擒虎具備的無血和親、讓人感化的能力。這種能力正是讓人們以佛教人物敬仰韓擒虎的重要因素。

韓擒虎死後當閻羅王的內容更明確地說明他的佛教色彩。《韓擒虎話本》描寫韓擒虎的生平事跡，好像是爲他當佛教閻羅王做鋪墊。換句話說，《韓擒虎話本》是爲重塑韓擒虎以理想化的佛教人物更直白地改編其行跡的作品。開頭部分的佛教氣氛、韓擒虎生前作爲佛教人物的可能性、死後當閻羅王的這三種因素巧妙地配合在一起，讓整部作品充滿著佛教色彩。所以，《韓擒虎話本》與其說戰爭英雄故事，不如說是佛教文學。史書裏面的韓擒虎與佛教幾乎沒有關係，而他的故事也很可能作爲戰爭英雄故事從隋朝一直在民間很流行。《韓擒虎話本》爲了加上佛教色彩，從別處拿來佛教因素，甚至連原來跟佛教無關的內容也巧妙地改爲佛教故事了。這樣，雖然史書和民間故事中的人物、題材、事件實際上沒有什麼變化，但是這些敘事因素卻通過各種敘述方式成爲另一種故事。也就是說，按照創作目的和背景，原故事可以改爲不同版本的故事。這種文學現象與前一章探討的文人說故事傳統一脈相承，就可謂當時流行的說故事傳統在通俗敘事方面的反映。

## 二、孝順故事和佛教報應故事的結合：《董永變文》

敦煌本《董永變文》也是通過說故事傳統產生不同故事之例，而在此過程中，故事的主題和創作意圖都被改變。董永故事在漢代最初出現，劉向《孝子傳》和干寶《搜神記》就有記載：

> 董永者（鄭緝之《孝子感通傳》曰：永是千乘人），少偏孤，與
> 父居，乃肆力田畝。鹿車載父自隨，父終，自賣於富公以供喪事。

---

〔註13〕參見同上書，第 5 冊，第 1329～1330、1334 頁。

道逢一女，呼與語云：「願爲君妻。」遂俱至富公。富公曰：「女爲誰？」答曰：「永妻，欲助償債。」公曰：「汝織三百疋，遣汝。」一旬乃畢。女出門謂永曰：「我，天女也，天令我助子償人債耳。」語畢，忽然不知所在。（出劉向《孝子傳》）〔註14〕

　　漢董永，千乘人。少偏孤，與父居，肆力田畝，鹿車載自隨。父亡，無以葬，乃自賣爲奴，以供喪事。主人知其賢，與錢一萬，遣之。永行三年喪畢，欲還主人，供其奴職。道逢一婦人曰：「願爲子妻。」遂與之俱。主人謂永曰：「以錢與君矣。」永曰：「蒙君之惠，父喪收藏。永雖小人，必欲服勤致力，以報厚得。」主曰：「婦人何能？」永曰：「能織。」主曰：「必爾者，但令君婦爲我織縑百疋。」於是永妻爲主人家織，十日而畢。女出門，謂永曰：「我，天之織女也。緣君至孝，天帝令我助君償債耳。」語畢，凌空而去，不知所在。（《搜神記》卷一）〔註15〕

　　如上所看，漢代董永故事是加以道家色彩的孝順故事。董永遇到天帝派的仙女，而她爲董永還債後回天的內容就富有道家的色彩。這種原故事的風格到唐代《董永變文》發生明顯的變化。雖然故事的主幹不變，但是《董永變文》穿上佛教緣分故事的外皮而成爲另一種故事。與《韓擒虎話本》一樣，這種變化從作品的開頭已經開始，其云：

　　　　人生在世審思量，暫時吵鬧有何方（妨）？大眾志心須淨聽，
　　先須孝順阿耶娘。好事惡事皆抄錄，善惡童子每抄將。

　　這開頭不像上述的兩篇董永故事沒有提到董永，而作爲一種開場白提示全篇故事的主題，佛教的輪迴和報應思想都集中於這些文字。也就是說，《董永變文》一開始就闡明此作不只是孝順故事，又是一篇佛教故事。善惡童子在佛教故事裏面經常登場，他的主要任務是記錄每人的所有善業和惡業以報告閻羅王。《楞嚴經》卷八曰：「善惡童子，手執文簿，辭辯諸事」，敦煌本佛教故事《大目乾連冥間救母變文》也提到善惡童子：「王喚善惡二童子，向太山檢青提夫人在何地獄」。善惡童子是典型的佛教元素，也對當時聽眾比較熟悉的佛教人物。這樣，《董永變文》從開頭就顯示作爲佛教故事的特點。

〔註14〕〔唐〕道世撰《法苑珠林》卷六十二《感應緣》，文淵閣四庫全書，子部，釋迦類。

〔註15〕〔晉〕干寶撰《搜神記》卷一，中華書局1979年9月版，第14頁。

說完開場白，正式開始董永故事以後也頻繁出現佛教色彩，其文如下：

　　爲緣多生無姊妹，亦無知識及親房。

　　數内一人歸下界，暫到濁惡至他鄉：帝釋宮中親處分，便遣汝
等共田常。

　　阿耨池邊澡浴來，先於樹下隱潛藏。

第一個引文是董永小時爲孤兒的場面之一。其中「多生」是與輪迴思想直接有關的佛教術語，即「一生」指一次輪迴，「多生」指多次輪迴。敦煌本《太子成道經》就曰：「我本師釋迦牟尼求菩提緣，於過去無量世時，百千萬劫，多生波羅奈國」。《孝子傳》和《搜神記》的董永故事只說董永少偏孤、父亡之事，沒有提到多生因緣。《董永變文》把董永爲孤兒的處境看成是佛教因緣說的結果。第二個引文是董永妻初見董永說的話。文中「濁惡」是指佛教所說的人間世，又稱爲「閻浮提」。「帝釋」是佛教三十三天的主人，《董永變文》就把《孝子傳》中的「天」和《搜神記》中「天帝」有意思地改爲更有佛教色彩的「帝釋」。〔註16〕在此場面，董永妻從道家的天女變爲佛教色彩濃厚的女人。實際上《董永變文》沒有用過「天女」這個詞，都叫做「女人」，這是因爲董永妻已不是天女或仙女，而是由於輪迴暫時落到人間世的人。第三個引文是董永子董仲尋覓母親的場面之一。文中「阿耨池」是佛教傳說中的聖池，張乘健曾經指出：「阿耨達池，香山（崑崙），不僅是地理上的名詞，更是存在於宗教神秘境界中的聖地，和董永生活的現實環境相去甚遠，阿耨達池邊的天女能跨越地理空間和精神空間而和董永發生因緣，媒介便是佛教。」〔註17〕如上所看，《董永變文》原來是與佛教無關的孝順故事，但是說故事的過程中往往插入佛教元素，以使其故事從頭到尾都不失佛教色彩。如果考慮當時通俗敘事作品的特點，這種說故事方式與其說是把佛教作爲唯一的創作目的，卻不如說是爲了吸引更多的聽眾利用宗教色彩的。我們不能否定，董永故事的核心主題還是孝順，這就是董永故事一直受歡迎的原因。可

〔註16〕《舜子變》也有相同的例子，帝釋多次出現指導舜子或者幫助他克服難關，就如這樣的描寫：「舜子是孝順之男，上界帝釋知委，化一老人，便往下界來至。方便與舜，猶如不打相似。」引文中的「方便」也是佛教術語。雖然沒有《董永變文》那麼明顯，《舜子變》的說故事人也處處插入佛教因素以使舜子至孝故事兼有佛教色彩。

〔註17〕張乘健《敦煌發見的〈董永變文〉淺探》，載《文學遺產》1988年第3期，第33頁。

是對唐代通俗敘事的作家或表演者來說，僅有原來的主題意識和故事情節仍然不夠，因爲接受者的要求比以前更多了。說故事傳統是在這種情況之下發揮作用的。就《董永變文》而言，一邊給接受者享受原來的董永故事，另一邊明示佛教的報應觀念而實現宗教方面的要求。

值得注意的是，唐代以前的董永故事本身就有佛教因素，所以是於佛教書籍《法苑珠林》被收錄的。對這個問題，郎淨關注董永故事「孝感」的情節而指出：「參照《法苑珠林》更爲清晰，董永被列入『感應緣』之類別，並詳細輯錄了《孝子傳》中的文字，印證佛法中的因果感應之說。」〔註18〕也就是說，董永故事的「孝」能夠作爲佛教故事的因素，因爲「孝」最終可以導致佛教的應報說。《董永變文》中的「多生」和「善惡童子」等詞都顯示這一點。我們可以這麼說，之所以《董永變文》在說故事的過程中佛教色彩更爲明顯，是因爲其故事的某種元素原來與佛教有一定的關係，或者是以佛教的觀點重新解釋那些元素的。這樣故意突出某種特點來產生另一種故事的說故事方式就讓我們想起《韓擒虎話本》的創作過程，而且前一章探討的李復言《尼妙寂》也是通過這種方式產生的文言小說。

## 第二節　通俗表演藝術和說故事傳統

唐代是通俗表演藝術非常發達的時期，其中包括說話、轉變、論議等以說故事爲中心的表演。這些說故事表演爲提高戲劇效果或吸引受眾的注意力有意識地改編原來的故事。我要把這種現象叫做「表演藝術和說故事傳統的相互作用以及其所帶來的故事演變」。因爲當時表演藝術很受歡迎，爲使其內容更豐富，很簡單的一個故事被演爲較長的另一種故事。而在此過程中，故事自然而然包含表演的因素，甚至按照表演的各個角落拿來與原故事無關的內容。也就是說，通過故事和表演的相互作用，原故事→加以表演效果→敷衍故事的過程反覆出現。這也可說是唐代說故事傳統在通俗敘事方面的反映。

### 一、提高佛教表演的幻象效果：《孔子項託相問書》

《孔子項託相問書》是敦煌敘事文學中傳本最多的作品，現在總共有

---

〔註18〕郎淨《董永故事的展演及其文化結構》，上海古籍出版社 2005 年 1 月，第 48 頁。

19種寫本，其中包括英、法、俄藏本、藏譯本，還有吐魯番出土抄本1種。〔註19〕這意味著孔子項託相問故事當時在民間非常流行。《孔子項託相問書》寫本的成書時代一般都認爲是唐五代，但是其大概的年代難以考訂，意見不一。張鴻勳說「各卷大都爲晚唐五代時抄本」，而對故事編寫的時期，他根據故事內容和唐太宗李世民的避諱，認爲是「最遲也應該編成於唐太宗時期」。〔註20〕可是他的說法不太全面，因爲沒有提到在分析故事特點的時候應該要關注的韻文部分。項楚提出宋代抄本說。雖然他沒有直接主張這說，但是指出作品本文中「孫景」的「景」（見下面引文）是宋太祖趙匡胤祖父「敬」的避諱。〔註21〕按照他的說法，《孔子項託相問書》是至早宋初以後才抄寫的。但如果考慮敦煌寫本中有許多同音異字的現象，我們不能只據這一個字來確定寫本的成書年代。對此問題，李江峰根據寫本背面的題記和雙陸博戲、弄孔子、石堂等唐代的文化因素而指出：「極有可能在公元848～公元936年這一段大約八十來年的時間內；最少，也在公元781～公元936年這一段一百五十來年的時間之內」〔註22〕，也就是唐代中後期至五代時期。

　　孔子項託相問故事中的孔子與一般的孔子形象完全不一樣。項託是小孩子，孔子問項託很難回答的問題，項託卻答覆正確，甚至指教孔子。這老少爭論的故事不是唐代開始，而是在漢代的一些典籍已經提到的。《戰國策·秦策》云：「夫項託生七歲而爲孔子師，今陳生十二歲於茲矣。君其試臣，奚以遽言叱也？」《淮南子·說林》云：「項託使兒矜，以類相慕。」除此之外，《史記》、《新序》等書也有相關的記載。但這些都只是「項託七歲當孔子的老師」之類很簡單的記載，並沒有提到項託與孔子爭論甚至爲孔子師的具體內容。《孔子項託相問書》的前三分之二是孔子偶而見項託、和他爭論、輸給他的一系列場面。這些都與項託爲孔子師的內容相符，可能是從漢代以前已經存在的故事。但是《孔子項託相問書》中占後邊三分之一的韻文部分與以前孔子項託的形象和故事內容完全不同，所以很值得注意看。在此故事裏，孔子

---

〔註19〕參見黃徵、張湧泉校注《敦煌變文校注》，中華書局1997年5月，第359頁，校注〔一〕。

〔註20〕張鴻勳《敦煌本〈孔子項託相問書〉研究》，載《敦煌研究》1985年第2期，第100、102頁。

〔註21〕項楚《敦煌變文選注》修訂本，中華書局2006年4月版，第484頁，注〔一〕。

〔註22〕參見李江峰《敦煌本〈孔子項託相問書〉成書時代淺探》，載《河西學院學報》2004年第1期。

不能說服項託，乾脆把他要殺死，其文就如此開始：「夫子共託項對答，下下
不如項託。夫子有心煞項託，乃爲詩曰」。以後，孔子眞的揮刀要殺項托。那
爲什麼孔子形象在一個作品裏面突然發生這麼大的變化？這既是說故事傳統
流行的結果，也是從當時流行的表演藝術受到的影響。下面是《孔子項託相
問書》中的韻文部分：

> 孫景（敬）懸頭而刺股，匡衡鑿壁夜偷光。子路爲人情好勇，
> 貪讀詩書是子張。項託七歲能言語，報答孔丘甚能強。項託入山遊
> 學去，又手堂前啓娘娘。「百尺樹下兒學問，不須受記（奇）有何方。」
> 耶娘年老悋迷去，寄他夫子兩車草。夫子一去經年歲，項託父母不
> 承忘（望）。取他百束將燒卻，餘者他日餧牛羊。夫子登時卻索草，
> 耶娘面色轉無光。當時便欲酬倍價，每束黃金三錠強。「金錢銀錢總
> 不用，婆婆項託在何方？」「我兒一去經年歲，百尺樹下學文章。」
> 夫子當時聞此語，心中歡喜倍勝常。夫子乘馬入山去，登山蕎嶺甚
> 分方。樹樹每量無百尺，葛蔓交腳甚能長。夫子使人把鍬钁，撅著
> 地下有石堂。一重門裏石師子，兩重門外石金剛。入到中門側耳聽，
> 兩伴讀書似雁行。夫子拔刀撩斷斫，其人兩兩不相傷。化作石人總
> 不語，鐵刀割截血汪汪。項託殘去（氣）猶未盡，回頭遙望啓娘娘。
> 「將兒赤血瓷盛著，擎向家中七日強。」阿娘不忍見兒血，擎將寫
> 著糞堆傍。一日二日竹生根，三日四日竹蒼蒼。竹竿森森長百尺，
> 節節兵馬似神王。弓刀器械沿身帶，腰間寶劍白如霜。二人登時卻
> 覓勝，誰知項託在先亡。夫子當時甚惶怕，州縣分明置廟堂。〔註23〕

《敦煌變文集》在《孔子項託相問書》文尾附錄明本《歷朝故事統宗》
卷九《小兒論》和解放前在北京出售的鉛印本《新篇小兒難孔子》。據《敦皇
變文集》注釋，《小兒論》的文字與《孔子項託相問書》十同八九，《新篇小
兒難孔子》十同七八〔註24〕。但是這兩篇都沒有上邊引用的內容。描述孔子
殺項託場面的只有《孔子項託相問書》一篇，其前後代流行的孔子項託故事
都沒有這個情節。孔子項託故事從唐代以前已經很流行，特別是漢代連在畫
像石磚和碑刻都有兩個人的形象，有的描寫孔子帶著項託的場面，有的描寫

---

〔註23〕原文據項楚《敦煌變文選注》修訂本，中華書局 2006 年 4 月版。
〔註24〕參見王重民外編《敦煌變文集》上冊，人民文學出版社 1984 年 8 月版，第 236
　　　　頁。.

兩人對面的場面。東漢桓譚《新論》說到：「予小時聞閭巷言，孔子東遊，見兩小兒辯鬥，問其故。」〔註 25〕桓譚聽到的「閭巷言」肯定是指孔子項託故事，而這個記載也說明孔子項託故事當時在民間非常流行。歷來民間的孔子形象實際上與典型的孔子形象有所不同，有時為戲弄的對象，有時為笑話的題材，但是從來沒有像引文那樣發出血腥的殺人者形象。所以，我認為《孔子項託相問書》的韻文部分很可能是說故事人為了實現特別的目的故意貼補的，其目的就如下：

第一、賦予佛教色彩。漢代佛教傳到中國以後，為了吸引受眾的關注，說故事人往往在現成的故事賦予佛教色彩以改變故事的原型。《孔子項託相問書》就為其例，我們讀此作時處處碰到佛教因素。項託去深山學習修養，在項託住的地下石堂裏站著石獅子和石金剛。這兩個形象都與佛教有密切的關係，尤其金剛即金剛力士作為佛教的主要菩薩之一，在佛教故事中隨時登場。從孔子項託故事的情節和時代背景來看，金剛力士的形象是勉強被插進原故事的，就是明顯的佛教影響。另一個佛教元素是非常神奇乃至神妙的描寫。項託突然變大樹的場面好像佛教故事裏面隨意神變的人物似的。這也是把民間故事佛教化的典型的方法。因其超人的形象，項託歷來多次被神化。〔註 26〕《孔子項託相問書》就在本來有神性的人物形象上面又涵蓋了佛教人物的特點。這樣，說故事人在原故事的後面有故意插入佛教因素。不僅如此，項託修學之處變為寺廟，原來與佛教無關的項託本身也成為佛教人物之一。這與上文所談《韓擒虎話本》的說故事方式很相似，不同的是，《韓擒虎話本》以原來稍有佛教性的故事改編為佛教性明顯的故事，《孔子項託相問書》更直接地援用佛教因素來賦予本來與佛教毫無關係的民間故事以濃厚的佛教特點。

第二、考慮表演效果的敘述。胡士瑩先生探討唐代通俗文學和話本的關係，把《晏子賦》、《孔子項託相問書》等作品歸於俗賦體底本而說：「這些俗賦的藝術技巧，也被某些話本所收」。〔註 27〕按他的說法，《孔子項託相問書》作為說話表演的底本對後代話本的表現技巧有一定的影響。王昆吾一邊同意胡先生的主張，一邊細分唐代講唱藝術的表演方式和底本，而注意《孔子項

---

〔註 25〕 朱謙之校輯《新輯本桓譚新論》，中華書局 2009 年 9 月，第 28 頁。
〔註 26〕 對於項託的神格化問題，請見劉長東《孔子項託相問事考論》，載《四川大學學報》2003 年第 2 期，第 63～65 頁。
〔註 27〕 參見胡士瑩《話本小說概論》，中華書局 1982 年 7 月版，第 36～37 頁。

託相問書》的問答體，把它歸於「民間論議伎藝的底本」。〔註28〕他所說的論議則是唐玄宗每天與高力士一起看的「講經、論議、轉變、說話」表演之一。〔註29〕但是兩位學者都不太關注《孔子項託相問書》的韻文部分。這韻文既不是俗賦體，也不是問答體，其風格卻像《降魔變文》、《漢將王陵變》、《李陵變文》等典型的散韻相間變文作品中的齊言體七言詩一樣，也就是以韻文形式繼續敘述故事的。在此點上，我們要提出一個疑問，為什麼在《孔子項託相問書》的問答體或俗賦體形式後面加以新編的韻文故事？我認為是為了加強表演效果。這就是《孔子項託相問書》韻文的篇幅比前邊問答體短少而其描寫卻更生動的原因。說故事人有意識地合併不同的表演元素和故事內容，讓整個故事具有豐富的戲劇性。

弄孔子的表演在唐代後期相當流行，據《舊唐書·文宗紀》，甚至在皇宮裏都做過這種表演，其云：

> （大和六年二月）己丑，寒食節，上宴群臣於麟德殿。是日，
> 雜戲人弄孔子，帝曰：「孔子，古今之師，安得侮瀆。」亟命驅出。
> 〔註30〕

我們不能知道文宗看的弄孔子表演究竟是什麼樣的內容表演方式，但可推測這裏面有《孔子項託相問書》的內容，甚至包括殘忍的孔子形象和變化莫測的項託形象，因為這居然是在《孔子項託相問書》中最有戲劇性的因素。據任半塘先生的研究，以弄孔子為內容的《夾谷會》是「直接承受唐伎」的契丹之戲，而昆明伶人鄭履芳所藏《夾谷會》皮黃戲劇本裏面有孔子「即命魯國司馬行刑，殺樂工於酒筵之前」的場面。〔註31〕這一定是從唐代流傳下來的描寫孔子殘忍性的表演。

為了提高表演效果，說故事人在《孔子項託相問書》後半段加以與以前不同的孔子和項託形象。這種獨特的形象可能是從唐初西域表演流傳下來的遺產。唐張鷟《朝野僉載》卷三云：

> 其祆主取一橫刀，利同霜雪，吹毛不過，以刀刺腹，刃出於背，
> 仍亂攪腸肚流血。食頃，噴水咒之，平復如故。此蓋西域之幻法也。

〔註28〕王昆吾《隋唐五代燕樂雜言歌辭研究》，中華書局 1996 年 11 月版，第 377 頁。
〔註29〕參見第二章第一節「唐代文人獲取民間故事的途徑」。
〔註30〕《舊唐書》，第 2 冊，第 544 頁。
〔註31〕參見任半塘《唐戲弄》，作家出版社 1958 年初版，第 577 頁和 580 頁「附錄」。

〔註32〕

兩《唐書》也有相似的記載,《新唐書‧禮樂志》云:

> 天竺伎能自斷手足,刺腸胃,高宗惡其驚俗,詔不令入中國。

睿宗時,婆羅門國獻人倒行以足舞,仰植銛刀,俯身就鋒,歷臉下,
復植於背,毊篥者立腹上,終曲而不傷。又伏伸其手,二人躡之,
周旋百轉。〔註33〕

據《舊唐書‧音樂志》的記載,西域尤其是天竺的幻術和善幻人都是在
漢武帝通西域以後才到中國的。〔註34〕這種幻術從傳到中國之後一直在民間
很流行,《降魔變文》的舍利弗和《葉淨能詩》的葉淨能隨時變幻或變身的場
景就是這種幻術在通俗敘事作品中的反映。唐代後期孔子項託故事的表演藝
人也在原來的故事後面附貼幻術特點比較明顯的另一種故事。〔註35〕這就是
《孔子項託相問書》與以前的故事完全不同的重要原因之一。這樣,唐代中
後期的通俗敘事文學按照說故事人的目的隨意改編內容。因爲當時受眾很喜
歡這種敘述方式,所以說故事人援用更有戲劇性的表演因素來改編原故事了。

## 二、轉變藝術和故事演繹:《降魔變文》、《漢將王陵變》

我們可以通過轉變藝術的形式和底本更明顯地看出唐代說故事傳統在作
品上的反映。所謂「轉變」是唐代專門說故事表演的一種或者其表演的行爲
本身,就如「說話」、「說書」等詞有雙重意義。「轉變」的「轉」一般被認爲
是「唱」、「歌」或「誦」的意思。孫楷第先生指出:「『轉』等於『囀』,意思
是囀喉發調……『轉變』這個詞,那現在話解釋,就是奇異事的歌詠」,曲金
良先生也根據唐前的不少記載而說到:「『轉』之原意爲囀喉發調,用作歌詠、

---

〔註32〕 《隋唐嘉話》、《朝野僉載》合訂本,中華書局 2005 年 1 月,第 64 頁。
〔註33〕 《新唐書》卷二十二,中華書局點校本 2003 年 7 月版,第 2 冊,第 479 頁。
〔註34〕 《舊唐書》卷二十九,第 4 冊,第 1073 頁。
〔註35〕 對於實際民間表演怎樣表現這種幻術,《酉陽雜俎》的一篇故事或可作爲其端
緒:「大曆中,荊州有術士從南來,止於陟屺寺。好酒,少有醒時。因寺中大
齋會,人眾數千,術士忽曰:『余有一伎,可代抃瓦盧珠之歡也。乃合彩色於
一器中,驀步抓目,徐祝數十言,方欸水再三噀壁上,成《維摩問疾變相》,
五色相宣如新寫,逮半日餘,色漸薄,至暮都滅。唯金粟綸巾鷲子衣上一花,
經兩日猶在。成式見寺僧惟肅說,忘其姓名。」一般來說,唐代演戲不是用
一種形式表演到尾,而是合併多種表演方式來完成全劇。孔子項託故事的表
演也許是這樣,就是爲了吸引觀眾,使用說話、論議、變幻、雜技等各種表
演方式。引文自《酉陽雜俎》卷之五《怪術》篇,第 54 頁。

唱吟之意」〔註36〕。倘若採用這個解釋的話，「轉」就可爲歌唱的技巧之一。李賀詩《許公子鄭姬歌》中的「長翻蜀紙卷明君，轉角含商破碧雲」描寫鄭姬做表演的場面，清王琦對此注曰：「二句是美姬之技藝，上言其善畫，下言其善歌」。〔註37〕文中「轉」和「含」都是按照音調隨時變換的歌唱技術。對這個問題，梅維恒先生提出新的解釋。據他的說法，「轉變」的「轉」有必要按照字面上的原意解釋（英譯爲「To turn」or「To revolve」，即是「操縱卷子」的動作），而「轉經」和「轉讀」的「轉」也是意味著一邊手轉經卷，一邊唱誦的行爲。〔註38〕之所以值得關注梅維恒的意見，因爲現存敦煌變文本身就顯示唐代「轉變」表演無疑是以示圖或配圖說唱的方式。「轉變」藝術是把說話、唱歌、示圖等因素都混用起來進行的表演，所以需要高水平的表演技巧。表演者就考慮這些因素來調整說故事的速度和緊張感，我們從敦煌說故事作品可以看出這種敘述上的特點。下面，我要舉幾篇敦煌變文爲例探討此問題，這些都是最明顯地保持轉變表演特點的作品。

## （一）故事畫和故事改編：《降魔變文》

　　敦煌本《降魔變文》據《賢愚經》卷第十《須達起精舍品第四十一》演繹故事的作品，首尾完整，篇幅達到《賢愚經》原故事的近五倍。《降魔變文》具有最典型的變文形式，散文和韻文有次序地反覆轉換，除了一處以外，每轉換韻文的時候都有「～處，若爲陳說」之類的韻文前套語。不僅如此，《降魔變文》畫卷（P.4524）證明「轉變」藝術確實與圖畫有直接的關係。這樣，《降魔變文》可以說是故事、音樂、圖畫等表演元素都包括之內的作品。《降魔變文》畫卷描寫舍利弗和六師外道在許多大眾前展開的六場栩栩如生的幻術法鬥場面，其背面都寫著與正面圖畫的內容完全相符的六首詩歌。這些詩歌與現存《降魔變文》文本中的詩歌一致，只有幾個字的出入。我們之所以要注意這個畫卷，是因爲從這些場面可以猜測已失不存的圖畫本來是什麼樣的場面，而其與文本故事特別是以韻文描寫的內容有什麼樣的關係？爲了考察這個問題，我

---

〔註36〕　參見孫楷第《俗講、說話與白話小說》，作家出版社 1956 年 6 月，第 1 頁；曲金良《變文的講唱藝術——轉變考略》，載《敦煌學輯刊》1989 年第 2 期，第 87 頁。

〔註37〕　參見〔清〕王琦等評注《三家評注李長吉歌詩》，上海古籍出版社 1998 年 12 月，卷四，第 168 頁。

〔註38〕　參見〔美〕Victor H. Mair, T'ang Transformation Texts, Harvard University Press, 1989 年，第 215 頁，注 35。

們先要關注《降魔變文》中散韻轉換的部分和圖畫場面的特點；

| 故事階段 | 故事情節 | 韻文前套語 | 圖畫場面特點 | 現存圖畫 |
|---|---|---|---|---|
| 1 | 護彌告訴佛所，須達親自去見佛 | 悲喜交集處，若爲陳〔說〕 | 須達拜見佛陀：主人公登場，圖畫的開端 | 無 |
| 2 | 須達和舍利弗找到合適建伽藍的園地 | 舍利弗共長者商度處，若爲 | 須達和舍利弗騎大象看輝煌的園亭：舍利弗登場，莊嚴 | 無 |
| 3 | 須達策劃計謀而勸說園主太子賣園地 | 振睛怒目，叱訶須達大臣，解太子之瞋心，免善事之留難處，若爲 | 須達和太子吵架，首陀天王中介兩人：太子和首陀天王登場 | 無 |
| 4 | 太子賣園，並要求須達難酬之價 | 看布金處，若爲 | 大象鋪滿黃金於園地：莊嚴 | 無 |
| 5 | 舍利弗說明佛德和佛聖，看著螻蟻解釋前生因緣 | 舍利弗見此蟻子，含笑舒顏，對須達祇陀說宿因之處 | 舍利弗、須達、太子共看一窠螻蟻，須達修建精舍：莊嚴 | 無 |
| 6 | 買賣成立後碰到六師外道，他詰問太子賣園之事 | 且看詰問事由，若爲陳說 | 六師外道詰問，太子辯護自己：六師外道登場 | 無 |
| 7 | 六師外道給國王誹謗如來和舍利弗 | 且看指訴如來，若爲陳說 | 六師外道拜謁國王：國王登場 | 無 |
| 8 | 國王詔役人逮捕須達和太子來審問事情 | 過問因由處，若爲 | 武士圍護國王，須達讚揚如來之聖德：須達再登場 | 無 |
| 9 | 國王下命安排舍利弗和六師外道的決鬥 | 舍利弗爲適（釋）憂心誇顯之處，若爲 | 舍利弗向須達盟誓勝利：舍利弗再登場 | 無 |
| 10 | 決鬥前一天，舍利弗突然不見，須達好不容易找到他 | 咨啓之處，若爲 | 須達擔心後事，舍利弗入三昧伏願如來保祐 | 無 |
| 11 | 舍利弗入三昧向佛求援，佛陀給他金襴袈裟 | 希大聖之威加備（被）之處，若爲 | 佛陀給舍利弗金襴袈裟：佛陀和弟子阿難登場 | 無 |
| 12 | 舍利弗率領諸神和儀仗到皇城闕門 | 諍能各擬逞威神，加被我如來大弟子，若爲 | 毗樓天王、青面金剛、仙女等都圍護舍利弗：莊嚴 | 無 |

| | | | |
|---|---|---|---|
| 13 | 決鬥開始，六師化出寶山，舍利弗化出大金剛 | 故云金剛智杵破邪山處，若爲 | 金剛力士手執金杵粉碎寶山：神變 | |
| 14 | 六師化出水牛，舍利弗化出大獅子 | 六師乃悚懼恐慌，太子乃不勝慶快處，若爲 | 獅子撕咬水牛的脊椎骨：神變 | |
| 15 | 六師化出水池，舍利弗化出白象之王 | 於時六師失色，四眾驚嗟，合國官僚，齊聲歡異處，若爲 | 白象蹴踏池上：神變 | P.4524畫卷 |
| 16 | 六師化出毒龍，舍利弗化出金翅鳥王 | 六師戰慄驚嗟，心神恍忽〔註39〕 | 金翅鳥騎毒龍背上要啄其腦：神變 | |
| 17 | 六師在眾中化出二鬼，毗沙門王現身在王前 | 二鬼一見，乞命連綿處，若爲 | 二鬼向毗沙門王乞命：神變 | |
| 18 | 六師化出大樹，舍利弗化出風神 | 外道無地容身，四眾一時唱快處，若爲 | 風神吹折大樹枝幹：神變 | P.4524殘 |
| 19 | 國王判決勝負，六師認輸 | 神通變化，現十八般，合國人民，咸皆瞻仰處，若爲 | 舍利弗藏形於芥子中：神變 | 無 |

　　上表中第1～12和18～19圖畫場面今不存在，也不能確認唐代當時有沒有包括這些場面的畫卷。但是從既往的研究成果來看，轉變藝術的確以看圖說故事方式來進行，表演者開始唱韻文的時候一定給觀眾展開畫卷看，所以我們能夠根據《降魔變文》的故事內容猜測每幅圖畫描寫的場面。其中第13～17個圖畫就是現存 P.4524 畫卷的場面，第18個圖畫則描寫著舍利弗和六師外道的最後一場決鬥，但現在只存開頭的很少一部分。

　　我們從上表中可以看出一個特點，那就是散韻轉換部分的場面大多給觀眾以視覺的魅力。每換場面的時候都有明顯的視覺上的變化，或登場新的人物和動物，或以華麗莊嚴的佛教裝飾描寫場面，尤其六師外道和舍利弗做出神變的六幅圖畫（即 P.4524 畫卷）的確是當時觀眾最喜歡看的場面。提示圖畫的最主要目的是聚集觀眾的視線，而爲了達到這個目的，圖畫應該有與前一幅畫不同的視覺效果。這樣一來，觀眾就一方面畫的變化莫測、異彩不同之感，一方面聆聽與之配合的詩歌。這都是說故事人或者表演者應該做的角色。在此過程中，說故事人有意識地選擇佛經原故事中最適合配圖說故事的

〔註39〕此段沒有「～處，若爲」類韻文前套語，也許是抄寫人的失誤。

部分，然後改寫或添加故事的一些內容。我們通過幾個場面可以分析《降魔變文》說故事人的這種敘事方式。

與《降魔變文》第一個圖畫場面有關的《賢愚經》記載云：〔註40〕

> 爾時世尊，知須達來，出外經行。是時須達，遙見世尊，猶如
> 金山，相好威容。儼然炳著，過逾護彌所說萬倍。

這個場面很合適圖畫描寫，因爲佛陀就在此段最初上場。說故事人注重其視覺效果，進而在《降魔變文》故事中改編一些內容，其云：

> 須達歎之既了，如來天耳遙聞，他心即知，萬里殊無障隔。又
> 放神光照曜，城門忽然自開。須達既見門開，尋光直至佛所。

此文比原故事更有戲劇性，「如來遙聞須達之歎→放出神光→開城門」這一系列的場面預告如來快要登場。值得注意的是，《降魔變文》又加上聽覺效果，聽衆聽到此段就期待接下來展開的圖景。以後，如來遙聞須達之歎發出神光，這是說故事人把聽覺因素轉換視覺因素的過程。這種敘述方式比原故事更有立體感，聽衆也希望欣賞如此豐富多彩的故事。這樣，說故事人改編或添加一些內容，非常自然地進入以韻文和圖畫說故事的階段。

第三個場面與原故事有相當大的出入，在《降魔變文》中須達先策劃陰謀讓太子賣園，後來太子知情才翻悔不願賣園。但《賢愚經》故事沒有須達欺騙太子的場面，反而太子先說謊言違約，各場面就如下：

> 須達欲直申說，下口稍難；權設詭詐之詞，答儲君曰：「臣昨日
> 因行，偶至太子園所，遙見妖災競起，怪鳥群鳴。臣乃駐馬觀瞻，
> 忽覺心神戰慄，池亭枯涸，花果彫疏。太子不信臣言，發使往觀虛
> 實。」……太子曰：「卿爲忠臣，不可虛譖（矯）：審有此事，如何
> 厭禳？」須達啓言太子：「物若作怪，必須轉賣與人。太子書榜四門，
> 道園出賣。眾口可以鑠金，災祥自然消散。有人擬買，高索價直：
> 平地遍佈黃金，樹枝銀錢皆滿。世人重寶，必無肯買之人。」太子
> 聞言，依從允順，當日書榜，安城四門。須達密計既成，遂別太子。
> 遂於四門之上，折榜將來，直入東宮，往見太子。太子不忿此事，
> 乘馬出城，躬親自觀。與須達相隨，直到園所。周回顧望，與本無

〔註40〕以下《賢愚經》的原文都據〔日〕高楠順次郎編《大正新修大藏經》，大正一切經刊行會，大正13年（1924），第四卷，第418～421頁《須達起精舍品第四十一》。

殊；四面瞻相，都無變怪。尋問監園之者，並無改張。(《降魔變文》)

　　須達歡喜，到太子所，白太子言：「我今欲爲如來起立精舍，太子園好，今欲買之。」太子笑言：「我無所乏，此園茂盛，當用遊戲逍遙散志。」須達殷勤，乃至再三。太子貪惜，增倍求價，謂呼價貴，當不能買，語須達言：「汝若能以黃金布地，令間無空者，便當相與。」須達曰：「諾，聽隨其價。」太子祇陀言：「我戲語耳。」須達白言：「爲太子法，不應妄語。妄語欺詐，云何紹繼，撫恤人民。」(《賢愚經》)

　　如上所看，《賢愚經》和《降魔變文》的敘述展開明顯不同，甚至可說是相反的內容。《賢愚經》中，舍利弗和太子的矛盾關係以單方向進行，即是太子一個人惹起的矛盾。但是《降魔變文》設立雙方向的矛盾關係，之所以太子翻悔，就是因爲舍利弗先欺騙他。這也是說故事的一種方式，就是爲了提高戲劇性效果和緊迫感，故意設定兩人的對立關係。說故事人可能要把這種對立關係表現在圖畫上面。據原故事的情節而言，舍利弗對如來的信心非常篤厚，是不會欺騙太子的人物。儘管如此，說故事人改變舍利弗的人物特點，給聽眾演說更有吸引力的故事。對說故事人來說，原故事的情節和人物特點不一定要固守，更爲關鍵的是重新調整這些敘事元素而滿足聽眾的要求。這一系列的過程就可謂典型的口頭說故事活動。

　　除此之外，說故事人往往插進原故事沒有的內容或者改變場面布置來提高表演效果。在《賢愚經》故事裏，與上表中第五個場面有關的內容，在舍利弗和六師的法鬥結束以後才出現，即太子賣完園地之後，六十外道立即登場責備太子。可是《降魔變文》中的舍利弗偶然發現螻蟻行列而解釋須達和太子的前生因緣。從故事的情節來看，在此場面不一定需要螻蟻的登場，即使沒有也不影響故事情節。所以我們可以說這是說故事人爲了提高轉變表演的視覺效果故意編寫的部分。如果考慮其它圖畫場面的特點，第四個圖畫很可能是白象布滿黃金在園地的場面。說故事人就在下一個場面顯示螻蟻來吸取聽眾的注意力。與《降魔變文》畫卷的視角效果相同，觀眾在白象變幻螻蟻的瞬間覺得神奇而聆聽故事。

　　第十一和十二個場面都是在《賢愚經》故事中沒有的內容。據《賢愚經》故事，舍利弗「在一樹下寂然入定，諸根寂默，遊諸禪定，通達無礙」而得到降伏六師外道的妙計，然後直接到大眾集會去準備一戰，可是卻沒有佛陀

登場和諸王護衛舍利弗的場面。說故事人在舍利弗和六師正式開始法鬥之前，有意識地插進這兩個場面以暫時喚起故事的緊張感。雖然《賢愚經》的故事性也很明白，但這究竟是一篇佛經，其最主要目的還是宣傳佛教思想。與之不同，對《降魔變文》更重要的則是能夠繼續吸引聽眾的故事情節和表演元素。因此說故事人隨時調整故事的速度和場面布置來使其與圖畫的描寫相配。觀眾就一邊看華麗莊嚴的圖畫場景，又一邊聽相配的故事，自己也準備觀看快要展開的激戰場面。

上表中最有視覺效果的場面是第十三到第十八的變幻莫測的六場法鬥。《賢愚經》以「幻術」、「變」、「神力」等字來描寫這些場面，《降魔變文》也把它們叫做「神通變現」、「神通變化」。不同的是，《賢愚經》故事中的外道勞度差以「樹→池→山→龍身→牛→夜叉鬼」的順序來神變。說故事人當然不能錯過這些神變的視覺效果，因而把每個幻術神變的場面都以邊看圖邊唱歌的方式來描寫。也就是說，這些神變的場面就最合適於所謂轉變的表演形式。唐代佛教故事的幻象效果很受歡迎，說故事人往往把這種效果移植於非佛教故事裏面，上文所探討的《孔子項託相問書》就可為其例。舍利弗和勞度差的神變場面無疑成為表現幻象效果的最好材料，所以說故事人把它們設定為整個故事情節中最核心的部分。六場激烈的法鬥結束之後，接下來出現舍利弗或大或小自由自在神變的場面，這是《降魔變文》的最後一段，也是前六場神變的總結。值得注意的是，在《賢愚經》故事中，激烈的法鬥以後還有不少的場面，包括看著螞蟻解釋前生因緣的一段。如上所談，《降魔變文》就把這些內容移到前邊，而且都略掉《賢愚經》結局大團圓的部分。這也可能是說故事人為提高戲劇性效果的敘述方式，即是把舍利弗的最後神變場面和視覺效果銘刻在聽眾的記憶中。唐代轉變表演者一般唱誦解座文以結束全篇故事，又勸說聽眾下次再來看表演。《降魔變文》的說故事人也一樣，就是為了誘引聽眾，在視覺效果達到最高的階段卻結束故事，而圖畫在這個階段起到極大的作用。根據以上的內容，我們可以說《降魔變文》是把故事情節、圖畫和歌唱的表演效果、聽眾的反映等因素都考慮在內的說故事作品。

### （二）故事內容和散韻篇幅的調整：《漢將王陵變》

《漢將王陵變》是敦煌變文中最有緊迫感的作品之一。王陵為漢王夜襲楚王軍營、楚王捉來王陵母親引誘王陵、母親擔心兒子受害而終於用楚王的寶劍自刎等等的場面從頭到尾很流暢地展開。一般來說，典型的變文

有兩大形式上的特徵，即是散韻相間的敘述方式和「～處，若爲陳說」之類的韻文前套語。從這兩個形式上的條件來看，《漢將王陵變》是最典型的變文作品。不僅如此，本文中的「從此一鋪，便是變初」文字就證明其與圖畫有密切的關係。對「鋪」和「一鋪」的含義，歷來意見不一，蕭登福曾經梳理有關學者的主張和唐代資料而歸納出四種解釋：一、唐人常把一組性質相同而不可分的畫稱爲「一鋪」，因此「一鋪」常含有多幅畫；二、唐人有時將性質獨立的一幅畫也稱爲「一鋪」，因此「一鋪」也可以指一幅畫；三、「鋪」字除了用來作爲圖畫的計算單位外，也常用來稱呼雕、塑、鑄像。雕塑鑄像一尊稱爲「一鋪」；四、雕塑鑄像一組多尊，也稱爲「一鋪」。〔註41〕其中，《漢將王陵變》的「一鋪」屬於第一個含義，而《王昭君變文》中「上卷立鋪畢，此入下卷」的「鋪」也爲其例。但《漢將王陵變》的「鋪」也可以解釋爲「展開」或「打開」，就是把包括一系列場面的多幅圖卷展開起來的意思。《漢將王陵變》共有八處從散文轉換韻文，每處都有「～處，若爲陳說」的套語，這說明「一鋪」卷子裏面共有八個不同的場面圖畫。看《漢將王陵變》全文，除了末頁題記「漢八年楚滅漢興王陵變一鋪，天福四季八月十六日孔目官閻物成寫記」〔註42〕中的「一鋪」以外，到文尾再不使用這個詞，就是因爲「從此一鋪」的「一鋪」裏面都包含著後面展開的多個場面圖畫。這樣，「鋪」字本身就說明《漢將王陵變》是按照轉變的看圖表演形式來敘述故事的作品。

　　王陵是漢代的名將，所以在史書裏面多次介紹他的生平事跡。可是與《漢將王陵變》故事直接有關係的歷史記載卻很少見。其文最初見於《史記》卷五十六《陳丞相世家》：

　　　　及高祖起沛，入至咸陽，陵亦自聚黨數千人，居南陽，不肯從沛公。及漢王之還攻項籍，陵乃以兵屬漢。項羽取陵母置軍中，陵使至，則東鄉坐陵母，欲以招陵。陵母既私送使者，泣曰：「爲老妾語陵，謹事漢王。漢王，長者也，無以老妾故，持二心。妾以死送

---

〔註41〕蕭登福《敦煌俗文學論叢》一冊，臺灣商務印書館，民國七十七年七月初版，第296頁。

〔註42〕這個題記出自 P.3627 冊子本《漢將王陵變》。從題記中寫「一鋪」這一點來看，閻物成爲了抄寫而參考的底本，或是帶圖的卷子形式，或有可能這冊子本和畫卷原來是一套的，就像《大目乾連冥間救母變文〔並圖〕一卷並序》（S.2614）卷子的形式一樣。

使者。」遂伏劍而死。項王怒，烹陵母。〔註43〕

《漢書》卷四十《王陵傳》的內容幾乎相同，其篇幅也只有一百多字，那《漢將王陵變》篇幅達到這些歷史記載的五十倍左右。之所以篇幅這麼大幅擴展，是因爲要把它用來「轉變」表演的故事，其散文和韻文反覆轉換的形式就很容易把很短的小故事拉長爲中篇或長篇的故事。如上所述，《漢將王陵變》共有八處散韻轉換，其中韻文的句數，除了文尾悼王陵母的祭文以外，都是 7 言 20 句左右，最少 18 句，最多 28 句。也就是說，對中篇《漢將王陵變》的韻文部分而言，20 句左右的篇幅最合適敘述故事而集中受眾的注意力（請見下表）。

| 故事階段 | 故事情節 | 韻文前套語 | 散文篇幅 | 韻文篇幅 |
|---|---|---|---|---|
| 1 | 劉邦歎息不利的戰況；王陵和灌嬰辭漢王出征 | 二將辭王，便往所營處，（從此）一鋪，便是變初。 | 近 450 字 | 7 言 19 句 |
| 2 | 漢二將約定襲擊計劃；項羽命季布巡邏；二將騙楚軍夜襲敵陣 | 二將所營處，謹爲陳說 | 近 750 字 | 7 言 18 句 |
| 3 | 漢二將到先約定的標下，騙楚將突圍 | 便往卻回，而爲轉說 | 近 350 字 | 7 言 20 句 |
| 4 | 項羽追問楚將戰敗之罪；鍾離末齗謀去王陵莊園 | 說其本情處，若爲陳說 | 近 600 字 | 7 言 28 句 |
| 5 | 鍾離末捉王陵母回楚營；陵母卻指責霸王（韻文） | 其母遂爲陳說 | 115 字 | 7 言 26 句 |
| 6 | 霸王發怒命三軍打陵母；陵母叫陵名，楚軍將兵都流雨淚（韻文） | 應是楚將聞者，可不肝腸寸斷，若爲陳說 | 151 字 | 7 言 23 句 |
| 7 | 漢王命盧綰給霸王傳書；盧綰回漢後報告陵母受苦的情況；王陵同盧綰去楚營；陵母怕陵來，用霸王寶劍自刎 | 其時天地失瑕無光，而爲轉說 | 近 1,000 字 | 7 言 24 句 |
| 8 | 漢王聽到陵母冤死，命以國太夫人祭她 | 祭禮處，若爲陳說 | 近 200 字 | 7 言 10 句（祭文） |

〔註43〕 《史記》，中華書局點校本，1982 年 11 月版，第 6 冊，第 2059 頁。

　　值得注意的是，按照故事內容如何，轉換韻文的頻度有所變化，這可說是表演者說故事的一種技巧。《漢將王陵變》故事的前半段主要是王陵和灌嬰二將襲擊楚營的場面，敘述者儘量要保持戰鬥狀況的緊迫感，因此敘述故事的速度很快，散文敘述比韻文更合適描述這些場面。這種敘述方式到後邊有所變化。故事的後半段以王陵母親受苦而自刎的場面為主，其場面的敘述速度比較緩慢。所以，故事不需要那麼多的散文敘述，而最好是用韻文來表現王陵母的心思。如上表所示，實際上王陵母登場以後即第四到六個場面的散文敘述的篇幅明顯減少。王陵母說出心思從第四個場面的韻文後半段開始，之後的散文篇幅突然少起來，而韻文部分卻較多了。從第七個場面，故事的背景轉到漢軍陣營而再開始另一段故事，散文的篇幅就在此場面再多起來。這是說故事人的敘述技巧，即在需要精細描寫的部分以散文為主敘述，而在集中描寫人物心裏的部分以韻文為主敘述故事。實際上說，王陵母親被項羽經受苦楚是非常令人激憤的場面，因而《史記》和《漢書》故意把這個故事包括在史書裏面，甚至以母親的獨白表達其情景和氣氛。也就是說，這個場面具有比較明顯的戲劇性，能夠感動讀者。《漢將王陵變》的說故事人肯定認識這一點，用更多的韻文來描寫母親的心理，而很熟練地調整散文和韻文的篇幅和使用頻度。這樣一來，《漢將王陵變》從頭到尾可以維持緊張感。

## 第三節　與故事背景無關的內容起到的作用

　　讀起敦煌說故事作品，我們往往會發現與原故事毫無關係而對當時的聽眾卻很熟悉的內容。這可謂說故事人為加強表演的現場感故意援用的敘述方式。從故事的蓋然性來言，這種敘述方式當然是不可接受的，但是從故事傳播的角度來看，這卻是很有效的方法。在此過程中，故事敘述的事實與否已經不成問題，更重要的是儘量保持故事的氣氛。我們首先討論《降魔變文》之例，此作的說故事人處處插進與故事背景無關的內容來提高其與聽眾的親密感。《降魔變文》在正式開始故事之前這麼說道：

> 伏維我大唐漢聖主開元天寶聖文神武應道皇帝陛下，化越千
> 古，聲超百王；文該五典之精微，武折九夷之肝膽。……聖恩與海
> 泉俱湧，天關與日月齊明；道教由是重興，佛日因茲重曜。

　　這是開始說話的一種方式，其作用與後代話本的「入話」相似。說故事

人先強調當朝的政策和聖德，一邊使故事的背景和受眾的距離更接近，一邊使聽眾更關注接下來的故事。敦煌本《破魔變》開頭也有相似的記載：「已(以)此開贊大乘所生功德，謹奉莊嚴我當今皇帝貴位：伏願長懸舜日，永保堯年；延鳳邑於千秋，保龍圖於萬歲。」這種開頭可能是當時說故事表演經常使用的敘述方式。《降魔變文》是古代印度的佛經故事，其時間和空間背景都與唐代中國沒有關係。但是說故事人先在故事的開頭提前涉及當朝的事情，然後在說故事的過程中繼續把中國的故事元素有意識地援用在原故事裏頭。這種敘述方式得效果很明顯，即此故事雖然是遠處、遠時之事，但聽眾並不覺得陌生。其例就如下：

    1. 使影牆忽見，儀貌絕倫，西施不足比神姿，洛浦詎齊其豔彩。

    2. 老人本意偏爲須達大臣，緣順太子之心，切齒佯瞋須達。抽身數步之外，遂屈帝子(太子)向前：「老身雖居身臣下，不那爾(耳)順之年。君子由仕(猶事)五更，夫子問於泰(太)廟。」

    3. 〔六師外道〕未問委的，望風且瞋：「太子爲一國儲君，往來須擁半杖(仗)；長者榮居輔相，匡國佐理之臣。何得辱國自輕，僕從不過十騎！既堯榼不卓(斫)，爲揚儉素之名；舜甄無壇，約(要)除奢侈之患……此乃《詩》、《書》所載，非擅胸襟。」

    4. 〔須達曰〕「晏嬰雖小，能謀虎狼之臣。有德不假年高，無智徒勞百歲。」

    5. 「舍利弗小智拙謀，魯斑前頭出巧。者(這)回忽若得強，打破承前併抄！」〔註44〕

例 1 是須達多的使者看到護彌的小女兒，感歎容貌的場面。說故事人就援用中國歷史人物西施和神話人物洛浦來描寫她的美貌。聽眾一聽到西施和洛浦之名就對其故事倍有親密之感。例 2 的「君子由仕(猶事)五更」出自《禮記‧文王世子》：「遂設三老、五更，群老之席位也」〔註45〕，而「夫子問於太廟」出自《論語‧八佾》：「子入太廟，每事問」。除此以外，六師外道爲了警惕太子而提到堯舜的行跡和儒家經典(例 3)，須達援用春秋齊國名相

---

〔註44〕原文據《敦煌變文校注》卷四《降魔變文》。
〔註45〕《敦煌變文校注》指出「猶事五更」即猶咨於老人之意。參見《敦煌變文校注》，第 574 頁，注 111。

晏嬰之事來表示舍利弗能夠對敵六師外道（例4）〔註46〕。例5是六師外道的獨白，他把自己與中國春秋時代名匠魯班相比，看比起舍利弗的智慧。這樣，說故事人援用與本故事無關的經典字句或中國古代人物的行跡來進行敘述。值得注意的是，例2～5通過劇中人物的對話和獨白顯示這些敘述元素，即故事人物親口表述與故事背景毫無關係而對聽眾卻很熟悉的內容。就在這個場面，故事人物也對聽眾已不是陌生的人。當然《賢愚經》佛經故事不可能有這些描寫和對話。與例1有關的《賢愚經》記載云：「護彌長者，時有一女，威容端正，顏色殊妙」，而與例2有關的記載云：「（首陀會天）即化作一人，下爲評詳語太子言：『夫太子法，不應妄語』」。這都只是很一般的說法，沒有吸引聽眾的效果。與之不同，《降魔變文》的場面就起到喚起聽眾的作用。原故事沒有的這些敘事元素都是說故事人特意造出的一種敘述手法。

　　《大目乾連冥間救母變文》是據西晉竺法護譯《佛說盂蘭盆經》演繹故事的作品，其篇幅與《降魔變文》差不多長。雖然沒有《降魔變文》那麼明顯，這作品也有與之類似的敘述方式：

　　　1. 臣急由來解告君，如何慈母重相見。

　　　2. 阿娘昔日勝潘安，如今憔頓頓摧殘。

與《降魔變文》例2～5一樣，這引文都在故事人物的對話之中。例1是目連爲找母親向世尊求助的話。項楚先生根據《朝野僉載》、密宗《盂蘭盆經疏》和敦煌遺書 S.2679 釋利涉《奏請僧徒及寺舍依定》中的一些文字，將「臣急由來解告君」認爲是當時的俗語。〔註47〕例2是目連在地獄見母親後痛哭說的話，他就用西晉潘岳的名字來描寫母親的美貌。僅從故事的背景來看，目連的這兩個對白是不可能有的，也就是與故事的背景完全沒有關係。可是對聽眾而言，這不是關鍵的問題，反而是讓他們更注意故事的敘述方式。

　　除了人物對話之以外，說故事人在敘事的過程中都往往涉及與故事背景無關的內容。《目連緣起》的內容與《大目乾連冥間救母變文》幾乎相同，其故事的末尾這麼說到：「且如董永賣身，遷殯葬其父母，敢（感）得織女爲妻。

〔註46〕　《史記》卷六十二《管晏列傳》有相關記載，晏嬰御者的妻子跟丈夫說：「晏子長不滿六尺，身相齊國，名顯諸侯。」第七冊，第2135頁。

〔註47〕　《朝野僉載》卷四：「周則天內宴甚樂，河內王懿宗忽然起奏曰：臣急告君，子急告父。」密宗《盂蘭盆經疏》卷下：「子急告父，臣急告君，自力不如，理宜投佛。」《奏請僧徒及寺舍依定》：「急則告其君，自古之常道，痛則告其母，法爾之恒規。」參見《敦煌變文選注》上冊，第903頁，注〔六〕。

郭巨爲母生埋子，天賜黃金五百斤。孟宗泣竹，冬月筍牛。王祥臥冰，寒溪魚躍。慈烏返報（哺）看，書使（史）皆傳。」這不是人物對話，而是敘述者直接跟聽眾說的話。文中董永、郭巨、孟宗、王祥等事也都與故事背景沒有關係。但這是很自然的敘述方式，即是敘述者爲了讓聽眾充分理解故事的意義或教訓，以對他們更熟悉的事情爲例說明的。值得一提的是，《目連緣起》的引文有可能是唐代的俗語，在別的作品裏面也有相似的描寫。比如敦煌本《秋胡變文》曰：「董永賣身葬父母，天女以（與）之酬恩，郭巨埋子賜金，黃（皇）天照察……臣又聞：慈烏有返哺之報恩，羊羔有跪母酬謝，牛懷舐犢之情，母子寧不眷戀？」與《目連緣起》不同，這是秋胡親口說出的對話。也就是說，不管故事的背景如何，說故事人把當時流行的俗語隨便插進人物對話或自己的話語裏面。這就可謂當時通俗敘事作品的說故事方式之一。

敦煌本《太子成道經》是據《佛本行集經》演繹故事的作品。悉達太子在尋覓太子妃的過程中向摩訶那摩女兒耶輸陀羅說：「夫人能行三從，我納爲妻；不能行者，回歸亦得」，然後又給她解釋「三從」的意思說「在家從父，出嫁從夫；及至夫亡，任從長子」。敦煌本《悉達太子修道因緣》的內容基本上與《太子成道經》一致，但這兩篇在文字上的差異較大，所以不能說是同一個作品。這篇也有對「三從」的記載：「在家從父，出嫁從夫，及至夫亡，即須任從長子。」這與《禮儀》所說「三從」之意完全相符，而且是在當時普遍被認同的婦女之道。《悉達太子修道因緣》又曰：「大王有敕：『遣新婦卻往後宮，不得與朕相見。仍賜雜綵十床，排斗錢十萬貫，充新婦及羅睺孫押驚」。文中「排斗錢」是唐代官鑄錢的一種，即是與故事背景無關，卻對現場的聽眾非常熟悉的東西。說故事人故意在故事人物的對話中援用這樣的敘述方式，因而故事人物和聽眾之間的距離更爲接近。

除了佛教故事以外，在中國古有的故事中也能看出同樣的敘述方式。敦煌本《舜子變》是舜子孝順父母的故事，其時代的背景的確是堯王禪讓舜子之前，但文中曰：

舜子是孝順之男，上界帝釋知委，化一老人，便往下界來至。方便與舜，猶如不打相似。舜即歸來書堂裏，先念《論語》、《孝經》，後讀《毛詩》、《禮記》。

舜子是有道君王，感得地神擁起，逐（遂）不燒毫毛不損。歸來書堂院裏，先念《論語》、《孝經》，後讀《毛詩》、《禮記》。

　　《舜子變》文末就明明顯示故事的背景：「堯帝聞之，妻以二女，大者娥皇，小者女英。堯遂卸位與舜帝。英生商均，不肖，舜由此卸位與夏禹王。」從時代背景來看，舜子不可能讀這些後代才出現的書籍。但說故事人有意識地提到對現場的聽眾很熟悉的書名，或者當時在書堂裏一般教學的書目。《秋胡變文》也有相似的記載：「（秋胡）辭妻了首，服得十袟文書，並是《孝經》、《論語》、《尙書》、《左傳》、《公羊》、《穀梁》、《毛詩》、《禮記》、《莊子》、《文選》，便即登逞（程）。」這些書名當然與秋胡故事的時代背景不符。可是《舜子變》也好，《秋胡變文》也好，這段的書名羅列與故事的敘述展開沒有什麼關係。即便不提及這些書名，也對故事的敘述展開毫無影響。既然如此，說故事人儘量要反覆說出書名，因爲這不是舜子或秋胡時代的，而是說故事當時的人爲了達成學問一定要通讀的書目。說故事人的這種敘述方式很有效果，聽眾對故事裏的人物更有親密感。這也是在說故事的過程中吸引聽眾的一種技巧，也是口頭文化傳統經常用的敘述方式。〔註48〕

　　以上，我們從說故事傳統的角度來探討了唐代通俗敘事的創作方式。通俗敘事的現場感確實比書面文學還要強，因爲其與接受者的距離很近，當面的聽眾就成爲故事的第一個接受者。說故事人也瞭解這種情況，對他們來說，最關鍵的是聽眾的反應，所以儘量要提高表演的現場感。上述的幾篇作品，雖然是已經被文字化的文學作品，但還是不能否定其與實際表演有一定的關係。我們應該要注重作品中的口述特點和說故事的氣氛，因爲這些因素的出現頻度和使用程度的確有幫助探索作品的來源和發展過程。

〔註48〕這可屬於沃爾特・翁所提出的口語文化特點中第五個「貼近人生世界的」（請參考第二章第二節「文人小說裏面所見通俗口述敘事的痕跡」部分），他說：「繁複、抽象的範疇仰賴文字給知識提供結構，使之和實際的生活經驗拉開距離。口語文化裏沒有這樣的範疇，所以口語文化在使知識概念化、用口語表達一切知識時，不得不多多少少地貼近人生世界，以便使陌生的客觀世界近似於更爲即時的、人們熟悉的、人際互動的世界。」〔美〕沃爾特・翁《口語文化與書面文化》，北京大學出版社 2008 年 8 月版，第 32 頁。

# 第四章　說故事傳統和唐代中後期敘事詩創作傾向

　　本章我們要考察唐代中後期的敘事詩創作潮流怎麼與說故事傳統的發展形成一個軌轍。歷來很多文學史或詩歌史專著都提到了唐代的敘事詩創作之風。日本學者川和康三曾經研究中唐文學的多樣化現象，他尤其對詩歌的散文化傾向指出：「詩歌擺脫類型化的抒情與趨於散文化的傾向，以及文章裏古文和傳奇的出現，文人的創作不偏於詩或文而推及廣泛的領域，這些中唐的特徵共同顯示出，舊有形式已不能適應人的精神領域的擴大。」〔註1〕也就是說，中唐詩歌的散文化傾向不能在詩歌這一個方面獨立探討，有必要作為當時文學的主流傾嚮之一來考察。這種主流的文學傾向可能與當時流行的說故事傳統有深刻的關係。學界一般認為中唐的敘事詩創作之風從杜甫的敘事詩開始，至元白新樂府到了高峰，但長慶以後晚唐之間幾乎都消失了。這種文學現象是在唐代政治和社會環境之下產生出來的。杜甫直面安史之亂後，「把強烈深沉的抒情融入敘事手法中，以敘事手法寫時事，從題材到寫法，都不同於盛唐詩了。」〔註2〕元白集團之所以更積極地吸收民間文學的養分用來敘事詩創作，主要是因為他們對社會情況深惡痛絕。他們為了社會的休養生息，儘量說了自己要說的故事。但是到晚唐，情況又有發生變化，「統一的中央政權愈顯屏弱，國家在分裂的道路上愈走愈快，廣大知識分子仕進無路、報國

---

〔註1〕〔日〕川合康三《終南山的變容——中唐文學論集》，上海古籍出版社 2007 年 8 月，第 19 頁。
〔註2〕袁行霈、羅宗強主編《中國文學史》第二卷，高等教育出版社 2003 年 3 月版，第 210 頁。

無門，即使已在朝爲宦者，也痛感國事日非、無力迴天，於是在這些人中間使不可避免地產了對於李唐王朝的離心傾向。」〔註3〕與之相應，敘事詩風退潮，回到以抒情爲主的詩歌創作傾向。當時文人也一定有多話要說，但是沒有把它以詩歌形式表達出來。這樣，政治和社會原因無疑對當時的文學創作有決定性的作用，但是文學創作之風變遷的原因不能都歸於政治社會問題和其所帶來的個人心態的變化。我們應該把文學潮流本身的變化考慮在一起，而在這一點上，也有必要提及唐代中後期說故事傳統。

# 第一節　唐代敘事詩創作之風和說故事傳統的因素

## 一、詩歌和小說配合的創作方式

　　共享故事和共同創作是唐代文人的重要文化活動之一，本書第二章已經談過這個問題。當時文人在聚會上或者在文人集團裏面隨時以說故事的方式交流，把它用來自己的文學創作。共享的故事不盡被文人寫成小說，也成爲敘事詩歌，不少的唐人傳奇和詩歌就是通過這種方式問世的。這種創作方式既然是文人共享故事活動的結果，也可說是唐代說故事傳統盛行的重要反映。《長恨歌》和《長恨歌傳》、《鶯鶯歌》和《鶯鶯傳》的文末附注顯示這樣的過程：

> 　　樂天因爲《長恨歌》。意者不但感其事，亦欲懲尤物，窒亂階，
> 垂於將來者也。歌既成，使鴻傳焉。(《長恨歌傳》)

> 　　貞元歲九月，執事李公垂宿於予靖安里第，語及於是，公垂卓
> 然稱異，遂爲《鶯鶯歌》以傳之。崔氏小名鶯鶯，公垂以命篇。(《鶯
> 鶯傳》)〔註4〕

沈亞之撰《湘中怨解》首尾的附注也說：

> 　　《湘中怨》者，事本怪媚，爲學者未嘗有述。然而淫溺之人，
> 往往不寤。今欲概其所論，以著誠而已。從生韋敖，善撰樂府，故
> 牽而廣之，以應其詠。

> 　　元和十三年，余聞之於朋中，因悉補其詞，題之曰《湘中怨》，

---

〔註3〕中國社會科學院文學研究所總纂，吳庚舜、董乃斌主編《唐代文學史》下冊，
　　　人民文學出版社 2006 年 3 月，第 9 頁。
〔註4〕原文據汪辟疆校錄《唐人小說》，上海古籍出版社 1978 年版，第 119、139 頁。

　　蓋欲使南昭嗣《煙中之志》，爲偶倡也。〔註5〕

雖然《湘中怨解》沒有明示詩歌的題目，但我們能夠猜測其題應該是《湘中怨歌》。引文中「故牽而廣之」和「因悉補其詞」都意味著把原有的韻文詩歌改爲篇幅更長的散文敘事。所以，李劍國先生對此作品的題目云：「《沉下賢文集》卷二《雜文》載《湘中怨解》，魯迅所見影鈔小草齋本作《湘中怨辭》。曰解者，以釋韋敖《湘中怨歌》本事也；曰辭者，『補其詞』之謂也。」〔註6〕

　　我們通過以上三個例子可以看出，在根據一個故事題材而創作小說和詩歌的時候，一般先寫詩歌後，再撰寫散文敘事來把它作爲其傳。這兩種文學形式中，重點在於詩歌，而散文居於次要的位置。那麼這些散文敘事也可看成是詩歌的並序。但如果散文敘事的篇幅比原詩更長，內容和描寫也更仔細，這不能說是一般的並序。眾所週知。並序是從古已有的詩歌創作方式，一般以散文的形式說出詩歌創作的來歷和目的。可是《長恨歌傳》、《鶯鶯傳》、《湘中怨解》都與以前的並序不同，它們本身就是一種敘事作品。這種創作方式與當時在民間流行的散韻組合口頭敘事有相似之處。一般來說，口頭通俗敘事的散文和韻文中更有穩定性的部分還是韻文。與之相反，散文部分的敘事方式不太穩定，可以隨時改變。這與韻文和散文本身的文學特點有關係。韻文的確有固定性，字數、腳韻等因素都有一定的規律，不可變動。可是散文敘事不同，沒有這樣的制約，隨著現場的氣氛時時有變化。敦煌本《降魔變文》就是典型的例子。現存有關《降魔變文》的卷子總共有 5 種，其中最有特色的是 P.4524《降魔變文》畫卷。這卷的正面有六幅一系列的圖畫場面，都描寫舍利弗和外道勞度差的法鬥，而其背面寫著與正面的圖畫完全相符的六段詩歌。這些詩都與《降魔變文》其它版本中的詩歌幾乎相同，只有幾個字的出入，也就是說這些詩歌是不能改動的。對 P.4524 畫卷的用處，今天還沒有下定結論，或說是實際表演用的畫卷，或說是鑒賞用的作品。但是無論它的用處如何，我們不能否定韻文部分有明顯的固定性，而現存《降魔變文》就是據此韻文敷演故事的多種版本之一。這種方式不異於上述的唐代文人以某種故事爲題材先寫詩歌，再寫散文敘事的過程。

---

〔註5〕原文據〔唐〕沈亞之撰《沉下賢集校注》卷第二，肖占鵬、李勃洋校注，南
　　　　開大學出版社 2003 年 12 月版，第 21 頁。
〔註6〕李劍國《唐五代志怪傳奇敘錄》，南開大學出版社 1993 年 12 月版，第 405 頁。

《長恨歌》創作還有與通俗說故事傳統的敘述方式相似之處。《長恨歌》有兩處把「唐」稱為「漢」，即是開頭的「漢皇重色思傾國」和文末的「聞道漢家天子使」。張友鶴先生對此指出：「作者是唐代人，為了迴避，就託詞說是『漢皇』」。〔註7〕川和康三一邊據吉川幸次郎《新編唐詩續編》說：「稱『漢皇』還是顯示出對唐王朝的迴避」，但一邊提及唐詩借漢說唐的寫作方式，然後指出：「這可以看作是詩與散文寫法的一個不同。」也就是說，這種稱呼的錯誤是在詩歌創作上可以允許的一種比喻，就如以「蛾眉」代指楊貴妃。這樣，對《長恨歌》借「漢」稱唐的寫法，學者的意見有所不同。〔註8〕除此之外，我們有必要從另一個角度看這個問題。宋代洪邁曾說：

> 白樂天《長恨歌》、《上陽人歌》、元微之《連昌宮詞》，道開元
> 間宮禁事，最為深切矣。然微之有《行宮》一絕句云：「寥落古行宮，
> 宮花寂寞紅。白頭宮女在，閒坐說玄宗。」語少意足，有無窮之味。
>
> 〔註9〕

洪邁提到的四篇作品都描寫玄宗和楊貴妃之事，但其中只有《長恨歌》就借「漢」稱唐，餘三篇都不如此，《上陽人歌》直接稱「玄宗」和「楊妃」，《連昌宮詞》稱「上皇」和「太真」，《行宮》也只稱「玄宗」，這樣三篇都沒有稱過「漢」。根據這種情況，我們可以說《長恨歌》的寫法與其它三篇有所不同，而這與當時通俗說故事作品的敘事方式有關係。

讀起敦煌通俗敘事作品，我們經常會發現王朝名號與作品的時代背景不符。這種現象與其說是偶然的錯誤，不如說是敘述者為提高戲劇效果故意援用的敘事方式。《張議潮變文》最合適說明這個問題，因為這作品是典型的散韻相間形式通俗敘事，而且與《長恨歌》一樣描寫當朝的故事。現存《張議潮變文》有兩處把當朝稱為「唐」：「犬羊才見唐軍勝」、「大唐差冊立回鶻使御史中丞王端章」，有九處稱「漢」：「漢軍勇猛而乘勢」、「漢將雄豪百當千處」、「漢家持刃如霜雪」、「賊等不虞漢兵忽到」、「漢軍得勢，押背便追」、「敦煌

---

〔註7〕 張友鶴選注《唐宋傳奇選》，人民文學出版社 1979 年版，第 103 頁，《長恨傳》注九四。

〔註8〕 胡三省對《資治通鑒》卷二十二的「秦人，我句若馬」注云：「據漢時匈奴謂中國人為秦人，至唐及國朝則謂中國為漢，如漢人、漢兒之類，皆習故而言。」白居易當時謂「唐」為「漢」也可能是相當普遍的現象。見胡三省注《資治通鑒》，中華書局 2005 年 9 月版，第 2 冊，第 739 頁。

〔註9〕 〔宋〕洪邁《容齋隨筆》卷二「古行宮詩」條，孔凡禮點校，中華書局 2006年 10 月版，第 19 頁。

上將漢諸侯」、「漢主神資通造化」「漢朝使命，北入迴鶻充冊立使」、「承珍知是漢朝使人」。而在歌頌太保張議潮的唱文中也有一處稱「漢」：「漢路當日無停滯」。引文中的「漢」無疑都指「唐」。這可說是敘述者有意識地把「唐」稱作「漢」，因爲觀衆或故事的接受者很熟悉這個稱呼。在唐代，以漢代爲時代背景的通俗敘事非常流行，敦煌本《漢將王陵變》、《李陵變文》、《王昭君變文》等都是其例。這些作品都很受歡迎，而張議潮故事的敘述者通過改稱王朝名號的方法，讓接受者感到好像在聽他們很熟悉的另一篇故事。

在這一點上，我們需要關注川和康三對《長恨歌》改稱朝代的主張，他說：「『漢王』意味著『玄宗』，是由類比得到的『又一個意義』，如字面所示，它也意味著由於時間久遠現實感已淡薄的『漢王朝天子』，意味著六朝小說中屢屢出現的故事人物漢武帝。相對於『玄宗』指經驗世界中的人物，『漢皇』乃是指故事化人物。」〔註10〕也就是說，對故事的接受者來說，「漢皇」是經過許多故事，使得聽衆已經耳熟的人物。白居易可能早已欣賞過不少的民間說故事傳統而熟悉於它們具有的文學效果。他把《長恨歌》看作是一種故事，而撰寫《長恨歌》對他來說是一種說故事的過程。換言之，《長恨歌》是白居易嘗試以民間說故事傳統的表達方式和技巧撰寫的作品，甚至可謂模仿民間說故事方式的散韻配合作品中的韻文部分。有關這個問題，陳寅恪先生的說法值得關注，他說：「綜括論之，《長恨歌》爲具備衆體體裁之唐代小說中歌詩部分，與《長恨歌傳》爲不可分離獨立之作品。故必須合併讀之，賞之，評之。明皇與楊妃之關係，雖爲唐世文人公開共同習作詩文之題目，而增入漢武帝李夫人故事，乃白陳之所特創。詩句傳文之佳勝，實職是之故。此論《長恨歌》者不可不知也。」〔註11〕雖然陳先生沒有明示其與民間敘事方式的關係，但是我們值得注意看他關注唐代小說和歌詩的關係，以及把漢代的事件編入當代故事的敘事方式這一點，因爲通過這兩個元素就看出其與當時民間說故事傳統的共同點。白居易很可能將對受衆熟悉的漢武帝故事有意識地編入《長恨歌》裏面，而陳鴻再據《長恨歌》作傳。

陳先生一概指出白居易和陳鴻增入漢武帝和李夫人故事的文學意義，可是《長恨歌》和《長恨歌傳》對漢代故事的處理方式有所不同。《長恨歌》中

〔註10〕 以上川合康三的說法和引文都據《終南山的變容——中唐文學論集》，第290頁。

〔註11〕 陳寅恪《元白詩箋徵稿》，第一章《長恨歌》，三聯書店2001年版，第45頁。

漢王和玄宗的界限很模糊，漢王或可爲漢武帝，也可指玄宗。如上所述，這種敘事方式與當時民間說故事傳統有關係。可是陳鴻的敘述方式不同，他都明示「玄宗」、「開元」、「元和」等時代背景，而且直接比喻玉妃的舉止說「如漢武帝李夫人」。對他來說，漢是漢，唐是唐，漢人是漢人，唐人是唐人，其區別很明顯。這可能是因爲作家陳鴻以史家的身份儘量要寫出一篇史傳。換句話說，《長恨歌》對白居易來說是一種民間故事，但不管其小說特點如何，《長恨歌傳》對陳鴻來說是一種以事實爲主的史傳。〔註12〕

在這一點上，我們又必要關注《太平廣記》卷二五一「張祜」條，其云：

> 唐張祜客淮南幕中。赴宴，時舍人杜牧爲御使……祜未識白居易。白刺史蘇州，始來謁，才相見。白謂曰：「久欽藉甚，嘗記得右款頭詩。」祜愕然曰：「舍人何所謂？」白曰：「『鴛鴦鈿帶拋何處，孔雀羅衫付阿誰。』非款頭何邪？」張俛微笑，仰而答之曰：「祜亦嘗記得舍人《目連變》。」白曰：「何也？」曰：「『上窮碧落下黃泉，兩處茫茫皆不見』，非《目連變》何邪？」遂歡宴竟日。

張祜提到的「上窮碧落下黃泉，兩處茫茫皆不見」就來自《長恨歌》，而他根據目連救母故事的情節跟白居易說出這種戲言。雖然張祜指的是內容上的類似性，但也有可能他把《長恨歌》看成是一篇通俗敘事作品。值得注意的是，白居易率先提問，說張祜的詩句「鴛鴦鈿帶拋何處，孔雀羅衫付阿誰」一定屬於款頭詩。蔣禮鴻指出「款頭」又稱「問頭」，原來是官府審問罪人的問題，而回答款頭的話叫做「答款」〔註13〕。梅維恒說「問頭」是禪宗佛教使用的口頭術語，就是「禪問答」的意思。〔註14〕這種問答方式在唐代通俗文學很流行，比如敦煌本《孔子項託相問書》、《茶酒論》等作品就以簡單的問答爲主進行敘述，故事人物或者擬人化的事物互相爭論以說服對方。那我們可以說，白居易先說戲言可能是因爲張祜詩模仿通俗文學的風格，而張祜也是尋找《長恨歌》中的通俗敘事元素來回覆白居易的。

眾所週知，不少的唐代文人沉醉於佛教的思想和文化，甚至連撰《論佛

---

〔註12〕對陳鴻的史家身份和小說創作態度上的兩面性問題，請見第二章第三節。

〔註13〕參見蔣禮鴻《敦煌變文字義通釋》，上海古籍出版社 1997 年 10 月，第 85 頁「問頭」條。

〔註14〕參見〔美〕Victor H. Mair, T'ang Transformation Texts, Harvard University Press, 1989 年，第 215 頁，註 28。

骨表》徹底反對奉佛的韓愈都深刻受到佛教的影響。〔註15〕白居易也不是例
外，他對佛教思想很熟悉，爲了享受佛教文化，隨時遊於寺廟之中。元和九
年，他 40 餘歲時所作的《遊悟眞寺詩一百三十韻》非常仔細地描寫王順山
大寺院悟眞寺的自然環境、建築、氣氛。《仙遊寺獨宿》、《題玉泉寺》、《春
遊二林寺》、《龍花寺主家小尼》等作品都描寫佛寺的情景和對它的感受，或
者直接寫出有關佛教思想的內容。白居易又親口表述過自己沉醉於佛教思
想，就如他 67 歲所著自傳《醉吟先生傳》說：「凡酒徒、琴侶、詩客，多與
之遊。遊之外，棲心釋氏，通學小中大乘法」，68 歲所著《病中詩十五首》
並序云：「余早棲心釋梵，浪跡老莊，因疾觀身，果有所得。」〔註16〕這樣
平時與佛教接觸的機會很多的白居易，可能讀過佛教故事《目連變》的文字
形式作品，更有可能親自看到以目連故事爲題材的民間伎藝，因爲敦煌本《大
目乾連冥間救母變文並圖一卷》（S.2614，以下稱《目連救母變文》）和《目
連變文》（北京成字 96 號）是據西晉竺法護所譯佛經《佛說盂蘭盆經》來演
變故事的，而且當時在寺廟裏或者附近的街頭上經常演出各種各樣的佛教故
事表演包括目連故事。唐代後期的俗講儀式，連皇帝也親訪寺廟觀看，《資
治通鑒》唐紀五十九敬宗寶曆二年就曰：「己卯，上幸興福寺，觀沙門文漵
俗講。」〔註17〕這可說明當時文人也常有跟民間表演接觸的機會，隨意欣賞
多彩的故事。〔註18〕

　　值得注意的是，《目連救母變文》和《長恨歌》本身有相似的內容和描寫。
項楚先生曾經指出，《目連救母變文》的「追放縱（訪蹤）由天地邊（遍）」
則是《長恨歌》「上窮碧落下黃泉，兩處茫茫皆不見」之意，也是《長恨歌》
「昇天入地求之遍」之意。〔註19〕但是除此之外，我們找不到現存《目連救

---

〔註15〕　孟二冬先生指出：韓愈的老師梁肅既是正統的儒士，卻又是當時天台宗主持
　　　　湛然的門人，大肆宣揚和推廣佛教教義，這對韓愈不能說毫無影響。羅香林、
　　　　陳寅恪等前一代學人已經探討過佛教對韓愈的影響問題。參見孟二冬《中唐
　　　　詩歌之開拓與新變》，北京大學出版社 2006 年 2 月版，第 16～17 頁。
〔註16〕　《白居易集》卷第七十，第四冊，第 1485 頁：卷第三十五，第三冊，第 787
　　　　頁。
〔註17〕　《資治通鑒》卷二百四十三，中華書局 2005 年 9 月版，第 17 冊，第 7850 頁。
〔註18〕　對此問題，請見第二章第一節中「唐代文人享受民間故事的途徑」部分。
〔註19〕　參見項楚著《敦煌變文選注》修訂本，中華書局 2006 年 4 月，上冊，第 875
　　　　頁，注 16；黃徵、張湧泉校注《敦煌變文校注》，中華書局 1997 年 5 月，第
　　　　1046 頁，注 129。

母變文》和《長恨歌》在文本和內容上的共同點，所以幾乎沒有相關的研究成果。﹝註20﹞這其實是理所當然的，因爲張、白兩人都只引用對方作品中的一句來說出其與民間表演或者文學作品的類似。換句話說，這個對話身就說明《目連救母變文》和《長恨歌》沒有可謂的共同點。而且，我們對這兩人對話的內容不能賦予多大的意義，因爲這只是相互調侃的話。

在這一點上，我們有必要從另一個角度來尋找兩人對話的意義，那就是當時文人對民間文化的援用。雖然他們的確是開玩笑的，但是通過這個事例，我們能夠看出當時文人對民間文化很熟悉，進而在自己的文學創作上往往援用通俗文學或民間表演的表達方式。他們援用的對象，或是特定民間文化的故事題材，或是其形式上的一些元素。白居易和陳鴻好像要用民間說故事的散韻組合敘事方式來撰寫長恨故事，把《長恨歌傳》當做散文敘事部分，把《長恨歌》當做韻文部分。其根據有二：第一、《長恨歌》全篇是七言體，現存敦煌講唱文學中散韻組合形式最明顯的作品，比如《伍子胥故事》、《漢將王陵變》、《降魔變文》等的韻文部分都是七言體，張祜提到的《目連救母變文》也大部分以七言體歌唱韻文，極少間有五言。第二、《長恨歌傳》和《長恨歌》實際上是把同一個故事內容以散文和韻文分別表達出來的，其描寫的場面，有時重複，有時相補。這也是敦煌講唱文學的典型的特點，已經以散文敘述的內容，或在韻文部分重新歌唱，或補充內容繼續展開敘述，下面就是《目連救母變文》中的一套散韻敘事：

> 昔仏在世時，弟子厥號目連，在俗未出家時，名曰羅卜，深信三寶，敬重大乘。於一時間欲往他國興易，遂即支分財寶，令母在後設齋，供養諸仏法僧及諸乞來者。及其羅卜去後，母生慳悋之心，所〔是〕囑咐資財，並私隱匿。兒子不經旬月，事了還家。母語子言：「依汝付囑，營齋作福。」因茲欺誑凡聖，命終遂墮阿鼻地獄中，受諸劇苦。羅卜三周禮畢，遂即投仏出家，承宿習因，聞法證得阿羅漢果。即以道眼訪覓慈親，六道生死，都不見目。……

> 羅卜自從父母沒，禮泣三周複製畢。聞樂不樂損害形容，食旨

---

﹝註20﹞ 陳允吉先生寫過《從〈歡喜國王緣〉變文看〈長恨歌〉故事的構成——兼述〈長恨歌〉與佛經文學的關係》一文，據他的說法，對《長恨歌》起到最大影響的變文作品不是《目連變》而是《歡喜國王緣》。參見陳允吉論文集《唐音佛教辨思錄》，上海古籍出版社 1998 年 9 月。

不甘傷筋骨。聞道如來在鹿苑，一切人天皆撫恤。我今學道覓如來，往詣雙林而問仏。……弟子凡愚居五欲，不能捨離去貪嗔，直爲平生罪業重，殃入（及）慈母入泉門。……仏喚阿難而剃髮，衣裳變化作袈裟。登時證得阿羅漢，後受婆羅提木叉。羅卜當時在仏前，金爐怕怕（拍拍）起香煙。六種瓊林動天（大）地，四花標樣葉清天。千般錦繡鋪床座，萬道珠幡空裏懸。仏自稱言我弟子，號曰神通大目連。〔註21〕

《目連救母變文》從頭到尾反覆進行這種散韻相間的敘述方式。我們可以用同樣的方式把《長恨歌傳》和《長恨歌》合併而產生另一篇散韻相間故事。如果考慮兩篇的場面和描寫，合併的故事可分爲共五套的散韻組合，其內容就如下：一、玄宗求色而得到楊貴妃，嬌媚的貴妃獨佔寵愛；二、安史之亂發生後，玄宗在逃難的路上不得不處死貴妃；三、肅宗受禪，退位的玄宗在蜀中懷念貴妃；四、蜀地道士爲玄宗在天界找到貴妃住處；五、道士作爲玄宗的使者見貴妃，貴妃使道士替她傳給玄宗以思念之情和再會的願望。下面，我要嘗試合併其中第二、四套的場面：

（散）天寶末，兄國忠盜丞相位，愚弄國柄。及安祿山引兵向闕，以討楊氏爲詞。……上知不免，而不忍見其死，反袂掩面，使牽之而去。倉皇展轉，竟就死於尺組之下。

（韻）漁陽鞞鼓動地來，驚破《霓裳羽衣曲》。九重城闕煙塵生，千乘萬騎西南行。……花鈿委地無人收，翠翹金雀玉搔頭。君王掩面救不得，回看血淚相和流。

（散）適有道士自蜀來，知上心念楊妃如是，自言有李少君之術。玄宗大喜，命致其神。……見最高仙山，上多樓闕，西廂下有洞戶，東向，闔其門，署曰「玉妃太眞院」。

（韻）臨邛道士鴻都客，能以精誠致魂魄，爲感君王展轉思，遂教方士殷勤覓。……樓閣玲瓏五雲起，其中綽約多仙子。中有一人字太眞，雪膚花貌參差是。〔註22〕

如果排除文言和白話的特點，這種散韻相間的方式與敦煌講唱文學的形式幾

---

〔註21〕原文據項楚《敦煌變文選注》上冊《大目乾連冥間救母變文並圖一卷》，第842～844頁。

〔註22〕原文據汪辟疆校錄《唐人小說》，第117～120頁。

乎沒有區別。

　　川和康三據《舊唐書・元稹傳》中元稹進令狐楚的作品自序，把元和詩體分爲兩類，一類是包含豔詩在內的「小碎篇章，以自吟唱」詩體，另一類是與白居易唱酬的長篇詩體。據川和康三的說法，第一類是「無新意的」，則是中國所有時代詩歌的一般特徵，第二類是元稹和白居易都引以爲豪的詩體，可以爲眞正的元和詩體。〔註23〕值得注意的是，元稹描寫的第二類元和詩體創作傾向與當時說故事傳統有相似之處，有關記載曰：

　　　　稹與同門生白居易友善。居易雅能詩，就中愛驅駕文字，窮極
　　　　聲韻，或爲千言，或五百言律詩，以相投寄。小生自審不能過之，
　　　　往往戲排舊韻，別創新辭，名爲次韻相酬，蓋欲以難相挑。自爾江
　　　　湖間爲詩者，復相放效，力或不足，則至於顛倒語言，重複首尾，
　　　　韻同意等，不異前篇，亦目爲元和詩體。〔註24〕

　　我們從三個方面可以看出引文說的元和詩體和說故事方式的共同點：一是篇幅長，二是「戲排舊韻」，三是「不異前篇」。這三個因素都可適用於當時流行的說故事傳統。拉長篇幅是說故事的基本特點，而且當時文人作爲一種消遣的方法撰寫多種版本的故事，引文所說「顛倒語言，重複首尾，韻同意等，不異前篇」的含義就可說是同一故事的不同版本。據元稹《白氏長慶集序》，元白相酬的元和詩和樂天《秦中吟》、《賀雨》等諷喻詩很受歡迎，「至於繕寫模勒，衒賣於市井，或持之以交酒茗者，處處皆是。」這意味著他們的詩歌被人們模仿創作爲多種版本，如元稹原注所說：「楊、越間多作書模勒樂天及予雜詩，賣於市肆之中也。」〔註25〕這種詩歌創作方式就讓我們想起唐代中後期文人以說故事方式撰寫小說的過程。

## 二、敘事詩的傳奇特點：以杜牧《杜秋娘詩》爲例

　　杜牧《杜秋娘詩》的形式和文中表示的撰寫過程與上述的幾篇傳奇作品有共同之處，其內容和描寫也很有傳奇特點。這可說是當時文人說故事傳統在詩歌創作上的反映。詩的並序曰：

〔註23〕〔日〕川合康三《終南山的變容——中唐文學論集》，274～275 頁。
〔註24〕《舊唐書》卷一百六十六《元稹傳》，第 13 冊，第 4332 頁；也載《元稹集》
　　　　卷第六十《上令狐相公詩啓》，中華書局 2000 年 6 月版，第 633 頁。
〔註25〕《元稹集》卷第五十一《白氏長慶集序》，中華書局 2000 年 6 月版，第 555
　　　　頁。

> 杜秋，金陵女也。年十五，爲李錡妾。後錡叛滅，籍之入宮，
> 有寵於景陵。穆宗即位，命秋爲皇子傅姆。皇子壯，封漳王。鄭注
> 用事，誣丞相欲去己者，指王爲根，王被罪廢削，秋因賜歸故鄉。
> 予過金陵，感其窮且老，爲之賦詩。

這段並序的開頭與傳奇類似，就是以人物傳的形式說出某種奇事的方式。《太平廣記》卷二百七十五、《唐語林》卷六、《唐國史補》卷中載有《杜秋娘詩》的相關故事。〔註26〕其中《唐語林》和《唐國史補》的描寫幾乎相同，可《太平廣記》有大的區別。《太平廣記》「李錡婢」故事包括杜秋娘入掖庭、爲皇子漳王傅姆、因漳王得罪國除而奉召歸故鄉等事。《杜秋娘詩》援用有關的典故來描述這些事情，其曰：

> 織室魏豹俘，作漢太平基。誤置代籍中，兩朝尊母儀……蕭
> 後去揚州，突厥爲閼氏。女子固不定，士林亦難期……蘇武卻生
> 返，鄧通終死饑。主張既難測，翻覆亦其宜。地盡有何物？天外
> 復何之？

《唐語林》和《唐國史補》卻沒有這一系列的內容，主要敘述李錡一家解冤的故事。這都是杜秋娘當漳王傅姆之前的事情，《唐國史補》就曰：

> 李錡之擒也，侍婢一人隨之。錡夜則裂衿自書笑權之功，言爲
> 張子良所賣。教侍婢曰：「結之衣帶。吾若從容奏對，當爲宰相，揚、
> 益節度；不得，從容受極刑矣。吾死，汝必入內，上必問汝，汝當
> 以此進之。」及錡伏法，京城三日大霧不開，或聞鬼哭，憲宗又得
> 帛書，頗疑其冤，內出黃衣二襲賜錡及子，敕京兆府收葬之。李鈷，
> 錡之從父兄弟也。爲宋州刺史，聞錡反狀慟哭，悉驅妻子奴婢無長
> 幼，量其頸爲枷，自拘於觀察使。朝廷聞而愍之，薄貶而已。

在《唐國史補》記載中，最主要的人物不是侍婢，而是李錡和他的從兄弟李鈷。但杜牧對杜秋浪這個人更加關注，然後寫出了以她爲主人公的一篇詩歌。《太平廣記》說此故事是「宮闈事秘，世莫得知」，而杜牧就是根據他在金陵聽到的故事，以詩歌形式重新說故事的。雖然與《鶯鶯傳》、《長恨歌傳》等作品不同，《杜秋娘詩》沒有與之相配的散文傳奇作品，但它的風格以及寫詩的原因和過程卻與配詩的這兩篇作品很接近。

---

〔註26〕《太平廣記》，第 6 冊，第 2169 頁；《唐語林校證》下冊，第 573 頁；《唐國
　　　史補》，第 40 頁。

　　實際上《杜秋娘詩》處處有說故事的特點。並序中「予過金陵，感其窮且老，爲之賦詩」和與之相配的本詩中「我昨金陵過，聞之爲歔欷……因傾一樽酒，題作杜秋詩。愁來獨長詠，聊可以自貽」等句都是在傳奇作品中看得到的敘述方式。比如《東城老父傳》曰：「元和中，穎川陳鴻祖攜友人出春明門，見竹柏森然，香煙聞於道，下馬觀昌於塔下。聽其言，忘日之暮。」《任氏傳》、《長恨歌傳》等作品也在故事中顯示作家自己的存在而介紹撰述故事的原因和過程，《杜秋娘詩》可能是模仿這種敘述方式的。從他人聽到故事後，用自己的語言來說故事就是傳奇作家的典型的寫作方法。杜牧有時把古代典故援引到自己的故事中，以至於產生後人的誤解，這也是說故事的特點之一。《楊升庵集》對《杜秋娘詩》「西子下姑蘇，一舸逐鴟夷」注曰：「世傳西施隨范蠡去，不見所出，只因杜牧一舸隨鴟夷之句而附會也……胥死，盛以鴟夷。今沉西施，所以報子胥之忠，故云隨鴟夷以終。范蠡去越，亦號鴟夷子皮，杜牧遂以子胥鴟夷爲范蠡之鴟夷，乃影撰此事以墮後人於疑網也。」〔註27〕這樣，杜牧所用典故的事實與否引起了後代人的爭論。但是典故是不是符合事實這個問題，對故事的敘述展開是不重要的，關鍵是能不能提高作品的故事性效果。即使杜牧改掉典故的一些內容，如果其與杜秋娘的故事相配，進而有助於故事的順利敘述，這可謂很有效果的說故事方式。〔註28〕

　　值得注意的是，杜牧與當時傳奇作家的關係不淺。《舊唐書・杜牧傳》曰：「沈傳師廉察江西宣州，辟牧爲從事、試大理評事」，杜牧《與浙西盧大夫書》所說「某年二十六，由校書郎入沈公幕府」就指此事。〔註29〕這樣，沈傳師給杜牧鋪設仕途，而他的父親就是傳奇《任氏傳》的作者沈既濟。杜牧無疑與沈傳師的關係要好，也可能對其父沈既濟的作品和創作活動很熟悉。杜牧又做過《玄怪錄》作者牛僧孺的掌書記，《唐才子傳》卷第六《杜牧》云：「沈傳師表爲江西團練府巡官。又爲牛僧孺淮南節度府掌書記。」據傅璇琮先生的校注，杜牧做牛僧孺淮南幕府的掌書記，是入江西沈公幕府後過五年的事

---

〔註27〕 引自〔清〕馮集梧注《樊川詩集注》，上海古籍出版社 2007 年 10 月，第 42 頁。

〔註28〕 沈亞之《歌者葉記》的敘述方式也有相似的地點。請見第二章第二節之中「文人小說裏面所見通俗口述敘事的痕跡」部分。

〔註29〕 《舊唐書》卷 147，第 12 冊，第 3986 頁；《樊川文集》卷 12，上海古籍出版社 1978 年 9 月版，第 186 頁。

情，也就是大和七年杜牧 31 歲的時候。〔註 30〕這樣，杜牧跟當時的傳奇作家或者傳奇作品接觸的機會不少，這種環境應該對他的文學活動有相當大的影響。實際上，他的《杜秋娘詩》就是在同一年撰寫的。繆鉞先生曾經考證，杜牧在大和七年春天「封沈傳師命至揚州聘淮南節度使牛僧孺，往來於潤州，聞杜秋娘流落事，作《杜秋娘詩》……故《杜秋詩序》中所謂『予過金陵』，即指本年過潤州事。」〔註 31〕我們從這個事實也可以推測《杜秋娘詩》受到當時流行的傳奇創作的影響。

杜牧寫過題爲《沉下賢》的絕句來讚揚沈亞之的文學，其云：「斯人清唱何人和？草徑苔蕪不可尋！一夕小敷山下夢，水如環佩月如襟。」〔註 32〕《唐才子傳》卷第六《沈亞之》也引用《郡齋讀書志》而提到杜牧對沈亞之的贊許：「亞之以文詞得名……常遊韓吏部門。杜牧、李商隱俱有擬沉下賢詩，蓋甚爲當時名輩器重云。」〔註 33〕沈亞之是有名的傳奇作家，《馮燕傳》、《異夢錄》和傳奇特點濃厚的散文《歌者葉記》等作品都是他所著的。杜牧的活動時期比沈亞之晚二十年左右，他的青年時代爲沈亞之的晚年，而至今沒有具體的記載可以證明兩人的交流。但不管他們有沒有直接的往來，從《沉下賢》詩來看，杜牧確實熟悉於沈亞之的作品，而且很仰慕他的文學活動。因此，我們可以說，沈亞之的作品和創作方式對杜牧的詩歌創作起到一定的影響，其中當然有沈亞之的傳奇小說。

# 第二節　新樂府詩和說故事傳統

## 一、以故事爲中心的新樂府創作精神

唐代中後期的樂府可以說是到漢樂府精神或者樂府本來傳統的回歸。但是這種回歸不是全面的回歸，而是部分的回歸，或可謂創作精神上的恢復。錢志熙先生強調作爲表演藝術的漢樂府而指出：「作爲一種表演性的彈唱歌詞，漢樂府詩不是純粹意義上的詩，它不是面對讀者，滿足讀者的文學趣味；

---

〔註 30〕 參見傅璇琮主編《唐才子傳校箋》，中華書局 2002 年 8 月，第 3 冊，第 195 頁。

〔註 31〕 繆鉞《杜牧年譜》，河北教育出版社 1999 年 1 月，第 144～145 頁。

〔註 32〕 以上《杜秋娘詩》和《沉下賢》詩的原文各據《樊川詩集注》卷一第 35 頁和卷二第 165 頁。

〔註 33〕 傅璇琮主編《唐才子傳校箋》，第 3 冊，第 90 頁。

而是面向觀眾和聽者，滿足他們的娛樂趣味。」〔註34〕爲了滿足聽眾的要求，漢樂府非要重視動聽的故事情節不可，而唐代中後期的文人就拿這種故事性來用於自己的詩歌創作，尤其是以元白集團爲中心創作的新樂府詩明明顯示這種特點。白居易《新樂府》並序很清楚地闡明了新樂府詩創作的意義所在，其云：

> 凡九千二百五十二言，斷爲五十篇。篇無定句，句無定字，繫於意，不繫於文。首句標其目，卒章顯其志，《詩》三百之義也。其辭質而徑，欲見之者易諭也。其言直而切，欲聞之者深誡也。其事核而實，使採之者傳信也。其體順而肆，可以播於樂章歌曲也。總而言之，爲君、爲臣、爲民、爲物、爲事而作，不爲文而作也。
> 〔註35〕

這可說是白居易對他自己的詩歌創作方式和語言運用的一種辯護。對他而言，故事是要說的，甚至連感情也是要敘述表達的對象。「其事核而實，使採之者傳信也」是意味著他要寫以事實爲中心的詩歌。即使作品的篇幅較長了，還是不迂迴而直接表達才易懂，而且便於傳播其故事。這種方式與其說是詩歌的特點，不如說是與當時說故事的直線式敘述方法一脈相承。

新樂府作家一直追求兩個方面的創作特點：一、脫離音樂的拘束，二、脫離古題的拘束。但第一個要求並不是指新樂府與音樂絕無關係，況且白居易也明明說到「其體順而肆，可以播於樂章歌曲也」。郭茂倩《樂府詩集》卷第九十《新樂府辭序》說：「新樂府者，皆唐世之新歌也。以其辭實樂府，而未常被於聲，故曰新樂府也。」這是探討新樂府的入樂問題時經常引用的文字。對此文，張煜先分析「歌」和「聲」的意思，然後重新解讀其意：「郭氏所言『新歌』是指無音樂伴奏，『未常被於聲』亦是指無音樂伴奏的意思，故新樂府應是指未譜入樂曲的徒歌形式的歌詩。簡言之，新樂府是一種在唐代以徒歌形式演唱，沒有音樂伴奏的歌詩形式。」他又總之而言：「那種斷然認爲新樂府與音樂無關，新樂府不能入樂歌唱的觀點，是不符合歷史真實情況的。」〔註36〕吳相洲先生也業已反對新樂府不能入樂之說，尤其對任半塘先

---

〔註34〕錢志熙《樂府古辭的經典價值──魏晉至唐代文人樂府詩的發展》，載《文學評論》1998 年第 2 期，第 64 頁。

〔註35〕《白居易集》卷第三，第 1 冊，第 52 頁。

〔註36〕張煜《新樂府辭研究》，北京大學出版社 2009 年 8 月，第 46、57 頁。

生的「（新樂府）實質本非聲詩」之說提起疑問並主張：「元白的新樂府詩是能唱的，他們創作新樂府，不是要作一種什麼特別的與時下歌詩無關的東西，而是要作能夠入樂入舞的新歌詩，並且希望這些歌詩能被朝廷的音樂機構採用，歌唱。」〔註37〕

可是新樂府即使能歌唱，這並不意味著新樂府作家非常重視入樂與否。如《新樂府序》所示，白居易確實提到入樂和歌詩問題，但這是他所說新樂府創作的四個條件和目的中最後一個。而且，白居易《新樂府序》對入樂問題的說法與前三個因素不同。即「欲見之者易諭也」、「欲聞之者深誡也」、「使採之者傳信也」是《新樂府》創作的目的所在，其說法顯示他的意志，與之不同，「可以播於樂章歌曲也」這個說法沒有前三個問題那麼堅決。郭茂倩也在《新樂府辭序》最後一段說道：「由是觀之，自風雅之作，以至於今，莫非諷興當時之事，以貽後世之審音者。倘採歌謠以被聲樂，則新樂府其庶幾焉。」〔註38〕郭茂倩確實主張新樂府能夠入樂，但我們有必要從別的角度解釋此文，就是新樂府的入樂與否不是關鍵的問題。雖然新樂府也可以被聲樂，可這是作完詩歌之後的事情。換言之，在創作詩歌當時，入樂是次要考慮的問題。任半塘先生指出：「雖因辭之平仄諧協而益利於入樂歌唱，但如未曾確然入樂與歌唱，則無從憑其平仄諧協一點，便指之為聲詩。」而他把元稹、白居易、李紳的新樂府辭看成「實質本非聲詩」的主要原因，就是這些詩辭「終唐之世，迄無播入樂章歌曲之企圖」〔註39〕。實際上，張煜考證的入樂新樂府詩目錄裏面，卻沒有白居易在元和四年（809）開始寫的《新樂府》五十首和元稹幾乎在同時代以同題撰寫的《和李校書新題樂府》十二首。〔註40〕這個情況可以反證，至少對元白新樂府詩而言，其能否入樂的問題沒有作品的內容和主題意識那麼重要。

又值得一提的是，白居易在元和十年所作《與元九書》已經強調「聲」和「音」的重要性，其云：

> 感人心者，莫先乎情，莫始乎言，莫切乎聲，莫深乎義。詩者，

---

〔註37〕參見吳相洲《唐代歌詩與詩歌》，北京大學出版社 2000 年 5 月，第 146～148 頁。

〔註38〕以上郭茂倩《新樂府辭序》原文據《樂府詩集》，中華書局 2009 年 11 月版，第四冊，第 1262 頁。

〔註39〕任半塘《唐聲詩》上篇，上海古籍出版社 1982 年 10 月，第 54 頁。

〔註40〕參見張煜，同上書，第 47～57 頁。

　　根情，苗言，華聲，實義。……未有聲入而不應，情交而不感者。
　　聖人知其然，因其言，經之以六義；緣其聲，緯之以五音。

可是，此文也並不意味著白居易把音樂元素作爲詩歌的首要條件，因爲這是
說明《詩三百》的過程中梳理出的內容。而且在接下來的文章中，他只慨歎
過去詩作「六義始刓矣」、「六義始缺矣」、「六義寖微矣」的情況，卻沒有提
到對「五音」的問題。也就是對白居易來說，入不入樂不是那麼重要的問題，
而這種想法在寫諷喻詩和新樂府的過程中更堅固起來了。〔註41〕

　　對於第二個要求「脫離古題的拘束」的榜樣，元稹舉杜甫之作說到：「近
代唯詩人杜甫《悲陳陶》、《哀江頭》、《兵車》、《麗人》等，凡所歌行，率皆
即事名篇，無復倚傍。予少時與友人樂天、李公垂輩，謂是爲當，遂不復擬
賦古題。」〔註42〕新樂府作家想要從樂府傳統採取采詩的根本精神或作用，
那就是察民情以諷刺社會弊病。所以，他們在創作歌詩的時候最著重的的當
然是故事本身與其傳播，而不能援用與故事絕無關係的古題。即使援用樂府
古題，儘量要脫離千篇一律的內容，就如元稹在同文所說：「昨梁州見進士劉
猛、李餘各賦古樂府詩數十首，其中一二十章咸有新意，予因選而和之。其
有雖用古題，全無古義者，若《出門行》不言離別，《將進酒》特書列女之類
是也。」〔註43〕在樂府的音樂元素已經退化的情況之下，他們從樂府傳統最
多吸取的是它的故事性，而當時的說故事傳統可能對這種新樂府創作傾向有
敦促的作用。再梳理而言，從樂府的本質特點消失之後，新樂府作家對樂府
的態度及其創作傾向還是經過了兩個階段：第一、使用樂府古題卻脫離內容
上的局限，第二、按照作品的故事內容來使用新的題目。在此兩個階段中，
最爲關鍵的因素都是故事本身，因此最好是以故事爲中心創作詩歌，而這種
創作態度與當時文人之間流行的說故事傳統有相似之處。

　　白居易《與元九書》把自己的詩歌創作分爲新樂府諷諭詩、閒適詩、感
傷詩、雜律詩四類，而他認爲其中諷諭詩、閒適詩最有文學價值，因爲這兩
類就各有兼濟和獨善之意義。但據《與元九說》的整體內容來看，我們可以
判斷他最自豪的還是新樂府諷諭詩。在此文章中，白居易一直主張詩歌的社
會功能。首先他指責「洎周衰秦興，采詩官廢，上不以詩補察時政，下不以

---

〔註41〕參見《白居易集》卷第四十五，第三冊，第 960～961 頁。
〔註42〕《元稹集》卷第二十三《樂府古題序》，上冊，第 255 頁。
〔註43〕同上文，同頁。

歌泄導人情」的情況，然後梳理晉宋、康樂、淵明、梁陳的詩歌創作都失去諷喻意義的世態。雖然到唐代杜甫有《新安》、《石壕》、《潼關吏》、《蘆子關》、《花門》等作，但是對白居易而言，其數量還是不夠的。這就是他在詩歌史上最重視諷諭詩而把新樂府諷諭詩放在四類之首的原因。〔註44〕與之相應，他在《新樂府》的最後一篇《采詩官》文末坦白說出他的要求：「君兮君兮願聽此：欲開壅蔽達人情，先向歌詩求諷刺。」〔註45〕

　　白居易確實分離《詩經》的創作精神和梁陳詩歌的風雪花草，因爲即使是同一個題材的表現，《詩經》有其創作的背景或緣故，梁陳詩歌卻沒有。《詩經》的背後有故事，梁陳詩歌只不過是對風雪花草的描寫。在這一點上，他寫詩的時候儘量堅持有話就說、有故事就敘述的態度，正如《與元九書》所說：「自登朝來，年齒漸長，閱事漸多，每與人言，多詢時務；每讀書史，多求理道：始知文章合爲時而著，歌詩合爲事而作。」〔註46〕這種態度也在一定程度上與說故事傳統有關係。當時許多文人一碰到故事題材就把它改爲一篇完整的、有意義的敘事作品。白居易也是一樣，他可能要把這種傳統適用於詩歌創作之上。對於唐代的詩風，蘇軾曾在《祭柳子玉文》留下了有名的一句：「元輕白俗，郊寒島瘦」。其中對「白俗」歷來有很多說法，但大概可分爲「淺切」和「通俗易懂」兩種解釋。大部分的學者把「白俗」解釋爲「說盡感情，不足餘味」的意思，這即是「淺切」的含義。也就是說，白居易詩沒有詩歌應有的含蓄之美。可是從白居易的立場來看，這種解釋有點冤枉，因爲如上所述，他一直在主張詩歌的社會功能。對白居易來說，這種創作傾向是不得已的選擇。

## 二、新樂府詩中的說故事元素及其與通俗敘事的關係

　　實際上白居易《新樂府》中的幾篇詩就有說故事的特點。首篇《七德舞》的開頭顯示詩人自己的存在：「元和小臣白居易，觀舞聽歌知樂意，樂終稽首陳其事」。這種敘述方式與當時傳奇在文中顯示「我」的存在，而以「向某人聽某事，因此傳其故事」說明撰寫過程的方式一脈相承。白居易在《新樂府》的首篇運用這樣的敘述方式，可能要賦予接下來的詩作以說故事的特點。《新

---

〔註44〕　參見顧學頡校點《白居易集》卷第四十五，中華書局 1985 年 10 月版，第 3
　　　　　冊，第 959～966 頁。
〔註45〕　《白居易集》卷第四，第 1 冊，第 90 頁。
〔註46〕　《白居易集》卷第四十五，第 3 冊，第 962 頁。

樂府》的一些詩篇往往在文中附以自注，《七德舞》、《法曲歌》、《上陽白髮人》
《新豐折臂翁》、《馴犀》、《蠻子朝》、《縛戎人》、《西涼伎》等篇都爲其例。
這些附注一般說明與詩句有關的時代背景、歷史事件或知識，讓讀者更容易
瞭解詩歌要表現的內容和思想。這也可說是《新樂府》中的說故事元素，讀
者就通過詩句和附注接受有關故事，進而把這些詩篇認爲是一種故事。在此
過程中，作者既爲詩人，也成爲說故事的人，詩歌創作的目的也由抒情改爲
故事的傳達。《新豐折臂翁》文尾幾句和自注的特點比較明顯，其云：

> 君不聞：開元宰相宋開府，不賞邊功防黷武？（自注）開元初，
> 突厥數寇邊，時天武軍子將郝靈岑出使，因引特勒回鶻部落，斬突
> 厥默啜，獻首於闕下，自謂有不世之功。時宋璟爲相，以天子年少
> 好武，恐徼功者生心，痛抑其賞。逾年，始授郎將。靈岑遂慟哭嘔
> 血而死也。

> 又不聞：天寶宰相楊國忠，欲求恩倖立邊功？邊功未立生人怨，
> 請問新豐折臂翁。（自注）天寶末，楊國忠爲相，重結閤羅鳳之役，
> 募人討之，前後發二十餘萬衆，去無返者。又捉人連枷赴役，天下
> 怨哭，人不聊生，故祿山得乘人心而盜天下。〔註47〕

這樣，作者援引自注的方法來補充以詩歌形式不能完全說明的內容，而
讀者就能夠欣賞更完整的一篇故事。《新豐折臂翁》附注「元和初，折臂翁猶
存，因備歌之」以結束全篇，這是作者創作此篇的主要原因。這種自注使我
們想起陳鴻傳奇《東城老父傳》，因爲東城老父經歷與新豐老翁同時代的事
件，而且陳鴻就與《新豐折臂翁》一樣，以從東城老父聆聽故事的方式來展
開敘述。眾所週知，白居易和陳鴻是在同一個文人集團裏面經常交往的文友，
一人撰《長恨歌》，一人撰《長恨歌傳》。他們可能隨時搜集故事題材，共享
其內容，有的把它寫爲詩篇，有的寫爲小說。但無論是詩歌還是小說，在創
作活動中，最重要的是有效地傳達故事本身，而這樣的過程就可謂典型的文
人說故事活動。〔註48〕

〔註47〕《白居易集》卷第三，第 1 冊，第 62 頁
〔註48〕如果把《新豐折臂翁》改爲傳奇小說，可能有與《東城老父傳》非常接近的
　　　　風格。而且，這兩篇篇首的描述方式很相似，《東城老父傳》曰：「老父，姓
　　　　賈名昌，長安宣陽里人。開元元年癸丑生。元和庚寅歲，九十八年矣。視聽
　　　　不衰，言甚安徐，心力不耗，語太平事歷歷可聽。」《新豐折臂翁》曰：「新
　　　　豐老翁八十八，頭鬢眉鬚皆似雪。玄孫扶向店前行，左臂憑肩右臂折。問翁

　　有的詩篇轉換敘述視點來取得戲劇性效果，《杜陵叟》篇曰：

　　　　典桑賣地納官租，明年衣食將何如？剝我身上帛，奪我口中粟。

　　虐人害物即豺狼，何必鉤爪鋸牙食人肉！〔註49〕

文中突然出現一人稱代詞「我」，作者在感情最爲高潮的部分暫時把第三人稱敘述換爲第一人稱，然後再回歸第三人稱。這種手法是戲劇性敘述的特點，尤其是在口頭敘事裏面常常使用的敘述方式。敘述者把自己與劇中人物同化，以使受眾也覺得同樣的情緒。通過視點的轉換，敘述者、劇中人物和受眾的距離更爲接近。〔註50〕之所以能用這樣的敘述方式，就是因爲其故事情節達到最有戲劇性的階段。作者白居易常常有與民間文化接觸的機會，也可能受到戲劇表演的故事敘述方式。《陵園妾》篇也有相同的敘述方式：「雨露之恩不及者，猶聞不啻三千人。三千人，我爾君恩何厚薄。願令輪轉直陵園，三歲一來均苦樂」。〔註51〕陵園妾歎息自己長年得不到恩寵的命運，甚至以自嘲的態度表現這樣的情況。在這個場面，作者就使用第一人稱「我」的視點來進入故事主角的心裏。

　　《上陽白髮人》也有相應的敘述方式，但這與上述的例子稍有不同，其云：

　　　　小頭鞋履窄衣裳，青黛點眉眉細長：外人不見見應笑，天寶末

　　年時世妝。上陽人，苦最多：少亦苦，老亦苦。〔註52〕

這些文字描寫上陽白髮人的衣著和化妝早已過時的現實。其中「外人不見見應笑，天寶末年時世妝」是上陽人的自嘲，如果以戲劇或小說敘事的觀點來看，也可說是主人公的獨白。雖然作者沒有寫出「我」字，但這也是暫時轉換爲第一人稱視點的戲劇性表現，就是把主人公的獨白以詩歌形式表達出來的。這樣，在使用詩歌形式來說故事的過程中，作者在最能發揮戲劇性效果的部分臨時轉換視點。這種敘述方式可稱爲說故事的特點在詩歌創作上的反映。

　　有學者認爲這種視點的轉換與歌行的體制有關。薛天緯據日本學者松浦

---

　　　　臂折來幾年？兼問致折何因緣？」

〔註49〕《白居易集》卷第四，第 1 冊，第 78 頁。

〔註50〕對視點轉換的敘述方式，請見本書第二章第二節中「文人小說和通俗敘事文
　　　　學之間的溝通」部分。

〔註51〕《白居易集》卷第四，第 1 冊，第 83 頁。

〔註52〕《白居易集》卷第三，第 1 冊，第 59 頁。

友久的歌行論，對白居易《七德舞》開頭「元和小臣白居易，觀舞聽歌知樂意，樂終稽首陳其事」解釋說：「詩人自道其名，欲以第一人稱發表個人對朝政的感受與看法。這就是歌行的表現方式了。」松浦友久認為「歌行」趨於第一人稱化、主體化，這種第一人稱化就在白居易《新樂府》表現出來，因此薛天緯說到：「總體上看，白居易的《新樂府》五十首雖然著重從第三人稱角度對社會問題與現象作客觀反映，但詩人的寫作意圖仍在於表達自己的主觀情志，這在本質上也是與歌行的抒情性質相通的。」〔註53〕歌行體本身就包含著表現方式的戲劇性，因此可以這麼說，《新樂府》的這種視點轉換方式就是歌行體的戲劇特點產生的結果。

但即使援用第一人稱「我」字，有時不能把它看成視點的轉換。《鴉九劍》篇中有第一人稱「我」和作為相對人物的第二人稱「君」字，其云：「君勿矜我玉可切，君勿誇我鐘可制；不如持我決浮雲，無令漫漫蔽白日。」可這不是視點的轉換，而是第三人稱敘述的繼續展開，因為其前句明明表示這是代言：「客有心，劍無口，客代劍言告鴉九。」《井底引銀瓶》也有第一人稱「妾」和「君」字，「妾弄青梅憑短牆，君騎白馬傍垂楊」、「為君一日恩，誤妾百年身」等句都是其例。這也不是視點的轉換，因為此詩從頭到尾都以第一人稱敘述。《井底引銀瓶》是《新樂府》五十篇中唯一的第一人稱敘述作品。

新樂府作家用同一個詩題來撰寫不同的作品。元稹《和李校書新題樂府十二首並序》的題目都在白居易《新樂府》五十篇的範圍之內。如元稹在並序中所說，李紳先作《樂府新題》二十首（已亡佚），然後元稹選其中十二首和作。李、元、白三人的新樂府和作順序一般被認為是李紳→元稹→白居易，而據靜永健的主張，白居易《新樂府》五十首中除與元稹新題樂府同題的十二首以外三十八首裡面，可能還有八首與李紳之作標題相同。〔註54〕他們描

---

〔註53〕 參見薛天緯《唐代歌行論》，人民文學出版社2006年8月，第484～485頁。
〔註54〕 參見〔日〕靜永健《白居易寫諷諭詩的前前後後》，中華書局2007年10月，第79～80和120頁。有關三人的和作方式，我們需要關注《縛戎人》和《西涼伎》的自注。元稹在《縛戎人》「眼穿東日望堯雲，腸斷正朝梳漢髮」句附注云：「延州鎮李如暹，蓬子將軍之子也。嘗沒西蕃，及歸自云：蕃法唯正歲一日，許唐人沒蕃者服衣冠，如暹當此日，由是悲不自勝，遂與蕃妻密定歸計。」白居易也在同樣的場面附上幾乎相同的自注，而《西涼伎》自注的情況也是如此。這種現象大概不是偶然，而是事先已經相約好的，因為元白的這兩篇詩作都只有這一個自注。也有可能李紳的原作本來有此注，後來元白在和作的過程中仍然援用它。

寫的都是唐朝兩百年間在各個角落髮生的事情，就可說是將同一個故事題材寫為不同作品的。比如說《上陽白髮人》，元、白都描寫老宮人少時別親、強被進入上陽宮、到老一無受寵的命運，但是他們描寫的具體場面和語言都不一樣。這種創作方式確實與當時文人之間流行的說故事傳統有相似之處，甚至可說在詩歌方面的「同一故事不同版本」創作方式。如第二章所述，當時文人隨時援用同一個故事題材和情節可以產生出不同的、甚至無數的故事版本，而這種作方式就成為文人之間的文化活動。新樂府詩也是如此，同一個故事題材寫成多種風格的詩作。不同的是，文人小說在說故事的過程中往往改變其創作目的和主題意識，可是描述同一故事的新樂府詩，其主題意識都沒有變化。這是因為新樂府作家開始創作之前都已經同意創作目的和功能等因素，就如白居易所說：「其言直而切，欲聞之者深誡也。其事核而實，使採之者傳信也」。

　　《縛戎人》篇描寫唐西涼出身的一個俘虜經歷數十年苦難的過程，是白氏五十首和元氏十二首新樂府詩中篇幅最長的一首，也可說是與《上陽白髮人》、《新豐折臂翁》等作品一起最有故事性的一首。陳寅恪先生曾經比較元白各人的《縛戎人》而指出：「微之幼居西北變鎮之鳳翔，對於當時邊將之擁兵不戰，虛奏激功，必有親聞親見，故此篇言之頗極憤慨。樂天於貞元時既未嘗在西北邊陲，自無親所聞見，此所以不能超越微之之範圍而別有增創也。」〔註55〕也就是說，元稹少時在西北的經歷對詩歌的風格有一定的影響，而白居易因為沒有這種經歷，只能沿襲元稹之作。可是靜永健並舉李紳之例而提出不同的意見。據他的說法，李紳也許根據親眼所見的事件寫到此作，然後元白兩人是對李氏的原作感觸頗深才和它吟詠的，因為到元和初年，元白都尚未得遊歷江南和吳越的機會，只有由江南歸京的李紳最有可能親見其事。〔註56〕如果從前者的意見，白居易純粹看別人的作品來改寫其作，而如果從後者的意見，元白都是間接接受某種故事而把它用來撰寫自己作品的。這種創作方式就與當時文人作小說的過程沒有區別，他們或聽說別人的故事，或讀既往的故事文本，然後寫出不同的作品。在重新說故事的過程中，作家是否親歷其事並不重要，關鍵是故事本身和敍述的能力。

　　值得注意的是，實際上元白的《縛戎人》各有不同的敍述方式，但其中

〔註55〕陳寅恪《元白詩箋徵稿》，第五章《新樂府》，三聯書店 2001 年版，第 217 頁。
〔註56〕〔日〕靜永健，同上書，第 123 頁。

白居易的作品更有戲劇性，而且與民間說故事傳統更接近。

首先看看敘述者的說話方式。從西邊擒來的俘虜按照詔令再被押送到南方，主人公唐籍戎人就在這個場面登場。可是，元白兩人以不同的方式描述主人公（即是後半段的敘述者）說自己經歷的場面，其曰：

> 中有一人能漢語，自言家本長安窟。小年隨父戍安西，河渭瓜沙眼看沒……（元稹）

> 其中一虜語諸虜，爾苦非多我苦多。同伴行人因借問，欲說喉中氣憤憤。自云鄉管本涼原，大曆年中沒落蕃……（白居易）

如引文所示，元稹以主人公一個人繼續敘述場面，中間沒有介入其它人物。但白居易不同，他援用同伴行人問事而主人公回答的方式，非常自然地說出後邊的故事。這是很有戲劇性的敘述方法，因為主人公以外的人物突然登場，又有人物之間的對話。如果把這個場面改為小說或戲劇，白作比元作一定會有更濃厚的戲劇特點。

其次要關注《縛戎人》詩中的「青冢」這個詞。白居易《縛戎人》曰：「驚藏青冢寒草疎，偷度黃河夜冰薄」，但元稹在此場面沒有使用「青冢」，只說：「陰森神廟未敢依，脆薄河冰安可越」。「青冢」一般是指今內蒙古所在漢王昭君墓，《縛戎人》中的「青冢」當然不是王昭君墓，只是泛指主人公多次藏身的墳墓。可是「青冢」在敘述故事的過程中產生的文學效果並不少。王昭君故事在唐代民間非常流行，唐代詩人吉師老聽到的「轉變」表演是演出王昭君故事的，王建詩《觀蠻妓》中的妓女也說昭君故事，李賀《許公子鄭姬歌》中鄭姬唱的明君就是指王昭君。〔註57〕

現存敦煌本《王昭君變文》共三次提到「青冢」，這一定是對表演的接受者很熟悉的故事因素。也就是說，一聽到「青冢」這個詞就想起漢人王昭君嫁給單于而懷念漢地到死的故事。如張祜和白居易的對話所顯示，白居易平時對民間故事有興趣，那肯定對《王昭君變文》也很熟悉。我們可以說，白居易援用在民間故事常用的敘述方式、詩句、詞彙等因素來提高自己作品的戲劇性效果，甚至使接受者感到好像在欣賞民間的故事表演。實際上張祜提

〔註57〕 王建《觀蠻妓》曰：「欲說昭君斂翠蛾，清聲委曲怨於歌。家年少春風裏，拋與金錢唱好多」；李賀《許公子鄭姬歌》中說：「長翻蜀紙卷明君，轉角含商破碧雲。自從小蠻來東道，曲里長眉少見人。相如冢上生秋柏，三秦誰是言情客。蛾鬟醉眼拜諸宗。為謁皇孫請曹植。」這樣，當時文人隨時享受王昭君故事的的專門表演，一定很熟悉其故事內容和敘述方式。

到《目連變》的原因就可以從這個角度來解釋，則是白居易《長恨歌》有意識地援用通俗敘事作品中的句子或場面的。白居易《縛戎人》開頭的三三七句式「縛戎人，縛戎人，耳穿面破驅入秦」和文尾的三七句式「縛戎人，戎人之中我苦辛」也可能是受到民間文學的影響。陳寅恪先生早已指出白居易《新樂府》的句式和民間歌謠的關係：「復次，關於新樂府之句律，李公垂之原作不可見，未知如何。恐與微之之作無所差異，即以七字之句爲其常則是也。至樂天之作，則多以重疊兩三字句，後接以七字句，或三句後接以七字句。……寅恪初時頗疑其與當時民間流行歌謠之體制有關，然苦無確據，不敢妄說。後見敦煌發見之變文俗曲殊多三三七句之體，始得其解。」〔註58〕綜而言之，白居易要在句式上模仿民間變文俗曲的形式，而在敘述上還是使用民間故事作品的敘事方式。如上所述，新樂府詩在敘述方式、詞彙、韻文形式等方面都不少受到當時民間說故事傳統的影響。

---

〔註58〕陳寅恪，同上書，第 125 頁。

# 第五章　唐代說故事作品的寫本製作和出版方式

　　考察古代作品的製作過程，最好的方法還是要看現存的實物材料，因爲這種材料本身就具備製作和出版過程中的許多因素。唐代說故事作品中，現在可以看原貌的只有敦煌寫本通俗敘事作品，因而就唐代文言小說來言，很難進行文獻學方面的研究。在這種情況之下，如果以敦煌寫本爲例看唐代說故事作品的製作方式，很容易犯以偏概全的錯誤。即使如此，本章打算以敦煌寫本爲主要分析對象，其原因有三：第一、敦煌本通俗敘事作品很可能是供閱讀用而製作的。雖然這些作品確實與各種表演有密切的聯繫，甚至被認爲是表演用的底本，但是只有這一個事實不能否定作爲閱讀用的寫本特點。比如，《葉淨能詩》、《唐太宗入冥記》等作品根本找不到表演元素的痕跡，而這些作品無妨看成是供閱讀用的小說。即使某種作品帶有很多底本元素，我們還是不能把它定爲實際表演用的底本，因爲這些元素也許是爲提高戲劇效果採取的敘事方式。更退一步說，甚至連表演用的底本也可以供閱讀使用。而且，既然以完整的文字形式寫出一篇故事，其作爲讀本的可能性就很大。《降魔變文》、《漢將王陵變》等敦煌寫本，雖然有不少的表演元素，可是其記錄的狀態非常完整，還有多種版本和不同的寫本製作方式。當時這些寫本很可能用來讀物，也就是說，讀者一邊看讀本，一邊享有表演的現場感。那我們可以說，確實是供閱讀用的唐代文言小說的出版方式和外觀，實際上與敦煌通俗敘事寫本沒有多大的區別。尤其是從唐代後期大和年間很活躍起來的傳奇集出版，從篇幅和出版時期來看，很可能與當時敦煌通俗敘事寫本製作方

式相符。第二、唐代的敦煌是非常發達的文化基地。如本書緒論所說，唐代的敦煌不能斷言是偏僻的地方，卻是經濟和文化都非常發達的中心地區。許多敦煌寫本的高質量和精彩的製作過程就反映這個地方的文化水平。所以，在這裏製作的出版物，無論雅俗都可說是代表當時民間的出版樣式。第三、實際上敦煌寫本裏面也有文言小說作品，比如唐韋瓘撰傳奇文《周秦行紀》殘卷（P.3741）和隋侯白所撰故事集《啓顏錄》殘卷（S.610）等。雖然現存的數量極少，但是唐代在敦煌地區的確抄寫過文言小說這個事實是不能否定的。

從敦煌變文寫本的狀態來看，當時文言小說尤其是載於史書經籍志小說家目錄的作品，其出版方式和寫本狀態可能比現存敦煌寫本好多了。可是，這種情況是文言小說正式出版以後的事情，至少那些故事很流行的時候，抄寫水平、紙質、筆跡、校閱等出版元素大概與現存敦煌寫本沒有什麼區別。所以，本章要把敦煌寫本作爲根據，探討唐代說故事作品的寫本製作和出版方式。與過去的情況不同，今天通過世界各地的敦煌文獻資料集或者網站資料庫，可以看幾乎所有的敦煌寫本的照片。其中，本章儘量要使用國際敦煌項目（IDP：International Dunhuang Project）在網上提供的敦煌原本照片資料。IDP 的資料是比任何敦煌資料集圖片更清楚，足以用於文獻學方面的研究。最近 IDP 機構在上傳越來越多的圖片資料，但至今尚不能提供的也不少。這些資料都要參考《中國國家圖書館藏敦煌遺書》、《英藏敦煌文獻》、《法藏敦煌西域文獻》等已經出版的敦煌文獻資料集。

## 第一節　抄寫、圖畫的分工和圖書商品

在中國出版史上，書籍分工的歷史很悠久。據研究，漢代已經有職業抄手，到隋唐，無論官方和民間都隨時組織分工隊伍出書。其中，我們之所以要關注圖畫和抄寫的分工，是因爲這種方式在唐代中後期出版過程中起到相當重要的作用。一般說來，出書的時候最要考慮的兩個條件是吸引讀者的書籍形態和出書速度的加快或成本的節省。圖畫是滿足第一個條件的因素，分工是爲達成第二個條件的最好的方法，不少的敦煌寫本就用這兩種方法來完成了出書的過程。而且，在佛教極盛的唐代，寫本的開頭或中間帶有的佛教圖畫在美觀和宗教上都吸引消費者的佔有欲。下面，我們主要以敦煌本 S.2144

《韓擒虎話本》爲例探討唐代說故事作品卷子的圖畫和分工製作。

在考察之前，先有必要梳理敦煌本韓擒虎故事的題目問題，因爲這與寫本的製作方式直接有關係。對此問題，歷來有不少的爭論，而此爭論開始於《韓擒虎話本》的最後八個字「畫本既終，並無抄略」。對於文中「畫本」看成是「話本」還是「畫本」本身，一般有兩種不同的意見。最初研究這個問題的學者是王慶菽，他在《試探「變文」的產生和影響》一文中說：「結尾云：『畫本已終，並無抄略』不是已經明明說是『話本』嗎？畫本，可能是說話時掛起圖畫來說話。……可見當時是有圖畫來輔助講說的。故當時說『話本』爲『畫本』或者是『畫』與『話』字同音借用。總之，既說『並無抄略』，當然是文字的『話本了。」〔註1〕李騫雖然沒有詳細闡述這個問題，但是直接引用王先生的說法來支持他的意見。〔註2〕王重民對此指出：「在用平話說故事的時候，可以不用畫本作幫助了，所以這裏的『畫本』疑當作『話本』。」〔註3〕雖然王慶菽和王重民都主張「話本」說，但是兩位學者提出的論據是相反的，一個是配圖說話，另一個是不用圖畫的說話表演。以後幾位學者紛紛提出「話本」說，近來出版的《敦煌變文校注》和《敦煌變文選注》也支持這種看法。

與之相反，程毅中、韓建瓴和梅維恒等學者都主張「畫本」不能換成「話本」。他們都認爲「畫本」不是現存《韓擒虎話本》，而是當時抄寫人依據的「底本」。程毅中《關於變文的幾點探索》稱：「現存的《韓擒虎話本》原文末尾說：『畫本既終，並無抄略』，我懷疑它所謂『畫本』並非『話本』之訛，也和變文一樣，形式和近代的拉洋片相似。」〔註4〕拉洋片是看圖說故事的一種民間技藝，程先生就把「畫本」看成是這種說故事表演的底本。梅維恒先生認爲「略」是「錄」的錯字，而把「畫本既終，並無抄略」如此翻譯：「畫本〔與『話本』同聲異義〕到達終點，〔文字〕也沒有抄錄了。」他主張，說話時使用的圖畫肯定在別的冊子裏面收藏著，雖然可能性不大，但這些圖畫在每頁的文字部分上面存在的可能性也有。按照他的說法，抄寫人參考的底本應該是沒有文字的圖畫本（即看圖說話用的畫本），或者是上圖下文形式的

〔註1〕周紹良、白化文編《敦煌變文論文錄》上冊，上海古籍出版社1982年版，第260～261頁。

〔註2〕李騫《唐「話本」初探》，載同上書下冊，第781頁。

〔註3〕王重民《敦煌變文研究》，載同上書上冊，第289頁。

〔註4〕程毅中《關於變文的幾點探索》，載同上書上冊，第380頁。

冊子。〔註5〕

　　韓建瓴先生《敦煌本〈韓擒虎話本〉初探（一）》較細地論述了「話本」與「畫本」問題、足本與否、創作及抄寫時期。他也認為「畫本」是抄寫人的底本。他主張，《韓擒虎話本》的許多錯字和同聲字都不過是底本的錯誤，與抄寫人沒有關係。而且「話」字和「畫」字都是極為普通的常用字，所以抄寫人錯寫兩個字的可能性很小。那如果「畫本」是裏面有圖畫的真的畫本，S.2144《韓擒虎話本》卷子為什麼沒有圖畫呢？韓先生對這個問題指出：

　　　　我想有兩種可能，一是這個抄卷的底本是圖文並茂的，但抄卷
　　者只抄了文字部分，卻又忠實於底本，所以特別注曰「畫本」；二是
　　這個抄卷原來就是圖文並茂的「畫本」，不過前面的圖被撕去了，僅
　　剩下文字部分。我提出第二種可能的理由是：此卷卷首斷處有撕裂
　　痕跡，另外，卷背是唐不空譯的一部經的第四卷的後半段（殘存六
　　十五行），所以我猜想此卷前面有數紙被撕去了，而撕去的很可能就
　　是《畫本》的圖畫部分。〔註6〕

如果把「畫本」認為是現存《韓擒虎話本》卷子，「畫本既終，並無抄略」可以解釋為「（現在我寫的這個）話本已經完了，而且沒有省略抄寫的。」但是，一看這八個字前邊的幾個字就知道這個解釋不太通順。在八個字的前面寫著：「皇帝亦（一）見，滿目淚流，遂執盞酹酒祭而言曰」，而「言曰」後邊沒有什麼內容。李騫對此說到：「可能後面還有短詩性的結尾，不過沒寫在話本上」〔註7〕，韓建瓴也同意他的觀點。抄寫人不會說他自己正在抄寫的話本已經完了，因為還有尚待抄寫的。如果把「畫本」看成是別的底本，這八個字可以解釋為「（原來的）畫本已經到末尾，並不是（我自己）省略抄寫（後邊）的。」這種解釋比前面的解釋更為合理。並且，韓先生說的第一個可能有道理，但他說的第二個可能需要進一步的考證。我要在下面一邊考證現存《韓擒虎話本》的寫卷製作方式，一邊分析這個問題。

　　韓先生根據卷首的撕裂痕跡和背面的經文，提起寫本前面的圖畫部分被撕裂的可能。但是 IDP 的照片資料中沒有卷首的撕裂痕跡（圖2）。雖然有經

─────────────

〔註5〕參見 Victor H. Mair, T'ang Transformation Texts, Harvard University Press, 1989
　　　年版，第11～12頁。

〔註6〕韓建瓴《敦煌本〈韓擒虎話本〉初探（一）》，載《敦煌學輯刊》1986 年第 1
　　　期，第54頁。

〔註7〕李騫，同上論文，第796頁。

過漫長時光的磨耗，但這並不是撕裂的痕跡。背面的經文也不能說是撕裂的依據。如韓先生所述，背面經文只殘第四卷的後半段，可是在寫卷裏，這段經文不是從正面（即《韓擒虎話本》面）的卷首開始抄寫，而是從卷尾開始的，並且經文的開頭和卷子的末端有較寬的空白（圖 3）。既然《韓擒虎話本》卷尾的背面有經文的後半段，卷首的背面有同一個經文的前半段的可能幾乎沒有。如果把經文的前半段也在《韓擒虎話本》的背面抄寫的話，其前半段一定要抄在《韓擒虎話本》卷尾的背面。但是《韓擒虎話本》卷尾沒有撕裂的痕跡（圖 1）。雖然還不知道為什麼要把這段經文抄寫在《韓擒虎話本》的背面，但我們可以說，這段經文和《韓擒虎話本》卷首的殘缺與否毫無關係。經文的前半段很可能寫在與《韓擒虎話本》無關的另外一個卷子裏。

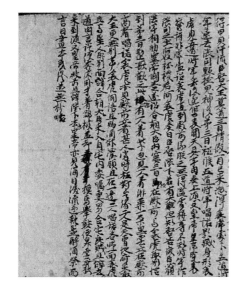　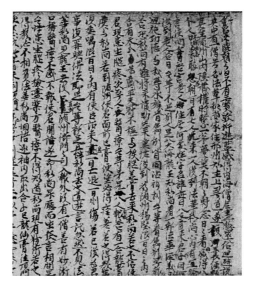

圖 1　《韓擒虎話本》卷尾　　　圖 2　《韓擒虎話本》卷首

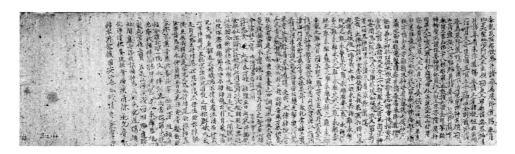

圖 3　《韓擒虎話本》背面

所以，我們應該考慮另一個解釋：現存《韓擒虎話本》不是殘缺本，而是本來面目的未完成本。抄寫人看的底本（即畫本）可能在卷首有圖畫，《韓擒虎話本》原來預計按照底本的形式來製造，而現存《韓擒虎話本》卷子就是其中一部分。圖畫部分可能在別的地方在製造或者早已完成，預計黏在文字部分（即《韓擒虎話本》）的前面。當時紙寫的書一般把一張張寫上文字的紙依次黏連成長卷。〔註8〕包括圖畫的長卷也一樣，先在每張紙上寫字或繪畫，然後再依次黏連在一起。《韓擒虎話本》可能要按照這種方式來完成。

那《韓擒虎話本》的成品是什麼形狀？有關這個問題，我們可以參考三件敦煌卷子。

第一件是在論述雕版印刷史的時候經常提及的《金剛經》卷子，現在收藏於英國國家圖書館，編號是 S.P2。這卷子的卷首有扉畫，描寫釋迦牟尼在祇樹給孤獨園向長老須普提說法的場面（圖4）。接著佛教眞言、首題「金剛般若波羅蜜經」、經文本文、尾題「金剛般若波羅蜜經」、眞言依次出來，而卷末有題記：「咸通九年四月十五日王玠爲 二親敬造普施」。這卷子（以下稱《金剛經》）是用七張紙黏成一卷，全長 499.5 釐米，高 27 釐米，其非常細緻做工能夠證明當時的印刷術已經達到很高的水平。

 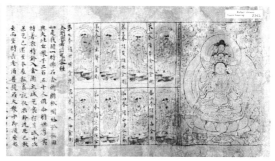

圖4　S.P2《金剛經》卷首　　圖5　P.2265《金剛般若波羅蜜經》卷首

第二件也是《金剛般若波羅蜜經》卷子，現收藏於法國國家圖書館，編

〔註8〕參見李瑞良《中國古代圖書流通史》，上海人民出版社2000年版，第177頁。先寫後黏是當時長卷的主要裝幀形式，但也有例外，《廬山遠公話》（S.2073）是混用先寫後黏和先黏後寫的方式，《葉淨能詩》（S.6836）是前半段先黏後寫，除了最後一張小紙片之外，後半段都是先寫後黏而成的。與之相比，《韓擒虎話本》是比較明顯的先寫後黏方式。

號是 P.2265。與 S.P2《金剛經》不同，這是手抄本，年代不詳〔註9〕，沒有眞言和題記，卷首是十一面六臂觀音和八大金剛像的扉畫（圖 5）。王伯民先生認爲經卷扉畫是唐五代雕版佛畫的一種，他說：「經卷扉畫，即是在經卷之首頁，刻印一幅有關佛經的繪畫。當時經卷的形式，不外乎卷子本或摺子本，這兩種本子，幾乎都刊有既精緻又富有裝飾意味的扉畫，如唐咸通九年刻本金剛經扉畫、五代西湖雷峰塔寶篋印陀羅尼經扉畫等都是。」〔註10〕如果可以把這種形式稱作「前圖後文」的話，卷首帶扉畫的 P.2265 和 S.P2《金剛經》是典型的「前圖後文」式卷子。《韓擒虎話本》的底本可能就是這種樣式，現存《韓擒虎話本》本來是要依照這種樣式製造的。

　　《金剛經》的製作年代很明確，即是咸通九年（868）。對《韓擒虎話本》的製作年代眾說紛紜，主張唐末說的學者較多，但是韓建瓴的宋初說更有說服力。韓先生根據作品裏面提到的官名和卷子背面的發願文，推定《韓擒虎話本》是在宋初 983 年到 1009 年之間創作，1009 年前後抄寫的。〔註11〕即《韓擒虎話本》的製作時期一定要比《金剛經》晚，最長達到 140 餘年。我們一般認爲筆寫的時代早，印刷的時代較晚。雖然它們的發明時期差得遠，可是就流行程度和製作過程而言，其地位不是在很短時間內交替的。由於印刷術更發達，製造費用也少，寫本卷子就漸漸失去了原來的價值，但這兩種製作方式很長時間共存著。其實印刷術達到較高的水平以後，筆寫本還是沒有失去它的價值而繼續被製造流通。而且，既然非常精美的「前圖後文」式的雕版卷子很流行，爲了提高圖書商品的價值而模仿這種方式的抄寫本也能夠出現，其中一個就是《韓擒虎話本》。

　　值得注意的是，除了佛經以外，變文作品中也有這種款式的畫本，S.5511《降魔變文一卷》就爲其例（圖 6）。如圖所示，此卷的扉頁是一幅圖相，有個男人提著長杆，但圖已殘缺，不能確定究竟是什麼東西，況且現存 P.4524《降魔變文》畫卷也沒有這樣的場面。如果根據圖畫的布置方式和《降魔變文》內容推測，這人不會是故事的中心人物，因爲他站在地毯的邊緣上，而且《降魔變文》沒有對這樣人物的描寫。此卷的圖畫和文字，不是同一張紙，

---

〔註9〕 法國學者蘇遠鳴根據卷首八大金剛像的名稱，把這件卷子推定爲 10 世紀的作品。參見〔法〕蘇遠鳴《敦煌佛教肖像札記》，載謝和耐等著《法國學者敦煌論文選萃》，中華書局 1993 年版，第 197 頁。
〔註10〕 王伯民《中國版畫通史》，河北美術出版社，2002 年版，第 19 頁。
〔註11〕 參見韓建瓴，同上論文，第 55～60 頁。

而好像是先完成各個部分後才黏在一起的。

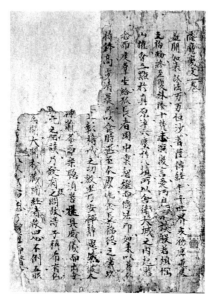

圖6　S.5511《降魔變文一卷》

　　再看看 S.P2《金剛經》的照片資料，此卷的圖畫與文字部分也不是在同一張紙上印刷的。如果考慮製作方式的效率，也許是先印刷各個部分之後再黏連的。P.2265《金剛經》是相當獨特的卷子。據蘇遠鳴的分析，其卷首的扉畫是木刻畫，確實是後來在製作寫本時畫在補入的一頁紙上的，圖畫裏面的文字出自與抄本不同的另外一個人之手。〔註12〕換句話說，當時已經有了圖畫和抄寫的分工。唐代官方的分工造書早就進入了成熟的階段，但為了滿足群眾對圖書的需要，當時民間也一定要組織專業造書隊伍。在敦煌卷子中有很多未完的白描畫稿，其中相當部分也許是職業畫工的作品。所以我們可以說，《韓擒虎話本》的成品也是這種隊伍要分工製造的長卷，其中圖畫由畫工負責，文字由抄寫人負責製作。其實，《韓擒虎話本》的抄寫人把未完稿提前結束的這一情況就可說是分工的反證，因為「畫本既終，並無抄略」這句不僅意味著抄手忠實於抄寫，還意味著他已經做完自己負責的部分。

　　我們在《盧山遠公話》（S.2073）可以發現恰切的情況。這個長卷的卷末，還沒寫完故事的內容，而有較寬的空白，卻突然出現抄寫人的題記：「開寶伍

---

〔註12〕參見蘇遠鳴，同上論文，第189～190頁。

年張長繼書記」（圖 7）。根據《廬山遠公話》的內容，未寫部分的篇幅肯定不長。但是在未寫完的情況下，抄寫人要寫題記的原因大概是爲了表明他已經做完自己負責的部分。按照翟爾斯（Lionel Giles）的意見，現存《廬山遠公話》是用兩種筆跡抄寫的〔註 13〕，即至少有兩名抄手參加了全部作品的抄寫工作。考慮到《廬山遠公話》篇幅相當長，我們可以判定這種分工方式是具有合理性的。卷子的圖畫肯定起了非常大的作用，因爲它給讀者帶來更高的審美價值和情趣，其結果一定會提高作品的商品價值。既然圖畫具有重要價值，這種卷子也可叫做「畫本」。今天許多明清小說和戲曲作品的卷首或冊子中間都有人物畫和故事畫，我們往往把它們叫做「繡像本」或「插圖本」，也就是「畫本」。製造流通《韓擒虎話本》的時候，也能夠把這種形式的作品稱爲「畫本」，這就是《韓擒虎話本》的抄寫人將底本稱爲「畫本」的原因。

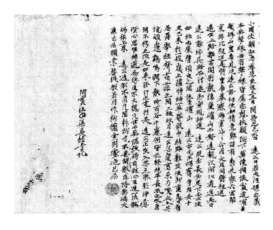

圖 7 《廬山遠公話》卷尾

圖 8 佛菩薩三尊像

又值得關注的是，《韓擒虎話本》沒有首題。既然在《韓擒虎話本》卷首找不到明顯的撕裂痕跡，沒有首題這一點也就可爲未完本的根據。如果前邊有圖畫，在卷首的文字部分不一定要寫首題，因爲把首題寫在圖畫的最右邊（即全卷子的卷首）或者其背面（即封面）就可以了。據我所看，敦煌寫卷的首題和本文之間一般不留下空白，即首題的次行就是本文的第一行。《廬山遠公話》甚至從寫首題的那一行就開始本文，首題和本文之間只有 1～2 個字

〔註 13〕 參見〔英〕Lionel Giles, Descriptive Catalogue of the Chinese Manuscripts from Tunhuang in the British Museum, The Trustees of the British Museum, London, 1957 年版，第 213 頁 6691 條。

－167－

寬的空白。《韓擒虎話本》與之不同，沒有首題，其卷首最右邊有大約一行寬的空白。除了未抄寫的卷尾短詩以外，《韓擒虎話本》通常被認為是首尾完整的敦煌作品之一。所以，假設《韓擒虎話本》是成本，只能在這空白裏寫首題。但《韓擒虎話本》沒有寫首題的痕跡，而且與別的敦煌寫本相比，這個空白有點狹窄用來寫首題，也就是現存《韓擒虎話本》卷子本來沒有首題。這空白可能是要跟前面的圖畫黏連的部分，而在圖畫的最右邊寫上首題的可能性很大。

我們可以參考一個單頁「佛菩薩三尊像」圖畫來證明上述的內容（圖8）。這也是敦煌資料，現藏於法國國家圖書館，編號是 P.4518（31）。〔註14〕如圖所示，右題是「大辯邪正經一卷」，右下方畫供養人一身，題為「沈奉朝一心供養」，而沈奉朝身著官服，頭戴硬腳襆頭。有關《韓擒虎話本》首題的問題，我們應該注意看此圖的右題「大辯邪正經一卷」。我認為，這不是單頁圖畫的題目，而是涵蓋圖畫在內的全體經卷的首題。在許多佛畫中，我們可以看到圖畫的標題，包括人名、地點、簡單的情況描述等，這是常見的佛畫類型。但是 P.4518（31）的「大辯邪正經一卷」絕不能看成是這種標題，而是一卷佛經的正式名稱。而且，在單頁圖畫上寫佛經題目的方式不是繪佛畫的常用方法，所以這很可能是全體經卷的首題。《大辯邪正經》譯者不詳，現存經文都是在敦煌發現的。〔註15〕歷代大藏經都沒有收錄此經，《大正新修大藏經》根據首尾完整的法國國家圖書館所藏本《佛說大辯邪正經》（P.2263）最先收錄了此經。〔註16〕P.2263 的封面有首題「佛說大辯邪正經」，裏面的卷首有大約 20 行寬的空白，之後沒有首題，就直接開始經文正文「佛說大辯邪正法品門弟一」。中國國家圖書館藏北圖 8297（麗 10）也是內容比較完整的《佛說大辯邪正經》寫卷。這部經卷也從「佛說大辯邪正法品門弟一」開始，但沒有封面的首題，卷首磨損嚴重，不能確認其撕裂與否。對於 P.4518（31）圖畫是以後要使用的全體卷子的一部分還是摹寫用的底本，要待考證，但無論如何，

---

〔註14〕 P.4518 是單頁佛畫一套共 39 件。對 39 件的內容，參見敦煌研究院編《敦煌遺書總目索引新編》，中華書局 2000 年版，P.4518 條；其中幾個作品的年代問題，參見王明珍《敦煌 P.4518 佛畫的年代及相關問題》，載《敦煌研究》2001 年第 1 期。

〔註15〕 一共 5 種，編號是 P.2263、P.3137d、P.4689、北圖 8297（麗 10）、北圖 8024v（周 48）。其中 P.3137d 是小冊子；北圖 8024v 只有五行。

〔註16〕 〔日〕高楠順次郎編《大正新修大藏經》，大正一切經刊行會，大正 13 年（1924），第 85 卷。

通過手抄的兩本卷子和包括首題的圖畫部分，我們能夠推測「前圖後文」式《佛說大辯邪正經》的存在。這樣，《佛說大辯邪正經》的寫本製作方式和上述的《韓擒虎話本》成品非常相似，而首題的不存在也可說明《韓擒虎話本》是未完成本。

　　以上，我們一邊根據幾件敦煌寫本的外觀來考察帶扉畫的經卷形式，一邊探討了《韓擒虎話本》的原貌和製作過程中的分工問題。眾所週知，敦煌變文實際上與圖畫有密切的關係，P.4524《降魔變文》畫卷就是典型的例子。如在第四章第一節介紹，這畫是舍利弗和勞度差的六場法鬥場面，而其背面是與正面圖畫完全相符的六首詩歌。圖畫非常精美，而且是彩色，無疑是專門畫工的手藝（圖9）。我們現在無法知道 P.4524 畫卷原來在誰的手裏，或可能是表演者預計購買的，也可能是沉醉佛教故事的般讀者和收藏家已經買到的物品。但無論在誰的手裏，這些精美的六幅圖畫肯定受到許多人的歡迎，其價值也甚高。畫卷背面的詩歌和與之相符的正面圖畫使 P.4524 畫卷成爲圖文並具的作品，就如《韓擒虎話本》的完成品一樣。而且通過這兩件卷子，我們可以看出現存敦煌通俗敘事作品中也會有當時預計以配圖形式來製造的。

圖9　P.4524《降魔變文》畫卷（局部）

　　如果要知道某種卷子的製作原因，先要看卷子的內容與其所帶來的價值，而對於人們如何接受其內容，卷子本身含有最詳細和具體的答案。雖然不是全體，敦煌的經卷和文學作品中相當一部分一定是供買賣用的商品，不少尙未完成的畫稿和寫本就可爲證據。關於敦煌藏經洞關閉的時間和收藏資料的原因，現在還沒有定論。原來這麼多的資料可能不是那麼長的時光被匿於藏經洞的命運，而是臨時封閉保管的。如果當時關閉藏經洞的人再來打開

的話，未完的畫稿和寫本照樣完成，而作爲商品的許多卷子也許早就落到預定者或購賞者的手裏。唐五代的佛教經卷既有宗教性，也有相應的商品性。即使是爲了個人的祈福和布施而製造，但如果有人把它買賣，其經卷也已經是商品。文學作品也一樣，如果將有旨趣的內容和精美的外觀結合在一起，就可以成爲廣受歡迎的文學商品。從時代和地域的背景來看，在佛教商品比任何物品都流行的敦煌地區，佛教色彩濃厚的文學作品《韓擒虎話本》和《降魔變文》畫卷肯定是價值不淺的文化商品。

## 第二節　敦煌變文冊子本的裝幀形式和版面布置

現存敦煌遺書的裝幀方式大部分是卷子裝，但也有少量的經折本、梵夾本、冊子本等各種裝幀。〔註 17〕以下，我們要以敦煌變文中冊子本形式的作品爲對象，嘗試作版本學方面的考察，尤其注重裝幀形式和版面布置。爲了避免重複，不贅述以往的作品集或目錄已經說明的內容，但還要校改這些目錄中與實不符的內容。在分析的過程中，我儘量要採取版本學通用的術語。但如果這些術語引起概念上的混亂就摒棄不用，這是因爲即使是同一冊子本形式，唐代敦煌冊子的外觀與宋代以後的樣式不同。下面參考的圖片大多來自 IDP 的網上圖片數據庫，又有幾件俄羅斯、北京大學所藏敦煌文獻的影印資料。

### 《漢將王陵變》

敦煌本《漢將王陵變》都是冊子本形式。《敦煌變文集》介紹 S.5437、P.3627（1）、P.3867、P.3627（2）、北京大學藏本等五種資料，並考證了其中 P.3627（1）、P.3867、P.3627（2）實際上是同一本冊子的各個部分。《敦煌變文校注》除了記載以上五種之外，還提及潘吉星藏本，而且按照榮新江的意見，證明這本與北大藏本（北大 188 號〔註 18〕）正好吻合。

#### （一）S.5437

《新編》〔註 19〕：小冊子。封面除「漢將王陵變」三次題寫外，還有人

---

〔註 17〕參見李致忠《敦煌遺書中的裝幀形式與書史研究中的裝幀形制》，載《文獻》2004 年 4 月第 2 期。

〔註 18〕《敦煌變文校注》誤記 187 號。

〔註 19〕《新編》是指《敦煌遺書總目索引新編》。以下簡稱如此：《英藏目錄》指

名；（第一行看不清）願通、願長、願□、福德、員定（旁注：欠二升）、善富、懷惠、保山（旁注：欠一升）、勝全、保德。另有「漢將」「開蒙要□」等字。

《英藏目錄》：粗糙而差強人意的手抄，10世紀，10葉小冊子，暗黃紙，14x13cm。

按：包括封面總共十葉，最後一面是空白。有上下闌、界行，但不是劃的，而是壓印的，無墨線，每半葉六到八行不等，每行八到十四字。封面的四個題中，左起第一個題與本文的筆體一樣，另外三個題大概是同一筆體，但與第一個題不同，而最後一個題只有「漢將」兩個字。「開蒙要□」的最後一個字可能是「訓」的右偏旁「川」的異體。版面向裏對折，文字部分在裏面，所以從裝幀方式來看，可以說是蝴蝶裝的一種。但是，與後來的一版一葉方式不同，在背面也寫上文字，即前一頁的第二面就為後一頁的第一面。而且，與典型的蝴蝶裝不同，這本沒有另外一張書皮，折了第一張紙後，就把其第一葉作為封面，從內封就開始抄寫。然後，折了第二張，用漿糊黏結於第一張。因為用漿糊黏連各紙張，在打開的時候，第一頁完全被打開，第二頁不完全被打開，第三頁再完全被打開，第四頁不完全被打開，這樣反覆到最後一頁。〔註20〕

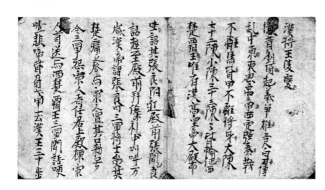

Descriptive Catalogue of the Chinese Manuscripts from Tunhuang in the British Museum：《北大書目》指《北京大學圖書館藏敦煌遺書目》；《變文集》指《敦煌變文集》；《校注》指《敦煌變文校注》；《俄藏敍錄》指《俄藏敦煌漢文寫卷敍錄》；《新書》指《敦煌變文集新書》。

〔註20〕 對於這種情況，我要介紹很特別的一個寫本 S.5536《金剛經》。這本是先用與 S.5437 本一樣的方式用漿糊黏連折疊的紙張，然後再打兩口而繫線的。所以，打開第一頁，一整頁就被打開，線也可以看見，但第二頁不能完全打開，線也看不見，這樣反覆到最後一頁。

## （二）北大 188

《北大書目》：粗麻紙八葉一本，高 15.2 釐米，廣 10.5 釐米，烏絲欄寫，字不工，匡高 12.5 釐米。每半葉五至七行不等，行八至十四字不等。首葉封面，兩面均有題字，有「辛巳年九月」、「漢將王漢將王陵變」等字樣。第五葉背面、第六葉正面空白一對頁，上有題記數行，有「太平興國三年索清子」、「孔目官學仕郎索清子畫記耳後有人讀誦者請莫恠也了也」、「辛巳年九月廿日」等。

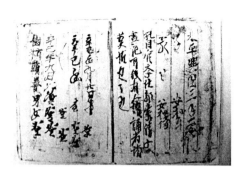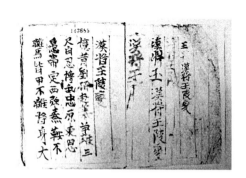

《變文集》：封面和空白頁上有題記數行，其標題記年月有「辛巳年九月」、「太平興國三年索清子」、「孔目官學仕郎索清子書記耳。後有人讀諷者，請莫怪也。」

按：《變文集》把原本題記中的「誦」字看成了「諷」字，而《校注》引用《變文集》的校記，把「索清子」誤寫成「索靖子」。「畫」是原文中的字樣，但從內容上看「書」字更合適。敦煌寫本中，「畫」、「盡」、「晝」等字的字形很相似，但其中「書」字相對容易判別，所以「畫」字恐怕是抄手寫錯的。上下闌、界行都有，可是不太整齊。散文部分每行八至十三字不等，韻文部分每行均爲七言兩句十四字。

## （三）P.3627（+3867）

《變文集》：以上三殘冊〔註21〕，筆跡相同，互相銜接，實爲一個寫本。

《新書》：一九七八年九月重校時，此小冊子（P.3867）與伯三六二七合併，凡卅四葉，四界。末五葉雜抄書啓等，末葉題記一行云：癸卯年正月廿三日張通□手書。

《新篇》：此（P.3627a）爲後半，前半爲 P.3857 號。

---

〔註21〕指 P.3627（1）、P.3627（2）、P.3867。

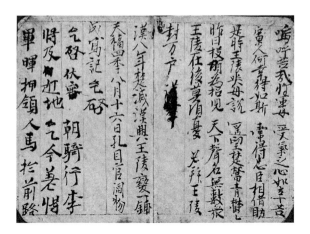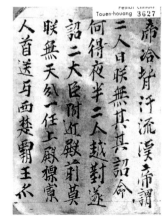

　　按：15.5x11.5cm（據 IDP）。根據寫本的順序而言，《新篇》校記應改爲「此爲前半，後半爲 P.3867 號」。第三十一葉《漢將王陵變》文尾有題名和刊記「漢八年楚滅漢興王陵變一鋪天福四季〔註 22〕八月十六日孔目官閣物成寫記」。從頭到尾都有邊闌和界行，而每頁的行數有獨特的規律，即從第一頁到第二十頁，每半葉都五行和六行交替出現，從第二十一頁起均爲六行。或先寫後黏連裝幀，或先黏連後寫字。八孔線裝，存線。每行五至十四字不等，韻文就爲一行十四字。筆跡整齊較美，抄寫韻文時一定換行，甚至有處換行來提示第二行爲人物對話的開始。從以上的幾點來看，此冊子本的《漢將王陵變》部份原來是較高品質的物品，有可能是爲買賣和收藏等特殊目的來抄寫的，而筆跡不同的冊子末五葉書啓等文字是後來在多餘的空白頁面上亂抄的。

## 《捉季布傳文》

　　《捉季布傳文》（又稱《季布罵陣詞文》）現在總共有十種寫本，其中冊子本有三種，編號分別是 S.5439、S.5440、S.5441。

（一）S.5439

《變文集》：小冊子。存四百五十三句。文字異同與丁卷（P.3197）相接近。

《新編》：季布歌一卷（尾題），小冊子，首缺。

《英藏目錄》：季布歌一卷，10 世紀，普通的手抄，粗糙暗黃紙，21 葉

---

〔註 22〕《敦煌變文集》把「季」字校錯「年」，後來《敦煌變文選注》和《敦煌變文校注》都沿襲《敦煌變文集》的錯誤。

小冊子。除 20 葉背面的題目外，最後 3 面都是空白。14.5x10.5cm。

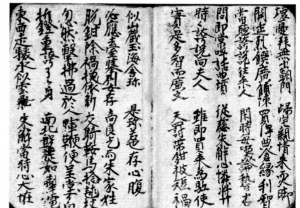

按：先寫後裝。裝幀形式和 S.5437《漢將王陵變》一樣，每張紙先向裏對折後再用漿糊黏連在一起，這是最後一葉除兩個題以外都是空白的原因。沒有線裝的痕跡。一張紙爲雙葉，但第一張的第一葉遺失，所以總葉數爲奇數（共 21 葉）。邊闌、界行都沒有，每半葉五至六行不等，每行均七言兩句十四字。從頭到尾，寫字的筆跡和大小一律不變。第二十葉背面有筆體不同的兩個題「季布歌一卷」和「季布歌」，似乎都與本文的筆體不同，而「季布歌一卷」和「季布歌」這兩個文字也筆跡不同，後者可能是模寫前者而已。

## （二）S.5440

《變文集》：小冊子。存二百四十句。已印入《敦煌零拾》，但多臆改。

《英藏目錄》：10 葉小冊子，首尾都不齊全。有點粗糙的 10 世紀手抄本。暗黃紙。16x12cm。

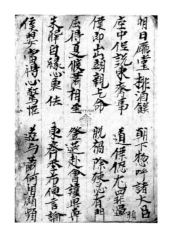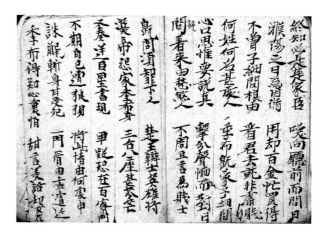

　　按：《季布罵陣詞文》的中間一部分，約占全文的三分之一，沒有題目。裝幀形式和 S.5439 一樣，也可以說是蝴蝶裝的一種。有界行，無邊闌，可是以上下邊兒作爲邊闌，所以字的布置很整齊。每半葉六行，每行均七言兩句十四字，筆跡較好。

### （三）S.5441

　　《變文集》：小冊子。首尾完整，唯中間有脫句。末題「太平興國三年戊寅歲四月十日記。氾孔目學仕郎陰奴兒自手寫季布一卷。」

　　《英藏目錄》：(1)〔捉〕季布傳文。七言韻文。「捉」字墨水顏色淡一點，是後來填補的。尾題「大漢三年季布罵陣詞文一卷」。題記「太平興〔國〕三年戊寅歲四月十日氾孔目學仕郎陰奴兒自手寫季布一卷」。從第 1 葉背面到第 12 葉背面。在第 1 葉正面反覆塗寫日期，非常粗糙、不整潔的手抄。(2) 王梵志詩集卷中。從第 13 葉到第 15 葉。非常粗糙的手抄。15 葉小冊子，21.5x15.5cm。

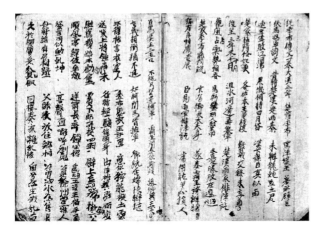

　　按：《變文集》的末題校記有所不對，原件末題無有「國」和「記」字，而如《英藏目錄》所提示，第一葉正面（即封面）反覆塗寫刊記，其中最右邊的是「太平興國三□（年）戊寅歲二月廿五陰奴兒書記」，《變文集》校記也許是把封面刊記和末題混寫的。此冊子總共十五葉，每半葉以九行爲主，也有八或十行，大小比其它小冊子大一些，因而每面的字數也較多了。上下闌和界行都有，但筆跡不算好。這本的裝幀形式相當獨特，可說是混用蝴蝶裝、包背裝、線裝的方式。先把兩張紙向裏對折，然後用其中一張紙來包裹另外一張的紙背，這樣就可以成爲四葉一套的薄冊子。按這種方式做幾套，

然後把這些套冊用漿糊黏連在一起。這本總共使用了四套，那就是說原來需要十六葉，但實際上只有十五葉。從第四套各葉的排列方式來看，這套（即開始《王梵志詩集卷中》的部分）原來也是四葉，但其中第一葉被撕裂〔註23〕，只剩下三葉。可能是為了在冊子本後邊連接另外的作品，故意把不需要的一葉撕裂的。這本還有一個特色，那就是書背部分的八個小口，打口痕跡明顯。雖然不能判斷原有的線被遺失還是從未上線，但這八個小口可以被認為是做線裝的證據。

## 《孔子項託相問書》

現存《孔子項託相問書》有十餘種，或是單一作品本，或是多種作品並寫本。其中冊子本是 S.5529、Дx1356/2451〔註24〕、P.3833 號。

### （一） S.5529

《變文集》：殘。

《校注》：前題「孔子項託相問書」一卷。

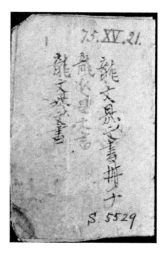

《新編》：a. 孔子項託相問書一卷（首題）b.五更調。題記：「龍文成文書冊子」、「龍延昌文書」。

《英藏目錄》：（1）孔子項託相問書一卷。4 葉小冊子，各葉之間內容不連續。平庸的抄寫本。（2）第 4 葉背面是不完整的默想錄。厚暗黃紙。14x9cm。

---

〔註23〕撕裂的葉恐怕是《王梵志詩集》卷上的最後一部分。
〔註24〕同一個冊子本的兩段。

　　按：四葉一套的薄冊子，但其內容斷斷續續，原貌肯定是六葉一套的小冊子，第二葉和第五葉遺失不見。從最後一面再開始寫另一個作品《五更調》，即是幾葉被撕裂的殘本，其完本的外觀很可能與 S.5441《捉季布傳文》恰似。有四或五個打孔的痕跡，但不太明顯，很可能是尚未上線的情況下被損壞。因爲一張紙作爲書衣包書，可謂原始形態的包背裝，不同的是在書衣上也寫上文字。邊闌、界行都沒有，每半葉六至八行不等。除首題外，也有同一字樣的尾題。第一葉正面有三個題記：右起分別爲「龍文晟文書冊子」、「龍延昌文書」、「龍文晟文書」。其中第一和第三個題記的筆跡一致，第二個筆跡有點不同，墨水的濃度也較淡，或許是兩人各寫各名字的。

　　（二）Дx1356/2451

　　《俄藏敘錄》：Дx1356～冊頁紙 2 張，每紙尺寸爲 9x13.5，彼此連貫。（中略）紙色褐，紙質硬而粗。楷書。無題字。（10 世紀）；Дx2451～2 張冊頁紙，9x13.5（1 張雙葉紙）。（中略）該殘卷與本書 1481（即Дx1356）爲同一手卷的一部分，本文分爲彼此不相連的三部分：（1）本書 1481 中雙頁冊頁紙的第 1 張紙；（2）該殘卷的 2 張紙；（3）第 1 張雙頁紙的第 2 張紙（本書 1481 中）。第 1 張雙頁紙（本書 1481）與第 2 張雙頁紙（本殘卷）之間應該還有 1 張雙頁紙。

　　按：總共有兩張四葉，約占《孔子項託相問書》全文內容的三分之二，沒有首尾各一段和中間一部分。考慮這四葉的形狀和內容排列方式，原來裝幀形式有兩種可能，都是蝴蝶裝和包背裝的混用方式。（1）把六葉的三張紙作爲一套，用一張紙包裹另外兩張紙的書背。被包的兩張紙不是先疊後折，而是採用先折後疊的形式〔註25〕，這樣才能成爲現存冊子的內容排列。如果按照這種裝幀方式，此冊子本可能爲更厚的多種作品冊子本的中間一部分。（2）把四張或四張以上的紙張作爲一套，用兩張或兩張以上的紙張包裹另外兩張紙的書背。但考慮冊子的厚度，最有可能的是四張一套總共八葉。而且，如果是八葉，這本的原貌也許是帶封面的比較完整的冊子本。

## （三）P.3833

　　《變文集》：小冊子，題作「孔子項託相詩一首」。

　　《新編》：P.3833a 王梵志詩卷第三（尾題），題記～丙申年二月拾九日蓮臺寺學郎王和通寫記；P.3833b 孔子項託相詩一首（原題），小冊子共十四葉，「相詩」應爲「相問書」。

　　《新書》：此卷紙粗字劣，訛脫極多。

　　按：15x14.5cm（據 IDP）。首尾都殘。前九葉是「王梵志詩卷第三」（尾題），後五葉就是「孔子項託相詩一首」，約占《孔子項託相問書》全文的百分之九十，而「孔子項託相詩一首」題應指故事後邊的七言詩一首。先裝訂後寫字，抄寫粗劣，紙質也較差。每半葉八至十一行不等，沒有邊闌、界行，所以不整齊而亂抄，尤其是後半部分。雖然抄寫亂多，字的大小不一，但從頭到尾，筆跡幾乎沒變，可能是由一個人在同一時期抄寫的。

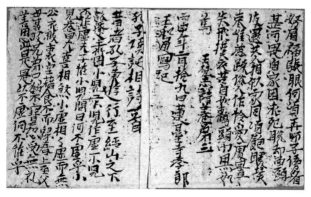
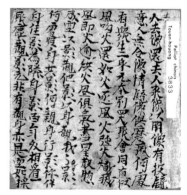

〔註25〕這兩張現在僅存一張。

## 《晏子賦》（P.3821）

現存敦煌本《晏子賦》共為九件，其中冊子本是 P.3821 一件。在敦煌寫本中，同一寫本裏面包括多種作品的情況並不少見，此件也為其例。

《新編》：P.3821a 無題（依 P.4525 號應為緇門百歲篇）；P.3821b 丈夫百歲篇（首題）；P.3821c 女人百歲篇（首題）；P.3821d 百歲詩十首（悟真）（首題）；P.3821e 十二時行孝文一本（首題）；P.3821f 曲子感皇恩、蘇幕遮、浣溪沙、謁金門、生查子、定風波；P.3821g 晏子賦一首（首題）。

李文浩：小冊子，共 20 葉，半葉 6～8 行，行 11～18 字不等。全部由一人書寫。（中略）而《晏子賦》所佔的 4 個半葉行數分別為 7、6、8、8，後 2 個半葉的欄格只有 7 行，但文字壓行書寫而成 8 行，很可能是因為紙張不夠而這樣書寫的。〔註26〕

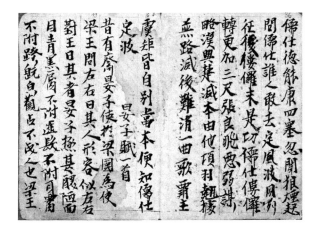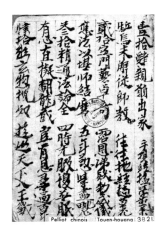

按：15.9x11.1cm（據IDP）。從第 18 葉正面第二行開始《晏子賦》，內容約占全文的三分之二。裝訂形式可謂蝴蝶裝的變型，與上述的 S.5439 小冊子一樣，先向裏對折紙張後，把每葉用漿糊黏連在一起。從筆劃的痕跡來看，也許是先寫文字後裝訂成一冊的。上下闌、界行都有。全卷為同一個筆跡，抄寫整齊，筆體較好。P.3821f 的曲子除了《定風波》外都在題名前附「曲子」或「曲子名」字，而原卷不見《蘇幕遮》篇。

## 《茶酒論》（P.3910）

現存敦煌本《茶酒論》共有六件寫本，其中 P.3910 為冊子本形式。這件

---

〔註26〕參見李文浩《敦煌寫本〈晏子賦〉的同卷書寫情況》，載《文獻》2006 年 1 月第 1 期，第 57～58 頁。

也與《晏子賦》（P.3821）一樣，在一個冊子本裏面載有多篇作品。

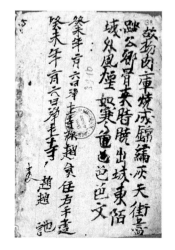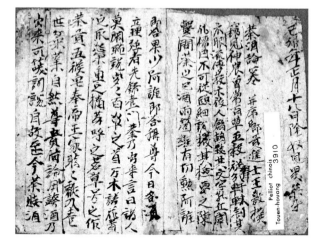

《變文集》：書法不佳

《校注》：有前、後題，內容漏誤較多，首行題「己卯年正月十八日陰奴兒界（三界寺）學子」，接抄《茶酒論》、《新合千文皇帝感辭》、《新合孝經皇帝感辭》、韋莊《秦婦吟》，末題「癸未年二月六日淨土寺彌趙員住方手書」，又起一行題「癸未年二月六日淨土寺彌趙訑」。

按：15.8x11cm（據 IDP），共有十九葉，有墨線界行，無上下闌，每半葉5〜8 行不等。線裝，存線，打三孔穿線打結。從筆劃的痕跡來看，肯定是先裝訂後書寫的。書法較差，尤其從《新合孝經皇帝感辭》後半段到《秦婦吟》前半段的書法特別不齊，也許是不同人抄寫的文字。末題兩行的筆跡完全一致，但與本文的筆跡不同，因此可以猜測末題的趙員住和趙訑不是本文的抄寫人，可能是有人妄加的文字而已。

以上，我們以裝幀方式和版面布置爲中心試探了敦煌變文冊子本的版本問題。敦煌小冊子本使用多種裝幀方式，而且大部分是殘本，所以難以斷言其版本形式如何。敦煌冊子本不像印刷術達到一定水平的宋代以後書籍，實際上按照當時的紙張、筆、抄手、抄寫量等出版條件，任意決定了裝幀方式和版面布置。正因爲如此，卻往往可見與後代蝴蝶裝、包背裝、線裝類似的各種裝幀，或者一個冊子本裏面混用多種裝幀方式之例。雖然我們不能援用版本學通用的術語一概說出當時的裝幀形式，但是通過上述的幾種冊子本，還是可以看出各種裝幀方式的雛形。

# 餘　論

　　在撰寫本文之前，我懷有一個學術上的願望，那就是要提供看唐代文學的另一個角度。唐代文學不盡是案頭創作，更是各種多彩文化元素都包括之內的結晶，這與唐朝的文化特點有密切關係。唐代是文化開放性很濃厚的時代，誇張而言，也可謂什麼外來文化元素都擱置不管的時代。豐裕的經濟情況、穩定的政治社會環境都使唐朝擁有這種文化上的優越感。雖然中間遇到戰亂時期，但以後社會恢復的速度很快，其多彩的文化面貌仍然沒有退色。毋庸置疑，這種文化氣氛促進了文學創作方式的變化。文人隨便獲取民間故事，享受外來文化，或直接到專門場所去觀看表演，或在聚會上聆聽別的文人說的故事，甚至在朝廷也搜集故事的材料。這些途徑無論在內容和形式上都成爲文人文學創作的基礎，而在此過程中，說故事傳統就起到很大的作用。

　　唐代的通俗敘事作品也一樣，故事的敘述者或表演者爲吸引聽眾的關注隨意改變故事情節和描述方式。因此，有些故事的風格與原故事完全不同，有些故事援引表演元素來提高現場感。在此改變的過程中，最爲重要的條件是受眾對故事表演的反應。即使故事的主乾沒有變化，但是其具體的描寫和細節隨著現場的氣氛時時改動。所以，我們今天所見敦煌敘事作品中，或有故事結構和情節不完整，或有與事實完全不符合的描寫。這都可謂說故事傳統在通俗敘事上的反映之例。唐代中後期文人敘事詩也受到說故事傳統的影響，不少詩篇就爲提高故事的傳達力，有意識地援用民間說故事的敘述方式，或以傳奇敘述的方式寫過詩。尤其元白等人的新樂府詩特別注重故事本身而採用了說故事傳統的要素。

　　本書主要在兩個方面嘗試突破既往的研究方式：一是對雅俗傳統的看

法，二是文獻學方面的研究。上述的文學現象不得不導出一個論點，那就是雅和俗的關係問題。唐代雅俗傳統的混淆是實有的文化現象，而且是較爲普遍的文學創作方式之一。文人一邊維持與通俗傳統的距離，又一邊要積極吸收它的影響，而通俗敘事也從文人創作傳統受益匪淺。這與其說是矛盾的發生，不如說是一種有效的交融。所以在本書中，我儘量把這兩種不同的傳統探討在一起，有時徵引通俗敘事作品來解釋文人小說或敘事詩的創作方式，有時以文人小說要素說明通俗敘事作品。本書的最後一章是以文獻學研究方法探討的。之所以用這種方法，是因爲對當時實物文學資料的分析，一定有幫助於瞭解本文的主要內容。一邊看實物資料的圖片，一邊可以猜想當時文人共享故事的場景，又可以知道從聆聽故事到產生寫本的一系列過程。本文中的不少圖片資料可能使我們更立體地看唐代中後期的文化活動和文學產生方式。

基於以上探討的主要內容和本文的研究意義，我在以下兩個方面計劃未來的工作。

首先要關注唐宋之際的說故事傳統如何表現在文學史上，其對宋代以後的文學有什麼樣的影響。唐代中後期說故事傳統和敘事詩創作之風的出發點和中間軌跡幾乎一致，但是後來這兩種創作之風分道揚鑣。到晚唐，敘事詩創作之風碰到頹運，可說故事傳統的傾向仍然沒有衰微。從唐代中葉急速發展起來的唐傳奇創做到晚唐還是很活躍，甚至從穆宗到僖宗年間集中出版多種傳奇集。這些文學現象的原因和具體過程就與說故事傳統、敘事詩創作之風有密切的關係，即有可能是說故事傳統到唐末已經包含著以前敘事詩發揮的社會功能。唐末敘事詩創作傾向退潮的重要原因確實是當時盛行的唯美、唯心、隱士、豔情之類詩歌創作之風。但從另一角度看，我們可以說敘事詩的功能對當時文人已經沒有那麼多效力，卻是以既存的說故事傳統能夠代替的。到宋代以後，這種現象又有所變化，即民間的各種表演藝術大量吸收唐代文人小說的題材和情節，文人小說創作傳統反而回歸傳奇文創作以前的筆記和博物記錄傳統。民間故事表演的大幅增長導致它自己的文學產生和消費方式的形成。從此，雅俗傳統之間的距離更爲明顯起來。唐宋之際的這些文學現象還是值得繼續探討的，也大概成爲對唐宋文學變革論的另一個解釋。

作爲研究中國文學的韓國學人，我要把這篇論文當作未來研究的基礎，其中重要一部分是韓國古代說故事傳統以及其與中國文學的聯繫。從兩國的

歷史來看，唐代說故事傳統肯定對韓國新羅末高麗初的傳奇文創作起到不少的影響。韓國傳奇小說的起源大概有兩種說法：第一是朝鮮初《金鰲新話》說，第二是羅末麗初傳奇說，《崔致遠傳》、《調信夢》等作品就爲其例。眾所週知，羅末麗初是與唐朝的交流非常活潑的時代，因此它們在文化、制度、思想等方面都很有相似之處。據《舊唐書》的記載，《遊仙窟》撰者張鷟的文章早已流傳到新羅。而且，羅末文人要把唐代文人的撰寫傳統移植到本土，就如韓國學者蘇仁鎬指出：「因中國傳奇小說的盛行受到刺激的羅末文人知識分子，努力要以自己的文學力量爲基礎，再總括鄉村的傳說來與之並肩。」〔註1〕換句話說，當時新羅文人已經認識到唐代的說故事傳統和文學創作的聯繫，把它用來自己的創作活動。美國梅維恒教授根據敦煌寫本中的文字和日本學者的相關研究，曾經指出唐代敦煌地區早已設有韓國僧侶的集體居住地。〔註2〕這些僧侶很可能把唐代的各種文化特別是佛教文化帶到本國，其中也包括故事表演藝術和文學作品。這種文化交流或者移植的過程值得深入討論，對中國和韓國古代文學史的研究都有一定的意義。

---

〔註1〕〔韓〕蘇仁鎬著《韓國傳奇小說史研究》，集文堂 2005 年 3 月版，第 23 頁。
〔註2〕參見〔美〕Victor H. Mair, Painting and Performance, University of Hawai'i Press, 1988 年，第 111 頁。

# 參考文獻

（一）古代文獻和作品類

1. 《詩經》，〔清〕阮元校刻《十三經注疏》，北京：中華書局，1980 年 10 月。

2. 《說文解字》，〔漢〕許慎撰，北京：中華書局，1997 年 12 月。

3. 《白虎通》，〔漢〕班固撰，叢書集成初編，第 238 冊，上海：商務印書館，民國 25 年。

4. 《論衡校釋》，〔漢〕王充撰，黃暉校釋，北京：中華書局，1990 年 2 月。

5. 《文選》，〔梁〕蕭統編，〔唐〕李善注，北京：中華書局，1981 年 7 月。

6. 《文心雕龍注》，〔梁〕劉勰撰，范文瀾注，北京：人民文學出版社，2001 年 5 月。

7. 《搜神記》，〔晉〕干寶撰，北京：中華書局，1979 年 9 月。

8. 《朝野僉載》，〔唐〕張鷟撰，趙守儼點校，北京：中華書局，2005 年 1 月。

9. 《唐六典》，〔唐〕李林甫等撰，陳仲夫點校，北京：中華書局，2008 年 3 月。

10. 《韓昌黎文集校注》，〔唐〕韓愈撰，馬其昶校注，上海：上海古籍出版社，1986 年 12 月。

11. 《白居易集》，〔唐〕白居易撰，顧學頡校點，北京：中華書局，1979 年 10 月。

12. 《元稹集》，〔唐〕元稹撰，北京：中華書局，2000 年 6 月。

13. 《柳宗元集》，〔唐〕柳宗元撰，北京：中華書局，2011 年 2 月。

14. 《樊川詩集注》，〔唐〕杜牧著，〔清〕馮集梧注，上海：上海古籍出版社，2007 年 10 月。

15. 《樊川文集》，〔唐〕杜牧著，上海：上海古籍出版社，1978 年 9 月。

16. 《沈下賢集校注》，〔唐〕沈亞之撰，肖占鵬、李勃洋校注，天津：南開大學出版社，2003 年 12 月。

17. 《三家評注李長吉歌詩》，〔唐〕李賀著，〔清〕王琦等評注，上海：上海古籍出版社，1998 年 12 月。

18. 《史通通釋》，〔唐〕劉知幾撰，〔清〕浦起龍釋，上海：上海古籍出版社，1978 年 4 月。

19. 《玄怪錄》，〔唐〕牛僧孺撰，程毅中點校，北京：中華書局，2008 年 1 月。

20. 《國史補》，〔唐〕李肇撰，上海：上海古籍出版社，1979 年 1 月。

21. 《大唐新語》，〔唐〕劉肅撰，許德楠、李鼎霞點校，北京：中華書局，2004 年 5 月。

22. 《隋唐嘉話》，〔唐〕劉餗撰，程毅中點校，北京：中華書局，2005 年 1 月。

23. 《本事詩》，〔唐〕孟棨撰，中國文學參考資料小叢書，第二輯，上海：古典文學出版社，1957 年 9 月。

24. 《酉陽雜俎》，〔唐〕段成式撰，北京：中華書局，1981 年 12 月。

25. 《杜陽雜編》，〔唐〕蘇鶚撰，叢書集成初編，第 2835 冊，長沙：商務印書館，民國 28 年。

26. 《入唐求法巡禮行記校注》，〔日〕釋圓仁原著，〔日〕小野勝年校注，石家莊：花山文藝出版社，2007 年 11 月。

27. 《唐摭言》，〔五代〕王定保撰，上海：上海古籍出版社，1978 年 5 月。

28. 《開元天寶遺事》，〔五代〕王仁裕撰，曾貽芬點校，北京：中華書局，2008 年 6 月。

29. 《樂府詩集》，〔宋〕郭茂倩編，北京：中華書局，2009 年 11 月版。

30. 《唐會要》，〔宋〕王溥撰，上海：上海古籍出版社，2006 年 12 月。

31. 《太平廣記》，〔宋〕李昉等編，北京：中華書局，2006 年 6 月。

32. 《雲笈七籤》，〔宋〕張君房編，李永晟點校，北京：中華書局，2003 年 12 月。

33. 《類說校注》，〔宋〕曾慥編纂，王汝濤等校注，福州：福建人民出版社，1996 年 1 月。

34. 《容齋隨筆》，〔宋〕洪邁撰，孔凡禮點校，北京：中華書局，2006 年 10 月。

35. 《唐語林》，〔宋〕王讜撰，周勳初校證，北京：中華書局，2008 年 1 月。

36. 《侯鯖錄》，〔宋〕趙令時撰，孔凡禮點校，北京：中華書局，2002 年 9

月。

37. 《莊子口義》，〔宋〕林希逸撰，臺北：弘道文化事業有限公司，1972年。

38. 《通志》，〔宋〕鄭樵撰，杭州：浙江古籍出版社，2000年1月。

39. 《事物紀原》，〔宋〕高承撰，上海：商務印書館叢書集成初編本，民國26年版。

40. 《文房四譜》外十二種，〔宋〕蘇易簡等撰，上海：上海古籍出版社，1991年8月。

41. 《唐文萃》，〔宋〕姚鉉編，上海：上海古籍出版社，1994年8月。

42. 《南宋館閣錄》，〔宋〕陳騤撰，張富祥點校，北京：中華書局，1998年7月。

43. 《野客叢書》，〔宋〕王楙撰，上海：上海古籍出版社，1991年5月。

44. 《古今事文類聚》，〔宋〕祝穆撰，上海：上海古籍出版社，1992年2月。

45. 《東京夢華錄》外四種，〔宋〕孟元老等著，上海：古典文學出版社，1957年6月。

46. 《董解元西廂記》，凌景埏校注，北京：人民文學出版社，1980年。

47. 《道園學古錄》，〔元〕虞集撰，文淵閣四庫全書本，集部，別集類。

48. 《顧氏文房小說》，〔明〕顧元慶編，上海：上海涵芬樓，民國14年影印本。

49. 《少室山房筆叢》，〔明〕胡應麟撰，上海：上海書店出版社，2009年4月。

50. 《七修類稿》，〔明〕郎瑛撰，上海：上海書店出版社，2001年8月。

51. 《說郛三種》，〔明〕陶宗儀纂，上海：上海古籍出版社，1989年1月。

52. 《欽定四庫全書總目》，〔清〕紀昀著，北京：中華書局，1997年1月。

53. 《春在堂隨筆》，〔清〕俞樾撰，南京：江蘇古籍出版社，2000年1月。

54. 《鄭堂讀書記》，〔清〕周中孚撰，北京：中華書局，1993年1月。

55. 《全上古三代秦漢三國六朝文》，〔清〕嚴可均校輯，北京：中華書局，1965年11月。

56. 《全唐詩》，〔清〕彭定求等篇，北京：中華書局，1996年版。

57. 《大正新修大藏經》，〔日〕高楠順次郎編，大正一切經刊行會，大正13年（1924）。

58. 《唐人小說》，汪辟疆校錄，上海：上海古籍出版社，1978年4月。

59. 《唐宋傳奇選》，張友鶴選注，北京：人民文學出版社，1979年5月。

60. 《敦煌變文集》，王重民外編，北京：人民文學出版社，1984年8月。

61. 《敦煌變文集新書》，潘重規編著，中國文化大學中文研究所敦煌學研究會，中華民國 73 年 1 月初版。

62. 《敦煌變文校注》，黃徵、張湧泉校注，北京：中華書局，1997 年 5 月。

63. 《敦煌變文選注》修訂本，項楚注，北京：中華書局，2006 年 4 月。

## （二）史書類

1. 《史記》，〔漢〕司馬遷撰，北京：中華書局點校本，1982 年 11 月。

2. 《漢書》，〔漢〕班固撰，北京：中華書局點校本，2002 年 11 月。

3. 《三國志》，〔晉〕陳壽撰，〔宋〕裴松之注，北京：中華書局點校本，2004 年 3 月。

4. 《晉書》，〔唐〕房玄齡等撰，北京：中華書局點校本，1974 年版。

5. 《周書》，〔唐〕令狐德棻等撰，北京：中華書局點校本，1974 年版。

6. 《北史》，〔唐〕李延壽撰，北京：中華書局點校本，2003 年 7 月。

7. 《陳書》，〔唐〕姚思廉撰，北京：中華書局點校本，1972 年 3 月。

8. 《隋書》，〔唐〕魏徵等撰，北京：中華書局點校本，2002 年。

9. 《舊唐書》，〔後晉〕劉昫等撰，北京：中華書局點校本，2002 年 12 月。

10. 《新唐書》，〔宋〕歐陽修、宋祁撰，北京：中華書局點校本，2003 年 7 月。

11. 《資治通鑒》，〔宋〕司馬光編著，北京：中華書局，2005 年 9 月版。

## （三）現代學術著作和論文

1. 艾麗輝，《中國古代通俗小說的濫觴——唐代敦煌話本》，載《遼寧教育學院學報》2001 年 11 月。

2. 卞孝萱，《韓愈〈毛穎傳〉新探》，載《安徽史學》1991 年第 4 期。

3. 卞孝萱，《論〈虬髯客傳〉的作者、作年及政治背景》，載《東南大學學報》（哲學社會科學版）2005 年 5 月。

4. 曹道衡，《南朝文學與北朝文學研究》，南京：江蘇古籍出版社，1998 年。

5. 查屏球，《紙簡替代與漢魏晉初文學新變》，載《中國社會科學》2005 年第 5 期。

6. 陳平原，《小說史：理論與實踐》，北京：北京大學出版社，1999 年 3 月。

7. 陳寅恪，《元白詩箋微稿》，北京：三聯書店，2001 年。

8. 陳允吉，《唐音佛教辨思錄》，上海：上海古籍出版社，1998 年 9 月。

9. 程千帆，《唐代進士行卷與文學》，上海：上海古籍出版社，1980 年 8 月。

10. 程毅中，《古小說簡目》，北京：中華書局，1981 年 4 月。

11. 程毅中，《宋元話本》，北京：中華書局，2004 年 4 月。

12. 程毅中，《唐代小説史話》，北京：文化藝術出版社，1990 年 12 月。

13. 程毅中，《關於變文的幾點探索》，載周紹良、白化文編《敦煌變文論文錄》，上海：上海古籍出版社，1982 年。

14. 褚斌傑，《中國古代文體概論》，北京：北京大學出版社，1984 年 6 月。

15. 川合康三〔日〕，《終南山的變容——中唐文學論集》，上海：上海古籍出版社，2007 年 8 月。

16. 辭海編輯委員會編纂，《辭海》，上海：上海辭書出版社，1999 年。

17. 戴望舒著，吳曉鈴編，《小説戲曲論集》，北京：作家出版社，1958 年 2 月。

18. 鄧裕華，《詼諧中寓莊嚴，自嘲中帶牢騷——讀韓愈的〈毛穎傳〉》，載《語文學刊》2006 年 24 期。

19. 丁錫根編著，《中國歷代小説序跋集》，北京：人民文學出版社，1996 年 7 月。

20. 董乃斌，《唐代詩歌散文的小説化傾向——小説文體孕育過程論之一》，載《唐代文學研究》第四輯，桂林：廣西師範大學出版社，1993 年 11 月。

21. 董乃斌，《中國古典小説的文體獨立》，北京：中國社會科學出版社 1994 年，第 261 頁。

22. 董乃斌，《〈史通〉敘事觀在文學史上的意義》，載《唐代文學研究》第十三輯，廣西師範大學出版社 2010 年 9 月。

23. 馮少康，《「説故事」的歷史學和歷史知識的大眾文化化》，載《河北學刊》2004 年 1 月。

24. 傅剛，《魏晉南北朝詩歌史論》，長春：吉林教育出版社，2006 年 5 月。

25. 傅剛，《論〈文選〉「難」體》，載《浙江學刊》，1996 年第 6 期。

26. 傅紹良，《唐代諫議制度與文人》，北京：中國社會科學出版社，2003 年 4 月。

27. 傅修延，《講故事的奧秘：文學敘述論》，南昌：百花洲文藝出版社，1993 年。

28. 傅璇琮主編，《唐才子傳校箋》，北京：中華書局，2002 年 8 月。

29. 傅璇琮，《唐代科舉與文學》，西安：陝西人民出版社，2003 年 5 月。

30. 傅璇琮，《唐翰林侍講侍讀學士考論》，載《清華大學學報》（哲學社會科學版）2004 年第 5 期。

31. 格雷戈里·納吉 Gregory Nagy〔匈〕，《荷馬諸問題》（Homeric Questions），巴莫曲布嫫譯，桂林：廣西師範大學出版社，2008 年 6 月。

32. Crossland-Guo, Shuyun 郭淑雲〔新〕，The Oral Tradition of bianwen; Its Features and Influence on Chinese Narrative Literature, University of Hawaii. 1996 年博士學位論文。

33. 韓建瓴，《敦煌本〈韓擒虎話本〉初探（一）──「畫本」「足本」、創作與抄卷時間考辨》，載《敦煌學輯刊》1986 年第 1 期。

34. 胡可先，《唐代重大歷史事件與文學研究》，杭州：浙江大學出版社，2007 年 12 月。

35. 胡士瑩，《話本小說概論》，北京：中華書局，1982 年 7 月。

36. 胡士瑩，《宛春雜著》，杭州：浙江文藝出版社，1984 年 8 月。

37. 季羨林，《中印文化交流史》，載《季羨林學術精粹》第三卷，濟南：山東友誼出版社，2006 年 1 月。

38. 蔣禮鴻，《敦煌變文字義通釋》，上海：上海古籍出版社，1997 年 10 月。

39. 靜永健〔日〕，《白居易寫諷諭詩的前前後後》，北京：中華書局，2007 年 10 月。

40. 郎淨，《董永故事的展演及其文化結構》，上海：上海古籍出版社，2005 年 1 月。

41. 李劍國，《唐五代志怪傳奇敘錄》，天津：南開大學出版社，1993 年 12 月。

42. 李劍國、陳洪主編，《中國小說通史》，北京：高等教育出版社，2007 年 6 月。

43. 李江峰，《敦煌本〈孔子項託相問書〉成書時代淺探》，載《河西學院學報》2004 年第 1 期。

44. 李騫，《唐「話本」初探》，載周紹良、白化文編，《敦煌變文論文錄》，上海：上海古籍出版社，1982 年。

45. 李鵬飛，《唐代非寫實小說之類型研究》，北京：北京大學出版社，2005 年 8 月。

46. 李瑞良，《中國古代圖書流通史》，上海：上海人民出版社，2000 年。

47. 李文浩，《敦煌寫本〈晏子賦〉的同卷書寫情況》，載《文獻》2006 年 1 月第 1 期。

48. 李致忠《敦煌遺書中的裝幀形式與書史研究中的裝幀形制》，載《文獻》2004 年 4 月第 2 期。

49. 李宗為，《唐人傳奇》，北京：中華書局，2003 年 6 月。

50. 劉長東，《孔子項託相問事考論》，載《四川大學學報》2003 年第 2 期。

51. 劉勇強，《中國古代小說史敘論》，北京：北京大學出版社，2007 年 10 月。

52. 樓含松,《從「講史」到「演義」——中國古代通俗小說的歷史敘事》,北京:商務印書館,2008 年 7 月。

53. 盧寧、李振榮,《論〈新唐書〉、〈舊唐書〉對韓愈評價之差異——兼談與《毛穎傳》之問世相關的幾個問題》,載《中州學刊》2001 年 3 月。

54. 魯迅,《唐宋傳奇集》,上海:上海古籍出版社,1998 年 11 月,《搜神記》《唐宋傳奇集》合編本。

55. 魯迅,《中國小說史略》,上海:上海文化出版社,2005 年 1 月;附錄《中國小說的歷史的變遷》。

56. 陸永峰,《敦煌變文研究》,成都:巴蜀書社,2000 年 5 月。

57. Victor H. Mair 梅維恒〔美〕,Painting and Performance: Chinese Picture Recitation and Its Indian Genesis Honolulu: University of Hawaii Press, 1988;中譯本見王邦維、榮新江、錢文忠譯,《繪畫與表演》,北京:北京燕山出版社,2000 年 6 月。

58. Victor H. Mair, T'ang Transformation Texts, Cambridge〔Massachusetts〕and London: Harvard University Press, 1989;楊繼東、陳引馳譯,《唐代變文》,香港:中國佛教文化出版有限公司,1999 年。

59. Victor H. Mair, "The Contributions of T'ang and Five Dynasties Transformation Texts (pien-wen) to Later Chinese Popular Literature", Sino-Platonic Papers, 12 (1989. 8), University of Pennsylvania;中譯本《唐五代變文對後世中國俗文學的貢獻》,載《唐代變文》下冊,附錄。

60. 阿爾伯特‧貝茨‧洛德 Albert Bates Lord〔美〕,《故事的歌手》(The Singer of Tales),尹彪彬譯,北京:中華書局,2004 年 5 月。

61. 孟二冬,《中唐詩歌之開拓與新變》,北京:北京大學出版社,2006 年 2 月。

62. 孟列夫〔俄〕,《敦煌文獻所見變文與變相之關係》,楊富學譯,載《敦煌研究》1995 年第 2 期。

63. 繆鉞,《杜牧年譜》,石家莊:河北教育出版社,1999 年 1 月。

64. William H. Nienhauser,Jr.倪豪士〔美〕:"Creativity and Storytelling in the Ch'uan-ch'i: Shen Ya-chih's T'ang Tales", Chinese Literature: Essays, Articles, Reviews（CLEAR）, Vol. 20,（Dec., 1998）;中譯本《唐傳奇中的創造和故事講述:沈亞之的傳奇作品》,載倪豪士:《傳記與小說——唐代文學比較論集》,北京:中華書局,2007 年 2 月。

65. 潘建國,《中國古代小說書目研究》,上海:上海古籍出版社,2005 年 10 月。

66. 錢志熙,《樂府古辭的經典價值——魏晉至唐代文人樂府詩的發展》,載《文學評論》1998 年第 2 期。

67. 曲金良，《變文的講唱藝術——轉變考略》，載《敦煌學輯刊》1989 年第 2 期。

68. 清水茂〔日〕，《清水茂漢學論集》，北京：中華書局，2003 年 10 月。

69. 全信宰〔韓〕，《pansori 的體裁性特點》，載《pansori 的世界》，首爾：文學和知性社，2000 年。

70. 任半塘，《唐戲弄》，北京：作家出版社，1958 年。

71. 任半塘，《唐聲詩》，上海：上海古籍出版社，1982 年 6 月。

72. 石昌渝主編，《中國古代小說總目》，太原：山西教育出版社，2004 年 9 月。

73. 石昌渝，《中國小說源流論》，北京：三聯書店，1995 年 10 月。

74. 宋立英，《元和詩壇研究》，上海：上海古籍出版社，2010 年 8 月。

75. 蘇仁鎬〔韓〕，《韓國傳奇小說史研究》，首爾：集文堂，2005 年 3 月。

76. 孫楷第，《俗講、說話與白話小說》，北京：作家出版社，1956 年 6 月。

77. 孫遜、潘建國，《唐傳奇文體考辨》，載《文學遺產》1999 年第 6 期。

78. 王古魯蒐錄編注，《二刻拍案驚奇》，上海：古典文學出版社，1957 年 8 月，附錄二《通俗小說的來源》。官桂銓，《「顧複本說一枝花」的出處》，載《文學遺產》1988 年第 1 期。

79. 王昊，《〈韓擒虎話本〉——歷史演義、英雄傳奇的先聲 》，載《明清小說研究》2003 年第 4 期。

80. 王伯民，《中國版畫通史》，石家莊：河北美術出版社，2002 年。

81. 王季思，《從鶯鶯傳到西廂記》，上海：上海古典文學出版社，1955 年。

82. 王靖宇〔美〕，《中國早期敘事文研究》，上海：上海古籍出版社 2006 年 7 月。

83. 王昆吾，《隋唐五代燕樂雜言歌辭研究》，北京：中華書局，1996 年 11 月。

84. 王昆吾，《中國早期藝術與宗教》，上海：東方出版中心，1998 年 6 月。

85. 王夢鷗，《唐人小說校釋》，臺北：正中書局，中華民國七十四年八月。

86. 王明珍，《敦煌 P.4518 佛畫的年代及相關問題》，載《敦煌研究》2001 年第 1 期。

87. 王慶菽，《試探「變文」的產生和影響》，載周紹良、白化文編，《敦煌變文論文錄》，上海：上海古籍出版社，1982 年。

88. 王佺，《唐人投匭與獻書行為中的干謁現象研究》，載《雲夢學刊》2006 年 1 月。

89. 王佺，《唐代干謁與文學》，北京：中華書局，2011 年 1 月。

90. 王永平，《遊戲、競技與娛樂——中古社會生活透視》，北京：中華書局，2010 年 1 月。

91. 王運熙，《漢魏六朝唐代文學論叢》，上海：上海古籍出版社，1981 年 10 月。

92. 王運熙、楊明，《隋唐五代文學批評史》，上海：上海古籍出版社，1994 年 10 月。

93. 王重民，《敦煌變文研究》，載周紹良、白化文編，《敦煌變文論文錄》，上海：上海古籍出版社，1982 年。

94. 沃爾特・翁 Walter J. Ong〔美〕，《口語文化與書面文化：語詞的技術化》（Orality and Literacy: The Technologizing of the Word），何道寬譯，北京：北京大學出版社，2008 年 8 月。

95. 吳相洲，《唐代歌詩與詩歌》，北京：北京大學出版社，2000 年 5 月。

96. 吳相洲，《中唐詩文新變》，北京：學苑出版社，2007 年 2 月。

97. 吳新生，《柳宗元對古代小說美學的理論貢獻——論《讀韓愈所著〈毛穎傳〉後題》》，載《河北大學學報》1993 年第 1 期。

98. 吳志達，《唐人傳奇》，上海：上海古籍出版社，1981 年。

99. 向達，《唐代長安與西域文明》，北京：三聯書店，1957 年 4 月。

100. 蕭登福，《敦煌俗文學論叢》一冊，臺北：臺灣商務印書館，民國七十七年七月初版。

101. 謝保成，《隋唐五代史學》，北京：商務印書館，2007 年 1 月。

102. 謝和耐〔法〕等，《法國學者敦煌論文選萃》，北京：中華書局，1993 年。

103. 辛德勇，《唐人模勒元白詩非雕版印刷說》，載《歷史研究》2007 年第 6 期。

104. 薛天緯，《唐代歌行論》，北京：人民文學出版社，2006 年 8 月。

105. 楊義，《白話小說由口傳走向書面》（臺灣版《中國古典白話小說史論》前言），載中國社會科學院文學研究所中國古代小說研究中心編《中國古代學術研究》第一輯，2005 年。

106. 姚曉黎，《從「講故事」角度來看中國小說的發展》，載《太原大學學報》2003 年 9 月。

107. 嚴傑，《唐五代筆記考論》，北京：中華書局，2009 年 4 月。

108. 於天池，《唐代小說的發達與行卷無關涉》，載《文學遺產》1987 年第 5 期。

109. 余嘉錫，《余嘉錫論學雜著》，北京：中華書局，1977 年 2 月。

110. 俞曉紅，《佛教與唐五代白話小說研究》，北京：人民出版社，2006 年 9 月。

111. 袁行霈、侯忠義編，《中國文言小說書目》，北京：北京大學出版社，1981年11月。

112. 袁行霈、羅宗強主編，《中國文學史》，北京：高等教育出版社，2003年3月。

113. Lionel Giles 翟林奈〔英〕，Descriptive Catalogue of the Chinese Manuscripts from Tunhuang in the British Museum, The Trustees of the British Museum, London, 1957。

114. 張鴻勛，《敦煌本〈孔子項託相問書〉研究》，載《敦煌研究》1985年第2期。

115. 張錫厚，《敦煌話本研究三題》，載《甘肅社會科學》1983年第2期。

116. 張錫厚，《敦煌文學》，上海：上海古籍出版社，1980年5月。

117. 張煜，《新樂府辭研究》，北京：北京大學出版社，2009年8月。

118. 鄭如斯、蕭東發編著，《中國書史》，北京：北京圖書館出版社，1998年4月。

119. 鄭振鐸，《插圖本中國文學史》，北京：北京出版社，1999年1月。

120. 鄭振鐸，《鄭振鐸古典文學論文集》上海：上海古籍出版社，2009年4月。

121. 中國社會科學院文學研究所總纂，吳庚舜、董乃斌主編，《唐代文學史》，北京：人民文學出版社，2006年3月。

122. 周睿，《張說研究》，四川大學博士學位論文，2007年3月。

123. 周紹明 Joseph P. McDermott〔美〕，《書籍的社會史：中華帝國晚期的書籍與士人文化》（A Social History of the Chinese Book: Books and Literati Culture in Late Imperial China），何朝暉譯，北京：北京大學出版社，2009年11月。

124. 朱金城，《白居易年譜》，上海：上海古籍出版社，1982年6月。

125. 朱謙之校輯，《新輯本桓譚新論》，北京：中華書局，2009年9月。

## （四）敦煌遺書目錄和照片資料

1. 敦煌國際項目（International Dunhuang Project; idp.bl.uk）網上圖片資料庫。

2. 《英藏敦煌文獻》，中國社會科學院歷史研究所外合編，四川人民出版社，1995年版。

3. 《法藏敦煌西域文獻》，上海古籍出版社、法國國家圖書館編，上海古籍出版社，1995年版。

4. 《俄藏敦煌文獻》，俄羅斯科學院東方研究所聖彼得堡分所外編，上海古籍出版社，1997年版。

5. 《北京大學圖書館藏敦煌文獻》，北京大學圖書館編，上海古籍出版社，

1995 年版。

6. 《敦煌遺書總目索引新編》，敦煌研究院編，中華書局，2000 年版。

7. 《俄藏敦煌漢文寫卷敘錄》，孟列夫主編，上海古籍出版社，1999 年版。

8. 《北京大學圖書館藏敦煌遺書目》，張玉範，載《敦煌吐魯番文獻研究論集》第 5 輯，1990 年版。